영원한 정치가의
롤 모델
저우언라이 周恩來

-정무편-

영원한 정치가의
롤 모델
저우언라이 周恩來

초판 1쇄   발행 2017년 06월 20일
재판 1쇄   발행 2020년 12월 24일
지 은 이   덩자이쥔(鄧在軍)·저우얼쥔(周尔均)
옮 긴 이   김승일(金勝一)
발 행 인   김승일(金勝一)
디 자 인   조경미
펴 낸 곳   경지출판사
출판등록   제2015-000026호

판매 및 공급처   경지출판사
주소 서울특별시 도봉구 도봉로 117길 5-14
Tel : 02-2268-9410   **Fax** : 0502-989-9415   **e-mail** : jojo4@hanmail.net

ISBN 979-11-90159-36-4
      979-11-90159-35-7 (04820) (세트)

영원한 정치가의 롤 모델 저우언라이 周思來

덩자이쥔(鄧在軍)·저우얼쥔(周尔均) 지음

김승일(金勝一) 옮김

-정무편-

경지출판사
Korea Wisdom China

「깊이 생각 중인 저우언라이」– 이탈리아의 유명한 사진작가 조르지 로디(焦尔乔·洛迪)가 1973년 1월 9일 북경인민대회당에서 촬영하였다.

　이 사진을 촬영할 때 저우 총리는 방광암(膀胱癌)을 앓고 있었고, 병세는 점점 가중되고 있었다. 이때 마침 그는 적극적으로 덩샤오핑의 복권을 위한 일을 추진하던 역사적인 시기였다. 사진은 다른 사람을 초월하는 풍채와 근엄한 모습을 잘 보여주고 있다. 그의 깊고 그윽한 눈빛 속에 국가 운명에 대한 사색과 미래에 대한 강한 신념이 포함되어 있음을 볼 수 있다. 이 사진이 발표되자 중국의 수많은 집에 널리 걸리게 되었다. 그의 부인 덩잉차오 여사는 "언라이 동지의 생전에서 가장 좋은 사진 중 하나"라고 말했다. 1997년 7월 저우 총리 탄신 100주년을 기념하기 위해 로디 선생은 몸소 파리로 가서 이 사진의 원판을 이 책 앞면에 넣기 위해 이 책을 편집한 덩자이진 부부에게 보내왔다. 이 사진에 "백년 언라이-세기적 위인"이라는 제사(題詞)를 써서 보냈다. 이 사진은 국내 유일의 작가 서명과 제사가 들어있는 원판 작품이다.

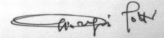

Ritratto a Zhou en lai 1973

조르지 로디가 덩자이쥔 부부에게 증정한 「깊이 생각 중인 저우언라이」 원판 사진 뒷면에 친히 쓴 서명과 그 본인의 인지표(印花票).

1950년 2월 14일 저우언라이 총리가 "중소우호동맹상호조약" 등 조약을 협정하는 조인식에서 서명하는 모습.

1960년 1월 저우언라이 총리가 베이징시 창안가(長安街) 건설규획 설계 모형을 심사하는 모습.

문화대혁명 중 곤란한 처지에 몰린 저우언라
이 모습(1974년).

1966년 12월 저우언라이와 그의 보호를 받은 타오주(陶鑄)(우1), 천이(陳毅), 허룽
(賀龍)이 비판투쟁회의 상에서의 모습.

저우언라이는 일찍이 5.4운동에 뛰어들어 진보적 학생조직인 쟈오우사(覺悟社)를 발기하여 성립시켰다. 사진은 쟈오우사 성원들이 합동 촬영한 것으로, 뒷줄 우측 첫 번째가 저우언라이이다. 우측 다섯 번째가 마쥔(馬俊), 우측 세 번째가 궈룽전(郭隆眞), 앞줄 우측 두 번째가 류칭양(劉淸揚), 우측 세 번째가 덩잉차오(鄧穎超)이다(1919년).

音容宛在永別难忘

『백년 언라이』를 촬영하기 위해 쟈오우사(覺悟社) 성원 중 생존해 있는 마지막 인사인 100세 노인 관이원(館易文)을 취재하는 모습. 이미 기억을 완전히 잃은 관 노인이지만 저우언라이의 사진을 대면하자 별안간 연속해서 세 번이나 "목소리와 모습이 선하다. 영원한 이별을 잊기 어렵다!"를 고성으로 외쳐댔다. 그는 50일 후에 세상을 떠났다. 사진 위의 글씨는 저우 총리가 서거한 당일 관 노인이 눈물을 흘리며 쓴 것이다. (좌측은 관노인의 부인인 황판(黃范), 오른 쪽은 덩자이쥔이다, 1996년)

1921년 봄 장선푸(張申府)와 류칭양(劉淸揚)의 소개로 저우언라이는 중국공산당 8인이 발기하여 조직한 파리 공산주의 소조(小組)에 가입하여 당의 창건활동에 종사하였다. 사진은 1996년 『백년 언라이』를 텔레비전 특별 방송 프로그램으로 촬영할 때, 러시아의 중앙당안관에서 발견한 저우언라이가 공산국제에 보낸 이력서로, 여기서 그가 1921년 공산당에 가입한 사실을 명확히 볼 수 있다.

1924년 중국사회주의청년단 유럽지부 성원들과 파리에서 합동 촬영한 것이다. 앞줄 좌측 4번째가 저우언라이, 좌측 여섯 번째가 리푸춘(李富春), 좌측 첫 번째가 녜롱전(聶榮臻), 뒷줄 우측 3번째가 덩샤오핑이다.

1927년 제1차 국공합작이 붕괴되기를 전후하여 중국혁명을 구원하기 위해 저우언라이는 '상하이 공인 제3차 무장봉기'와 '난창봉기'를 영도하였다. 사진은 '상하이 공인 제3차 무장봉기'를 영도할 때의 저우언라이 모습.

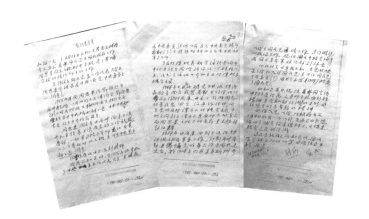

『백년 언라이』의 촬영기간에 러시아 중앙당안관이 제공한 차이창(蔡暢 다른 이름은 뤄쉬洛莎)가 1938년 7월 공산국제가 쓴 저우언라이에 관한 방증자료이다. 그 중에는 "저우언라이 1926년 광저우에서 상하이로 돌아와 상하이의 유명한 3차 무장폭동에 참가하여 영도했으며, 모든 군사적 지휘는 그의 책임이었다", "1927년 7월 말 그는 당 중앙에서 난창으로 파견되어 난창무장봉기를 영도하도록 명받았다." 이 자료의 마지막 쪽에는 그의 친필 서명인 '뤄쉬'가 쓰여 있다.

　1911년 12월 저우언라이는 중앙소비에트구에 와서 홍군 총정치원, 중앙혁명군 사위원회 부주석 등의 직책을 담임했다. 사진은 1933년 12월 홍군 제1방면군 영도인들과 푸젠(福建)의 젠닝(建寧)에서 합동 촬영한 것이다. 좌로부터 예졘잉, 양상쿤, 펑더화이, 류바이젠(劉伯堅), 장췬칭(張純淸), 리커농(李克農), 저우언라이, 텅다이위안(滕代遠), 위안궈핑(袁國平).

1937년 마오쩌둥, 보어꾸(博古)와 합동 촬영한 모습.

시안(西安)사변을 평화적으로 해결한 후, 저우언라이는 이 담판에 참여한 국민당과 항일통일전선을 건립하였다. 사진은 빠루쥔(八路軍) 부총사령 펑더화이(좌2), 궈모뤄(좌3), 예젠잉(좌4)과 합동 촬영한 모습(1938년)

항일전선기간, 저우언라이는 어깨 부상을 당한 후의 사진을 공산국제가 제공하였다. 러시아 중앙 당안관이 제공함(1940년)

항일전쟁 승리 후 저우언라이가 중국공산당을 대표하여 마샬, 장츠종 등과 함께 3인 소조(小組)를 조성하여 국민당과 진행한 담판에 참가하였다.(1946년 2월)

마샬(우3), 장츠종(우4)이 함께 수행한 베이핑 군사조처집행부 성원 월트(沃爾特)·S·뤄바이손(우6), 정제민(鄭介民) (우5), 예젠잉(우1) 등이 장쟈커우(張家口)를 시찰할 때, 진찰기(晉察冀) 군구사령부 문전에서 합동 촬영한 모습.

난징 메이원(梅園) 신춘 17호 주택을 걸어 나와 국
민당과 담판하러 가는 저우언라이 모습.(1946년)

1946년 11월 저우언라이는 옌안으로 돌아와 마오쩌
둥, 주더과 함께 했다.

시바이퍼(西伯坡)에서 작전명령에 서명하는 저우언라이 모습.(1948년)

1949년 10월 1일 저우언라이는 정무원 총리 겸 외교부 부장에 임명되었다.
사진은 중앙인민정부 위원회 제1차 회의 상에서 발언하는 저우언라이 모습.

출판설명

20세기의 위인 저우언라이 총리 탄신 115주년을 기념하기 위해 이 책을 편집 출판하였다. 저우 총리 탄신 100주년을 기념하기 위해 텔레비전 연출가인 덩자이쥔이 대하 다큐멘터리 『백년 은래(百年恩來)』를 제작했었다. 1995년에서 1998년 3년간에 걸친 제작과정에서 300여 명이나 되는 저우 총리 주변에 있던 각계의 저명인사들을 인터뷰하면서 상세한 기록을 남겨놓았었다.

그 후 저우 총리 탄신 110주년을 위해 『당신은 이런 사람이었습니다』라는 주제로 대형 문예 만찬회를 주최하면서 이를 전후하여 관련 인사들을 인터뷰하였다. 이 책은 이러한 취재기록 400편 중에서 63편을 정선하여 취재한 인사들의 역사적 순서에 의한 내용에 따라 편집하여 출판하게 된 것이다.

이 책은 전체적으로 취재한 인사들의 개성과 내용의 특징을 기본적으로 유지하면서 독자들이 이 책을 통해 그의 인생 중에서 최고로 값지게 기억하고 있는 그에 대한 진지한 정감을 느낄 수 있도록 편찬하였다. 이 책에서 취재했던 사람들 대부분은 이미 작고하여 이 세상에는 없다.

그렇기 때문에 이 책에 기록되어 있는 대량의 자료들은 매우 진귀한 것이라고 할 수 있다.

저우 총리 일생동안의 사적은 바다와도 같아서 이 책에서 소개하고 있는 내용은 극히 일부분에 지나지 않는다. 그렇지만 저우 총리를 생각할 수 있는 마음은 이 책을 통해 충분히 독자들도 인식하게 될 것이다. 저우 총리의 정신은 중화민족정신의 정화라고 할 수 있고, 그러한 정신은 영원히 중국인들 마음 가운데 남아 있게 될 것이다.

이 책은 덩자이쥔 본인이 스스로 편집을 담당했고, 저우 총리의 조카인 저우얼쥔(周爾均) 장군과 저우언라이에 대한 전문 연구가인 랴오신원(廖心文) 선생이 고문을 맡아 완성했다. 여기서 이 책이 출판 하는 데 많은 공헌을 하신 세 분께 감사를 드린다.

인민출판사
2013년 8월

CONTENTS

CONTENTS

저우언라이는 위대한
정치가이자 걸출한 인물이다

헨리 키신저
(전 미국 국무장관)

저우언라이는 위대한
정치가이자 걸출한 인물이다

헨리 키신저

(전 미국 국무장관)

저우 총리는 뛰어난 지혜를 가지고 있는 사람으로 매우 매력적인 인물이며 인류를 매우 잘 이해하는 사람이었다. 저우 총리는 매우 담백하고 매우 성실하게 중국의 고위 지도자는 어떻게 생각하고 있는가를 나에게 설명하였다. 저우언라이는 중국이 만약 어떤 사람, 어떤 국가와 어떤 협의를 달성하고자 한다면, 반드시 상호간에 이해하고 성실해야 하고 진실 되게 서로를 대해야 한다고 생각했다. 그래서 그는 우리와 교류하는 과정 중에 자신의 태도를 숨긴 적이 없었다. 만약 나에게 문제가 있으면 나는 그를 찾았는데, 그는 가능한 한 해결해 주었다. 그는 나의 관점에 완전히 동의하지는 않더라도 그는 항상 진지하게 나의 의견을 경청했고 나의 생각을 경청했다. 미중 수교에 있어서도 그는 우리의 존중을 얻어냈으며, 그는 회고할 만한 가치가 있는 사람이었다. 저우언라이는 이야기를 시작하자마자 나에게 말했다. "당신은 중국에 10억의 인구가 있음을 보세요. 10억 인구의 중국은 결코 신비한 국가가 아닙니다. 키신저 선생에게도 신비한 국가는 아닙니다."

저우언라이는 중국에 관하여 나에게 많은 사정을 알게 해주었다. 그는 나의 첫 번째 중국관련 업무에 관한 스승이었다. 나는 저우언라이를 매우 인간적인 사람이라고 생각하기 때문에, 나는 중국의 사업과 중국

인민에 대하여 자랑스러운 감정을 느낀다. 그는 먼저 극단적으로 곤란한 시대의 위대한 민족의 총리였다. 그들은 혁명을 진행했다. 그들은 또 다른 일종의 혁명인 생산 확대운동을 진행한 후에 그들은 문호를 봉쇄하고 타국과 내왕하지 않았다. 이를 타개코자 저우언라이는 또 이 국가를 새롭게 세계로 데리고 나왔다. 중국인민은 저우언라이를 중국의 수많은 우수하고 훌륭한 것의 대표로 삼았다. 분명하게 말하면, 저우언라이는 오늘날의 중국인민을 위해 매우 훌륭한 기초를 세웠다. 나는 만약 저우언라이가 오늘의 중국을 볼 수 있다면 그는 분명히 매우 기뻐했을 것이라고 생각한다. 나의 아이가 1974년 10월 22일에 저우언라이를 본 적이 있었다. 그때의 저우언라이는 이미 병중에 있었다. 그럼에도 저우언라이는 나의 전 가족을 보고자 했다. 그래서 나는 전 가족을 데리고 그가 입원해 있는 병원으로 데리고 갔다.

나는 닉슨이 저우언라이를 매우 존경했다는 것을 알고 있다.

나는 당신에게 말할 수 있다. 나는 세계의 수많은 지도자들을 만나보았지만 저우언라이와 같이 나에게 그렇게 깊은 인상을 준 사람은 없었다. 정치가의 한 사람으로서 그의 모든 것은 나에게 깊은 인상을 심어주었다. 지금까지 내가 이야기한 것은 나의 가장 인상 깊었던 것을 말한 것이다. 나는 마지막으로 "내가 한 말을 기록하여 저우언라이에 대한 우리의 마음을 영원한 기념으로 삼게 한다면, 이는 나의 영광이다"라는 말을 당신들에게 들려주고자 한다. 그것은 당신들에게 나의 마음을 밝히는 것으로, 당신들에게 우선권을 주는 것이라 할 수 있다.

뛰어난 재능과 원대한
계략을 가진 저우언라이

로가체프
(주중국 러시아대사)

뛰어난 재능과 원대한
계략을 가진 저우언라이

로가체프

(주중국 러시아대사)

저우언라이와 교류한 모든 사람들은 그의 박학다식함과 각국 활동 중에서의 뛰어난 재능과 원대한 계략에 대하여 깊은 인상을 가지고 있을 것이다. 내가 처음으로 저우언라이와 접촉했을 때, 나는 상당히 젊은 외교관이었다. 나는 처음에는 통역관으로서 자주 소련대사 파벨 유진, 다음 소련 임시대사 안토노프, 그 다음 임시대사 옐리자베틴과 함께 일했다. 이 몇몇의 소련대표들과 자주 저우언라이가 머무르는 중난하이(中南海)를 출입하면서 통역으로 회담에 참가했었다.

저우언라이도 여러 차례 우리 대사관이 개최한 국가 연회에 참석했다. 연회는 통상적으로 베이징호텔에서 거행했다. 모두가 잘 알듯이 그때는 현재와 같이 그렇게 높은 시 중심부의 대형 호텔은 아니었다. 우리 소련대사관은 동자오민샹대가(東交民巷大街)에 위치해 있었다. 그러나 거기에는 대형 연회를 개최할만한 장소가 없었기에 베이징호텔의 대연회장을 빌려 사용했다. 당시 우리의 일상적인 관계는 매우 밀접했는데, 매주 저우언라이의 비서와 함께 일했으며, 특히 마리에(馬列)와의 관계가 밀접했다. 50년대 말 양국이 논의하던 문제의 다수가 상호간 경제발전의 촉진과 소련이 중화인민공화국에 원조하여 건설하는 대형 국민경제 항목에 관한 문제였다. 저우언라이는 이 방대한 공정에 주도적으로 참가했다. 1959년 8월 동즈먼대가(東直門大街)에 위치한 웅장한 중국 주재 소련대사관이 완공되었다. 11월 7일 저녁 이 빌딩에서 처음으로 성대한 연회가 거행되었다. 800여 명의 귀빈이 초청되었는데 중국 손님과 외국사절이 대부분이었다. 중국 측의 주요 손님은 저우언라이였다. 참석한 사람이 매우 많아 옆의 장미홀이라고 불리는 곳도 사람들이 붐볐다. 저우언라이 옆에는 소련대사 체르보넨코가 서 있었다. 나는 뒤에서 통역을 했는데, 수시로 대사관의 일들에 대하여 대처했다. 나의 임무는 대사의 연설을 중문으로 통역하는 것이었다. 연설은 매우 길었다. 저우언라이가 답사를 했는데, 문장에 우의가 충만했고, 50년대 우리의 우의와 합작에 대해 언급하였다. 연회는 매우 성대했고 당연히 중국 측의 고위 지도자, 중국 정부의 수뇌인 저우 총리의 출석에 대하여 감사했다. 내가 다시 생각해 보면, 우리 국가의 지도자는 저우언라이를 매우 존경했고 그와 매우 재미있게 담화를 나누었으며, 내용이 풍부한 담판과 회담을 진행하였다는 것이다. 그는 해박하고 국가를 다스리는데 능력이 있는 사람이었다. 1960년 11월 대사관에서 큰 경축연회를 준비하고 있었는데, 중국 외교부 의전실에서 우리에게 전화를 걸어 저우언라이가 연회에 참석한다고 전했다. 이는 우리에게는 큰 영광이었다. 대략 11월 7일 저우언라이가 왔을 때 대사는 건물 입구 로비에서 그를 맞이하였다. 나는 그의 옆에서 통역을 했다. 저우언라이가 차에서 내린 후 말하기를 10분 후 마오쩌동 주석도 오실 것이라고 했다. 나는 매우 놀랐고 모두들 매우 기뻐했다. 우리는 모두 마오 주석이 통상적으로 외국대사관을 방문하지 않으며, 또한 어떠한 연회에도 참석하지 않는다는 것을 알고 있었기 때문이다. 정말로 10분 후, 한 대의 검정색 홍치(紅旗) 마크를 단 차가 현관의 홀에 도착했다. 마오쩌동이 우리를 향해 안부를 물었다. 우리와 저우언라이는 함께 일층에서 대화를 나누고……
그런 연후에 모두가 계단을 걸어 올라가서 연회가 열리는 홀로 들어갔
다. 중국 손님과 외교사절들이 이미 그곳에 모여 있었다. 대사와 마오
쩌둥의 담화가 한 시간 동안이나 진행되었다. 그 후에 서로 작별인사를
했다. 우리는 마오쩌둥과 저우언라이를 문 앞까지 배웅했다. 이날의 기
억이 아직도 생생하다. 안타까운 것은 1960, 70년대에 이데올로기의 문
제로 인해 우리의 관계는 불안정했고, 차가워졌다는 사실이다. 이로 인
해 양국 간의 관계는 나빠졌는데, 가장 불안했던 시기는 1969년 3월, 4
월이었다. 1969년 후 몇 년 동안 나는 또 대사관 참사관으로 일했는데,
양국 간 변경에서의 충돌은 더욱 심해졌다. 당시 우리의 관계는 막다른
골목에 진입했던 때라고 할 수 있는데, 소련 측이 양국 총리, 즉 저우언
라이 총리와 소련보장회의 주석 코시킨의 회견을 제의했다.

중국 측이 당시 코시킨이 월남에서 호치민의 장례식에 참석하고 귀
국하는 도중에 베이징을 방문해 줄 것을 제의했다. 이를 위해 임시대사
옐리자베틴과 대사관 참사관 야코프가 여러 차례 중화인민공화국 외
교부를 다녀갔다. 마지막으로 우리는 이 회견의 계획을 확정했다. 회견
은 수도공항에서 진행됐다. 이 회견은 1969년 9월에 거행되었다. 코시킨
및 그 수행원들이 탄 비행기가 공항에 내려왔다. 회담은 두 시간 반 혹
은 세 시간 동안 진행되었다. 회담은 주로 변경문제의 전체 과정에 초점
을 맞추었다. 저우언라이와 코시킨의 이번 회담에서 가장 중요한 것은
가까운 시간 내에 양국 정부 대표단의 회담을 베이징에서 거행하는 것
을 상정했다는 것이다. 얼마 지나지 않아 소련외교부 제1부부장 쿠즈네
초프를 수장으로 하는 정부 대표단이 베이징에 도착했다. 저우언라이
와 코시킨의 베이징 회담은 우리 쌍방 관계사상 지극히 중요한 획을 긋

는 시대적 사건이 될 만한 이유가 명확하고 충분했다. 비록 후에 수년 동안 계속 끊어졌다 이어졌다가 반복되는 어려움이 컸지만, 그것은 하나의 시작이고 당시 막다른 길에 다다른 상황 중의 유일한 출구로써 당연히 변경문제에 있어서의 곤경을 해소하는 일이었다.

나는 위원회에 의해 파견되어 담판에 참가했다. 1970년 여름, 소련 측이 담판에 참가하는 정부 대표단 단장을 교체하였는데, 소련외교부 부부장 페드로비치가 담당하였다. 유리초프가 병중의 쿠즈네초프를 대신하여 대표단을 이끌고 베이징에 도착했다. 매우 빠르게 우리의 대표단 단장 유리초프, 중국 주재 소련대사 톨스티코프와 나는 대사관 참사관과 대표단 고문 및 대표단의 기타 구성원으로서 저우언라이의 초청을 받았다. 이는 내가 마지막으로 매우 가깝게 저우언라이를 만난 날이었다. 회담에서 당시의 상황, 담판의 진행과정 및 관계를 건립하는 등 총체적 형세문제를 폭넓게 언급했다. 관계는 여전히 긴장돼 있었고, 담판은 실제적인 결과를 별로 달성하지 못했다. 그러나 어떻게 담판의 진행과정을 가속화하고 어떻게 담판으로 하여금 더 많은 효과적인 결과를 얻을 수 있는지 등에 대해서는 언급하였다.

마지막으로 다시 생각해 보면, 우리 국가의 지도자는 저우언라이를 매우 존경했고 그와 매우 재미있게 담화를 진행했고, 내용이 풍부한 담판과 회담을 진행하였다는 것이다. 그는 해박하고 국가를 다스리는 데 능력이 있는 사람이었다. 이것이 내가 기억하는 그에 대한 모든 것이다.

처음 그를 보았을 때,
곧바로 그의 안목에 탄복했다.

니카이도 스스무
(二階堂進, 전 일본 관방장관)

처음 그를 보았을 때,
곧바로 그의 안목에 탄복했다.

니카이도 스스무

(二階堂進, 전 일본 관방장관)

　다나카 내각이 출범했을 때, 외교문제는 오히라 마사요시(大平正芳)에게 주어졌다. 오히라 외상은 중일 수교 정상화에 대하여 특별한 열정을 보였다. 내각 구성의 마지막에 다나카와 오히라 그들은 미키(三木), 나카소네(中曾根)의 협조 아래, 중일 수교 정상화를 일본외교의 대 방침으로 정했다. 그리고 나는 자주 카야(茅) 선생, 기시 노부스케(岸信介) 선생을 찾았고, 또 다시 사토(佐藤) 수상을 찾아가 설득을 했다. 이 기간에 적극적으로 반대한 사람은 카야 선생과 기시 노부스케 선생이었는데, 이는 장제스와의 관계 때문으로 그들을 설득하기란 매우 어려웠다. 우리 당에서는 당 대회를 개최하고 다나카의 방문을 놓고 토론을 했다. 이 토론은 1개월 동안 계속되었는데, 매번 오히라는 "장제스와의 관계는 어떻게 처리해야 합니까?", "일한(日韓), 일대(日臺) 조약은 어떻게 처리해야 합니까?"라는 질의를 받았다. 그는 거의 매일 국제적인 문제, 일중 양국 간의 문제를 놓고 추궁을 받았다. 나는 가장 완고한 태도를 보이는 카야, 기시 선생 등에게 설득 작업을 진행했다. 그러나 그들은 계속 "시기가 이르다"고 생각했다. 그러나 최종적으로 먼저 정상화의 여부를 고려하지 않고 다나카가 중국을 방문하여 저우 총리와 회담을 가진 후 그 결과를 보고하기로 결정했다. 바꿔 말하면, 모두가 다나카의 중국방문에 동의했고 저우 총리와 중일 국교정상화 담판을 한 후 돌아와 보고를 들은 후 결정하자는 것이었다. 당내의 결정 후 고사카 젠타로 (小坂善太郎)를 단장으로 한 반대파가 대표단을 구성하여 상하이를 거쳐 베이징에서 저우 총리와 회담을 했다. 이 기간 동안 오히라가 가장 바쁘게 움직였고, 고사카 젠타로도 임무를 완수했다. 비록 베이징에서 저우 총리와 어떤 담화를 나누었는지는 모르겠지만, 당내 대다수는 동의했다. 오히라가 사전에 만일 중국과 국교 정상화가 이뤄진다면, 즉 일대 (日臺)의 조약은 바로 무효가 된다고 분명하게 설명했다. 이와 같았기 때문에 반대는 더욱 격렬했다. 그러나 다나카는 결정을 내리고 베이징으로 가서 저우언라이와 담판을 했다. 다나카 내각, 오히라, 자민당 내의 이러한 결단은 상당한 용기가 필요한 것이었고 또한 쉽지 않은 일이었다. 당연히 야당의 지사들도 노력을 하여, 직접 베이징으로 가서 이 일을 추진시켰는데 이것도 지워버릴 수 없는 사실이었다. 특히 공명당(公明黨)의 다케이리 요시가츠(竹入義勝) 위원장 및 사회당의 사사키(佐佐木) 등은 저우언라이의 주변 사람들과 회담을 진행한 것도 사실이었다. 이런 노력이 또한 중일 국교정상화를 말살시킬 수 없는 역량을 촉진시켰다. 그리고 매우 많은 민간단체와 저명인사가 있었고, 무용단 파견, 체육대표단 파견 등 충분한 준비작업을 했다. 중국 측은 중일우호협회의 손핑화(孫平化) 선생, 랴오청즈(廖承志) 선생 및 기타 인원들의 민간 무용, 체육 교류를 통하여 정상화를 촉진시킨 것은 사실이었다. 나도 개인적으로 그것과 비슷한 일을 하였다. 당연히 중국 측도 비공식적인 통로로 일을 추진시켰는데, 특히 중일 우호협회의 손핑화 선생 및 민간 무역 대표 샤오샹첸(尙向前) 선생이 대표적이었다. 그들은 정부대표로서 문예단체, 체육단체, 체육대표단 등을 이끌고 민간 우호운동을 전개했다. 이런 것들을 통해 점점 중일 양국의 접촉이 빨라졌는데 그들 두 사람의 공헌은 매우 컸다. 나는 장기간의 꾸준한 민간 우호활동을 통하여 다나카와 오히라의 방침을 지지했다. 그런 점에서 현실적으로 일중 국교정상화에 대한 그들의 공헌은 매우 컸다고 할 수 있다. 카테리 위원장은 중국에서 돌아올 때나, 혹은 사사키 위원장이 중국에서 돌아올 때나 다나카는 항상 그들을 통해 상황을 이해했다. 그들의 이해를 통하여 저우 총리는 다나카 수상을 만나길 원했는데, 이 소식이 그들로부터 나왔던 것이다. 이런 소식을 통해서 다나카의 구상도 점점 형성되었고 결국 결정을 하게 되었다.

당시 도쿄에 있던 손핑화와 샤오샹첸, 이 두 분은 총리의 지시를 받게 되었다. 그들과 다나카, 오히라 그리고 나는 제국호텔에서 만났다. 제국호텔에는 백 명이 넘는 기자들이 모여 있었다. 당시 나와 다나카 수상은 같이 있었고 오히라 외상은 그곳에 없었다. 손, 샤오 두 분을 청하여 이야기를 나누었다. 이때 처음으로 저우 총리의 공식 담화를 언급했다. "만약 다나카 수상이 중국을 방문한다면, 나는 기쁘게 당신을 영접할 것입니다." 이는 바로 저우 총리의 말이었다. 저우 총리의 공식 담화는 이번 제국호텔에서 손, 샤오 두 명에 의하여 알게 되었다. 나는 정확한 날짜는 잊어버렸다. 이때 다나카 수상은 매우 기뻐했다. 당연히 나도 매우 기뻤는데 이는 폭탄과 같은 소식이었다. 그렇게 9월 중국 방문이 결정되었다. 이전에 다나카가 하와이에 간 적이 있었는데 이때 닉슨도 그를 보러 특별히 하와이로 왔다. 나는 가지는 못했지만 다나카 수상이 일중 국교정상화의 구상을 닉슨에게 이야기했을 것이라고는 짐작한다. 당연히 나는 그가 닉슨에게 중국과 국교회복을 분명하게 설명하는 것이 미국을 적대국가로 삼는 것을 의미하지 않고 아시아의 평화를 위하는 것이라고 생각했다. 동시에 안보조약에 대한 중일 국교정상화도 미국의 양해를 얻은 것이라고 생각했다.

당시 나의 심정을 형용할 방법은 없다. 지금 스스로 세계평화를 위해 약간 공헌을 했다는 것만은 기억한다. 이에 비교할 수 없는 기쁨을 느낀다. 다나카 선생은 감정이 매우 풍부한 사람으로 그는 일찍이 나에게 이렇게 말한 적이 있었다. "중국인과 좁은 길에서 서로 만나면 말조차도 꺼낼 수 없었는데 이렇게 해도 정말 괜찮겠습니까? 전쟁이 끝난 지 20여 년이 지났는데도 아직 전쟁상태라는 건 인정할 수 없는 일입니다만…." 그는 종종 중국인과 좁은 길에서 서로 만나면 말조차도 꺼낼 수 없는 상황을 변화시켜야 하는데 바꿀 수가 없다고 강조했다. 그는 평민의 감정을 매우 중요하게 생각하는 정치가였다. 그는 중국도 중국인민의 감정을 중요하게 생각하는 국가라고 여겼다. 이미 중국 방문을 결정한 어느 날, 다나카 수상과 오히라 외상 그리고 내가 함께 있을 때 다나카와 오히라가 내가 참가해야 한다고 제의했는데, 이는 매우 중대한 사건으로 많은 기자회견을 해야 했다. 이렇게 해서 나는 이 위대한 활동에 참가하게 되었다. 현재 생각해 보면 확실히 얻기 힘든 기회였다. 이렇게 우리는 여러 환송인원들의 환호 속에 베이징을 향해 일본을 떠났다. 우리는 베이징으로 바로 갈 수가 없어서 부득이 하게 상하이 상공을 통하게 되어 적지 않은 시간을 소비했다. 베이징공항에 도착하니 환영인파를 볼 수 있었는데 그 장면은 나를 매우 놀라게 하였다. 질서 정연하게 각종 색깔의 의복을 입은 소학생들의 환영인파를 지금까지도 잊기 어렵다. 저우 총리 등 공무원들이 올라와 다나카 수상과 악수를 하며 호의를 보냈다. 오히라 외상도 마찬가지였다. 비록 나는 이런 복을 누릴 수는 없지만 나는 당시 이때부터 일중 양국은 특히 일본은 과거의 기초 위에서 일중 양국의 영구적 평화 우호관계를 건립했다고 생각 하였는데, 지금까지 이 신념은 잃지 않고 있다. 나는 다나카 수상도 같 은 마음일 것이라고 생각한다.

저우 총리의 악수 및 젊은 작은 친구들의 환영을 나는 항상 마음속 에 지니고 있으며, 지금까지도 분명하게 나의 머릿속에 각인되어 있다. 다나카 수상과 저우 총리는 같이 동승하여 곧바로 영빈관인 댜오위타 이(釣魚臺)로 향하였고, 나와 오히라도 각자 차에 올라 댜오위타이로 향 했다. 회담이 개시되었다. 회담 초에는 각자의 즐거운 감정을 표현하였 다. 구체적인 문제에 대한 의논은 회의 중에 진행되었다. 두 분의 지도 자, 다나카 수상과 저우 총리 두 사람 모두 매우 기뻐했고 두 사람 모 두 열정이 충만한 연설을 했다. 그러나 이후 벌어질 회담의 어려움을 생각하면 나는 방심할 수가 없었다. 그만큼 문제가 많이 있었기 때문이 었다. 그러나 두 사람의 대화하는 표정은 매우 진지했다.

쌍방은 지금까지 과정의 어려움을 이야기하였는데, 특히 다나카는 다음과 같이 말했다. "이번 중국 방문에 대하여 찬반 양측의 격렬한 논 쟁이 일본에서 있었습니다. 현재 자민당도 완전히 동의한 것이 아니며, 나의 행동을 지지하는 것도 아닙니다. 나는 중국방문을 결정했을 때, 나의 마음에는 그 어떤 생각도 없었으며, 일단 한번 방문해 보고 다시 생각해 보자는 것이었습니다." 이 말에는 다음과 같은 배경이 있었다. 우리가 중국방문을 결정했을 때 수많은 사람들이, 특히 극우세력들이 다나카에게 전화를 걸어 그를 중국에 가지 말라고 위협했다. 이런 전 화를 나도 받았다. 나의 아이들이 전화를 받고 매우 놀랐는데 말인즉, "당신 부친의 생명이 일주일 남았다"는 것이었다. 다나카 수상을 위협 한 전화는 더욱 많았다. 다나카 수상도 만약 이번 담판이 실패한다면 우리의 생명은 끝날 것이라고 했다.

첫째 날의 회담은 전반적으로 분위기가 비교적 긴장되었다. 제1차 회담은 영빈관에서 진행했다. 둘째 날은 인민대회당으로 이동하여 시작했다. 이 날 저녁에 환영 연회가 열렸다. 이날 참석한 사람은 천명 이상이었다. 다나카, 오히라와 저우 총리 및 기타 공무원들은 가장 앞에 자리했고, 연회에서 저우 총리가 환영사를 발표하자 다나카가 답사를 했다. 이 연회에서 뜻밖의 일이 발생했는데, 연회 도중 다나카 고향의 민요와 오히라 고향의 민요가 공연되었던 것이다. 이 때문에 우리의 마음도 온화해지고 좋아졌다. 이국에서 특히 이런 상황에서 자기 고향의 민가(民歌)를 듣게 될 줄은 정말 생각지 못했기 때문에 더욱 친밀감을 느꼈던 것 같았다. 이런 상황에서 다나카 수상은 참석자들에게 다음과 같은 말을 한 것이 기억난다. "일본은 과거 매우 오랫동안 중국인에게 적지 않은 폐를 끼쳤습니다. 현재 국교정상화를 위해 왔습니다. 만약 이 목표를 달성하지 못하면 저는 암살당할 것입니다. 나는 이렇게 모든 마음의 준비를 하고, 결단을 내리고자 이 자리에 서 있는 것입니다. 오늘 이후 반성이라는 기초 위에서 일본과 중국의 영원한 평화우호관계를 수립하기 위해, 저우 총리와 회담을 하고자 베이징에 왔습니다." 나도 저우 총리와 악수를 했다. 나는 줄곧 저우 총리의 안광이 매우 예리하다는 것을 알고는 그가 아주 머리회전이 빠르고 매력적인 정치가라고 생각하고 있었다. 그는 내 마음속의 정치가였던 것이다. 두 번째 회담에서 내가 기억하기론, 다나카와 저우 총리가 매우 심각한 문제를 이야기 하고 있었는데, 그 내용은 다나카 수상이 과거 일본이 중국 인민에게 헤아릴 수 없는 폐를 끼쳤다고 한 부분이었다. 이에 대하여 저우 총리가 다음과 같이 지적했다. "선생 당신은 단지 폐를 끼친 일만을 말씀하시는 것입니까?" 그리고는 발생한 사건을 열거하였는데, 여기서 30여만 명이 살해당했고, 여기서 얼마나 많은 사람이 죽었는지, 그가 일일이 숫자를 열거하면서 다나카에게 반문했다. "다나카 선생, 이와 같이 참혹한 사건이 발생했는데, 당신은 단순히 폐를 끼쳤다고 한마디로 말하시면서 지나가시고자 합니까?" 나는 처음으로 이런 외교담판 장에 참가하면서 이런 상황에 부딪치자 마음속으로 어느 정도까지 발전할 수 있을지 매우 우려했다. 어쨌든 저우 총리는 중국인민을 대표하여 말한 것이기 때문에 사태의 발전상황이 매우 좋지 않다고 느끼게 되자나의 심장이 매우 빠르게 뛰기 시작했다. 다나카 수상은 깊이 반성하고 있다면서 자신의 결심을 이야기했는데, 다시는 이런 종류의 사건이 발생하지 않기 위해 양국의 영원한 평화관계의 수립을 위해 생명을 걸고 이곳에서 회담을 하는 것이라고 했다. 그는 담백하게 말했다. "저우선생의 말이 일리 있습니다. 나는 이러한 일들에 대하여 심각하게 반성합니다. 이후 일본과 중국은 영원한 평화우호관계를 건립해야 하며, 아시아의 평화를 위해 공헌해야 합니다. 만약 이번 담판이 이렇게 끝나면 나는 돌아가 암살당할 것입니다. 나는 이것에 대해 만반의 준비를 해둔상태에서 생명을 걸고 귀국을 방문한 것입니다. 이번 회담은 실패해서는 안 되며, 실패하게 해서도 안 됩니다." 그리고 그들은 상호 역사관의 차이에 대해 이야기를 나눴다. 나는 이에 대하여 자세하게 말하고 싶지가 않다. 마지막에 저우 총리가 선현의 말씀인 '구대동존소이'[1]를 인용하면서 "작은 일을 이야기하면 영원히 대화하기란 어렵다. 역사관의 차이 등에 대한 이야기가 끝나지 않으면 이런 대국, 즉 중일 국교정상화

---

1) 求大同存小異 : 『서경』에 나오는 말로, 큰 틀에서 같은 것을 찾아보고 작은 차이는 일단 놔두자는 의미.

라는 이런 대국은 홀대당할 것이다"라고 했다. 이때 다나카 수상도 말했다. 저우 선생의 말이 이치에 맞는다고 동의하면서 확실히 우리의 대국은 일중 국교정상화로 그것의 실현을 위해 '구대동존소이'해야 하며, 이것을 정신으로 우리의 회담을 진행해야 한다고 했다.

저우 총리가 다나카에게 한 과격한 말에 대해 다나카 수상은 어떻게 회답했을까? 다나카도 체면을 차리지 않고 말했다. "나는 귀국하면 선거가 있습니다. 총재 선거입니다. 만약 선거에 실패하면 퇴진해야만 합니다. 저우언라이 선생 당신들은 국민투표가 있습니까? 참의원 선거가 있습니까? 나는 생명을 걸고 중국에 온 것입니다." 나는 당시에 다나카 수상의 표정을 보고 깊이 깨달았는데, 외교는 진지해야 한다는 것이었다. 저우 총리는 12억 인민을 대표하여 말하는 것이었고, 다나카도 1억여 명의 인구를 대표하여 말하는 것으로서 쌍방 모두가 한 국가를 대표하여 말하는 것이었다. 이러한 진지함 속에서 두 사람은 의기투합했던 것이다. 조인식 당일 저녁에 우리는 마오쩌둥과 약속을 하고 그가 있는 곳으로 갔다. 나는 언제인지 기억하지는 못하지만 다나카, 오히라와 내가 함께 식사를 하고 있을 때인데 갑자기 통지가 왔던 것이다. 마오쩌둥이 우리를 만나고 싶다고 오라고 했다는 것이다. 그리하여 우리는 곧바로 그를 찾아갔다. 우리 세명이 탄 세 대의 차가 마오쩌둥이 살고 있는 중난하이에 도착했다. 나는 어디로 가는지 알지 못했는데, 도착하고 나서야 마오쩌둥의 사택이라는 것을 알았고 바로 그의 서재에서 만났다. 그와 대면했을 때, 일본 측에서는 다나카, 오히라와 내가 있었고 중국 측은 저우 총리, 랴오청즈가 있었다. 그리고 두 명의 여비서가 있었는데 통역이었다. 다나카가 들어섰을 때, 마오쩌둥이 문 앞에서 우리를 영접했다. 상호간 안부를 묻고 다나카가 화장실을 가고 싶다고 하자 마오쩌동이 직접 다나카에게 안내를 해주었다. 마오쩌동은 그곳에서 다나카 선생이 나오길 기다렸다. 돌아온 후 함께 그의 방으로 들어갔는데 서재 같은 방이었다. 마오쩌동이 앉자마자 저우언라이를 가리키며 말했다. "다나카 선생, 우리 집의 그(저우언라이를 가리킨다)와다 싸웠습니까? 싸우지 않을 수 없었을 겁니다!" 이는 마오쩌동의 첫마디 말이었다. 그는 세계 공산혁명의 영수이지만 그렇지 않아 보였고, 오히려 일본의 도처에서 볼 수 있는 노인 같았다. 바로 그는 우리가 아직 앉지 않았을 때, "다나카 선생, 우리 집의 그(저우언라이를 가리킨다)와다 싸웠습니까? 싸우지 않을 수 없을 겁니다!"라고 말했다. 이는 외교현장에서 본 적이 없는 일이었다. 확실히 회담 중에 다나카와 저우언라이 간에 역사관의 차이 등에 대하여 논쟁을 벌인 적이 있었다. 마오쩌동의 이 말은 바로 두 사람이 벌인 논쟁이 끝났음을 선포한 것이라고 나는 그렇게 이해했다. 마오쩌동과 다나카는 정치문제를 언급하지 않았다. 당시 랴오청즈가 그 자리에 있었는데 마오쩌동이 일본에서 산 적이 있었던 그를 가리키며 농담을 했다. "저 사람을 데리고 일본에 가서 그에게 참의원이 되게 하면 어떻겠습니까?" 그런 식으로 유머스럽게 분위기를 이끌어 갔다. 그러나 정치문제는 언급하지 않고 1시간 동안이나 회견하였다. 작별을 고할 때 그가 말했다. "다나카 선생, 나는 나이가 많습니다. 신경계통에 병이 있어서 곧 천국으로 가야합니다." 나는 이 말을 통역하여 전달하였다. 그러나 담소를 나누는 것을 보아하니 그의 건강은 나쁘지 않아 보였다. 마지막으로 떠날 때 마오쩌동이 "시를 잘 공부하세요!"라고 말하면서 한 권의 시집을 다나카에게 주었다. 이 책은 아직 다나카의 집에 남아 있을 것이다. 이외에 나에게 깊은 인상을 준 것은 없었다. "싸움이 끝났습니까?" 이 말은 그가 다나카와 저우 총리간의 논쟁을 알고 있었다는 것으로, 그도 '구대동존소이'를 언급한 것이라고 기억한다. 옆의 젊은 통역을 가리키며 말하길 "저렇게 젊은 사람조차도 반대합니다"라고 했는데, 이는 바로 젊은이들도 중일 국교정상화를 반대하고 있다는 것이었다.

내가 처음 저우 총리를 만났을 때의 인상은 앞에서 말한 바와 같이 안목이 예리하고 기지가 풍부하고 결단력이 있다는 것이었다. 그는 조직 능력이 매우 뛰어난 정치가였다. 그리고 그는 젊었을 때 말 위에서 떨어져 팔이 부러졌었는데 그 영향으로 결국 팔이 구부러져 버렸다. 그는 마오타이주를 좋아했는데 다나카에게 이렇게 말했다. "마오타이주는 독합니다. 다나카 선생이 가장 적게 마셨습니다"라고 하면서 다나카에게 마오타이주를 권했다.

둘째 날 저우 총리와 함께 상하이에 갈 때, 다나카 선생은 마오타이주를 너무 많이 마셔서 비행기 안에서 잠을 잤다. 나는 저우 총리가 있는 장소에서 다나카 선생이 잠을 자는 것은 실례라고 생각해서 그를 깨우려고 했다. 이때 저우 총리가 말했다. "그를 깨우지 마세요." 그리하여 다나카는 베이징에서 상하이에 도착할 때까지 잠을 잤다. 저우 총리는 흥미진진하게 비행기 밖 아래를 가리키며 말했다. "이곳이 바로 내가 태어난 곳이지요." 그 말은 특히 상냥하고 정겨웠다. 그는 12억 인민과 일본보다 20배나 큰 국가의 영수였다.

그는 이렇게 큰 국가의 행정을 이와 같이 조리 있고 질서 있게 관리할 능력을 가지고 있었다. 일본은 1.1억 명의 인구를 가지고 있던 큰 나라로 그런 점에서 다나카의 지도능력도 대단한 것이었다. 그들 두 명은 확실히 매력 있는 정치가였다. 나는 자주 다나카를 '컴퓨터' 혹은 '불도저'라고 말한다. 컴퓨터는 그의 머리에 각종 숫자를 담고 있어서 이고,

불도저는 그가 강하게 각항의 사업을 추진하기 때문이다. 오히라, 그는 학자로서 예술, 문화, 정치에 정통하며 열정이 넘치는 사람이었다. 내가 가장 존경하는 정치가는 다나카를 제외하고는 오히라라고 할 수 있다. 그의 일중(日中) 양국 교류에 대한 연구는 국교정상화와 항공협정의 체결 과정에서 가장 큰 역할을 했다. 중국에서 일중 국교정상을 담판하는 기간 동안 그는 차에서도 지펑페이(姬鵬飛) 외교부장과 이야기를 했고, 어떤 때는 밤새도록 의견을 교환했다. 내가 볼 때, 일중 국교정상화의 과정 중에 가장 열심히 노력하고, 가장 공을 들인 사람은 오히라 선생이라고 생각한다. 내가 처음으로 저우 총리의 눈을 보았을 때 그의 안광에 의해 압도당했는데, 이런 종류의 인상은 지금까지도 새롭기만 하다.

능력이 매우 뛰어나서 비교할
사람이 없는 어른이다

다나카 마키코
(전 일본 수상 다나카 가쿠에이의 딸, 일본 전 외무대신)

능력이 매우 뛰어나서 비교할
사람이 없는 어른이다

다나카 마키코
(전 일본 수상 다나카 가쿠에이의 딸, 일본 전 외무대신)

일중 국교 25주년을 기념하여 나는 먼저 나의 부친이 중국에 갔을 때의 상황을 이야기 하겠다.

내가 중학교에 다닐 때, 대략 14, 15세부터 나의 부친은 국외 방문의 기회가 있기만 하면 매번 나를 데리고 가셨는데, 정치의 실제 상황을 견학시켜 주고자 하신 것으로 이런 상황은 중국과 국교를 회복할 때까지 이어졌다. 그 기간 동안만 혼자 중국에 가시고 나를 데려가지 않으셨다. 그러나 나는 매우 가고 싶어 했다. 당시의 일중관계는 오늘날에는 상상하기 어려운 것이었다. 당시의 중국은 홍색의 장막으로 차단하고 그 뒤에 있었는데, 그곳에 무슨 일이 일어났는지는 전혀 알 수가 없었다. 비록 신문 등으로 그들의 사회를 알 수 있다고는 하지만 나는 중국의 실제 정황을 하나도 몰랐다.

이외에 일본에서는 대만파의 국회의원이 다수를 점유하고 있어서 거의 모두 중국과의 국교회복을 반대하고 있었다. 다나카 가쿠에이는 소수파였다. 집정당과 야당을 막론하고 그랬었다. 그리하여 우익과 대만파 사람들이 끊임없이 전화를 걸어와 위협했다. 심지어 어떤 사람은 그들을 살해할 것이라며 생명을 위협했다. 게다가 자민당 내에도 비판의 목소리가 있었는데 비판하지 않으면 반시대적 행위로 비쳐졌다. 그런 상황에다 더구나 중국에 대해 하나도 알지 못하는 나라를 가는 것이기 때문에 나를 데려가지 않으셨던 것이다. 그러나 나는 오히려 그러했기 때문에 더욱 가고 싶어 했다. 거기에 간다는 것은 일본인에게 살해당할 가능성이 있으며 기타 예상하지 못하는 일을 당할 가능성도 있었다. 역사적 원인으로 인하여 중국인이 일본인들에게 복수의 한을 품는 것은 자연적인 것이기 때문이었다. 그래도 나의 부친은 생명의 위험을 무릅쓰고 갔던 것이기에 생명을 담보로 해서 갔다고 할 수 있던 상황이었다. 나의 부친이 일본에서 출발할 때의 상황도 매우 긴장된 상황이었다. 비행기가 어느 날, 어느 때 출발하는지 마지막까지 기밀을 유지했다. 한편으로는 국내의 반대 때문이고, 다른 한 편으로는 홍색장막 뒤의 상황에 대하여 전혀 몰랐기 때문이었다. 그곳에는 아직 반일이라는 구름이 끼어 있었기에 안전이 보장되지 않았다. 나는 또 가업을 계승할 유일한 자식이었기 때문에 두 사람이 모두 갔다가 만일 생명을 잃게 되면 다나카의 가문은 끊어질 위엄이 있기도 했다. 그래서 나의 부친이 나에게 말했다. "이번에는 나 혼자 가겠다. 네가 집에서 가족을 돌보거라. 만일 내가 살해당하거나 목숨을 잃게 된다면 너는 절대로 놀라고 당황하지 말고 침착하게 후사를 처리토록 해야 한다. 나의 이번 방문의 목적은 매우 중대한 것으로 멀지 않은 장래에 중국과 일본의 일반 국민들이 자유롭게 왕래할 수 있게 하기 위해서이다. 나는 이런 시대를 실현하기 위하여 가는 것이고, 나는 나의 정책을 굳게 믿고 가는 것이다." 지금 그러한 시대는 이미 실현되었다. 일본의 가전제품이 중국에서 팔리고 중국인도 엄청나게 많이 일본으로 들어오고 있다. 나는 절실하게 나의 부친의 예언이 마침내 실현되었다고 느끼고 있다. 시대는 완전히 변했고 모두가 이구동성으로 "중국만세! 중국은 좋다" 등을 외치고 있을 정도이다. 나의 부친이 베이징에서 상하이를 경유하여 일본으로 돌아온 후, 내가 들은 첫마디는 "마키코를 데려갔어야 한다"는 것이었다. 나의 부친은 이처럼 감개무량해 했는데 나는 지금까지도 그의 흥분된 모습을 생생하게 기억하고 있다. 나의 부친은 나에게 마오쩌둥은 철학자이자 사상가이며, 저우 총리는 멋진 남자이자 실무가라고 했다. 그러면서 다음과 같이 설명했다. "저우 총리와 나는 매우 의기투합했다. 저우 총리와 만나 처음 말을 꺼내기 전에 나는 이 사람이면 반드시 일을 잘 성사시킬 수 있겠다는 것을 바로 알았다. 만약 저우 총리가 자신이 구상하고 있는 말에 부합하지 않았다면 일본으로 바로 돌아갈 가능성이 클 것이라고 생각했다. 저우 총리는 전쟁 때 받은 상처로 인해 오른쪽 팔에 장애가 있었다. 나는 저우 총리의 오른 팔 모양을 살피면서 마음속으로 일본과의 싸움으로 생긴 상처라고 생각했다. 결론적으로 말해서 저우 총리와의 교류는 매우 원활했으며 매우 빠르게 일종의 신뢰 관계를 쌓았고 이는 온몸을 다해 겨룬 것이라고 말 할 수 있다.

마오쩌둥도 매우 뛰어난 철학자처럼 보였고, 저우 총리는 실무적이며, 특히 뛰어나고 주도면밀한 사람이었다. 저우 총리는 정치가로서 인간으로서 모두 매우 뛰어난 사람이었다. 나는 마키코가 이런 사람을 만나야한다고 생각했다. 다음에는 너를 반드시 데리고 가겠다." 그러나 결국 저우 총리가 세상을 떠나면서 실현되지는 못했다.

후에 나의 부친이 병에 걸렸는데 대략 중일 국교회복 이후 7, 8년이 지났을 때로 나와 부친의 의사가 처음으로 베이징에 갔다. 저우 총리가 세상을 떠난 지 2년 정도 지났을 때로 나는 종난하이에서 저우 총리의 미망인인 덩잉차오를 배방할 수 있었다. 덩잉차오가 나를 만나자 곧 나에게 저우 총리의 다나카 선생에 대한 평가를 말해 주었다. 그녀가 말하길 나의 남편, 즉 저우언라이 총리가 일찍이 나에게 말한 적이 있는데, "만약 그 사람과 만나지 않았다면 일이 성사되지 않았을 것"이라고 했다는 것이었다. 이는 나의 부친이 당년에 하신 말씀과 완전히 일치하는 것이었다. 저우 총리는 다나카와의 만남을 위해 주도면밀하게 준비를 하였다고 한다. 부친을 만나자마자 저우 총리 자신은 자기가 상상하던 형상과 완전히 부합하여 국교 수립이 신속하게 성사되었다는 것이다. 덩잉차오는 이 점을 반복해서 강조하면서 내가 귀국하면 나의 부친에게 전달해 달라고 했다. 이 일화는 그들 두 사람이 매우 의기투합하였고, 그들의 느낌이 완전히 일치하였음을 설명하는 말이다.

이밖에 나의 부친은 일찍 일어나는 것을 좋아하는 사람으로 매일 5시에 일어나 일을 시작하신다. 저우 총리는 나의 부친의 이런 생활 습관에 대하여 식습관부터 일상습관까지 모두 분명하게 알고자 특별히 조사를 진행하였다고 한다. 당시 저우 총리의 통역 담당인 왕샤오셴(王效賢)의 기억에 의하면 저우 총리는 장기간 전쟁에 참여했었기 때문에 야간에 일하고 낮에 휴식을 취하는 습관이 길러졌다. 그러나 다나카가 낮에 일하기 때문에 자신이 만약 그의 일과 시간에 적응하지 못한다면 가장 좋은 효과를 얻지 못할 것이라고 생각했다고 했다. 그래서 저우 총리는 2개월 동안 이 습관에 적응하려고 노력했다는 것이다.

나의 부친은 속전속결의 성격을 가진 사람으로 수상에 부임한 후 매우 빠르게 중국을 방문했는데 중국 측이 이미 부친을 맞이하기 위해 만반의 준비를 마치고 기다렸던 것이다. 생활의 세세한 부분까지 모두 주의를 기울였던 것인데, 나의 부친이 더위를 타는 것을 포함하여 먹는 것에 이르기까지 모두 조사하였다고 한다. 저우 총리 자신은 나의 부친과의 조화와 일치를 위해 2개월 전부터 이 방면의 훈련을 시작했다. 오늘날 많은 시간이 지나 이 일화를 들으니 여전히 나를 매우 감동시켰다. 나의 부친은 갑자기 중국을 방문하였기 때문에 아무런 준비도 할 수 없었다. 7월 수상에 부임하고 8월 중국을 방문했으며, 게다가 반대의 목소리를 내는 어떤 사람이 공언하길, 만약 수상이 하늘을 걸어가거나, 아니면 경시청에서 헬기를 타고 공항으로 가지 않는 한 촌보도 움직일 수 없을 것이라고 협박을 하기까지 했다. 나의 부친은 귀국한 후 즉시 황궁으로 가서 천황폐하를 찾아뵙고, 그 후에는 중의원, 참의원 양 원의 회의에 참가하였다. 그 회의에서 그는 네 시간 반 동안이나 공격을 받았고, '매국노'가 되었으며 자민당 내의 의원이 모두 그의 보고를 반대했다. 나의 부친은 막 취임했을 때 가장 힘이 있었으며, 머리도 영활했다. 그는 국민의 기대를 저버리지 않기 위해 가장 중요한 일을 제일 앞에 놓고 처리했다. 그래서 그는 젊음과 정력의 왕성함을 이용하여 방해를 제거하고 이런 대사를 완성했던 것이다.

당시 나의 부친과 동행한 기자가 나에게 말하길 그때 베이징에서 상하이를 가는 도중에 나의 부친이 저우 총리의 앞에서 잠을 잤는데 우리는 옳지 않다고 보았다. 이에 대해 저우 총리는 "그를 깨우지 말고 더 주무시게 두세요"라고 했다고 한다. 베이징에서 단지 이틀을 머물렀고, 두 사람이 처음 만났지만 두 사람의 사이는 매우 우호적이었다는 걸 암시하는 대목이다. 이틀 동안 두 사람은 충분한 이야기를 나누었기 때문에 베이징에서 상하이로 오는 한 시간이 넘는 시간 동안 나의 부친은 이미 부담을 떨쳐버릴 수 있었기에 잠을 잘 수가 있었던 것이다. 이 기자의 경험은 나의 부친과 저우 총리가 대단하다는 것을 알게 했으며, 그들은 매우 정이 깊었다는 것을 알 수 있었다고 했다.

그는 중국의 미래를 향해
보고 있는 것 같았다.

조르지 로디(焦尔乔·洛迪)
(이탈리아의 유명한 사진작가 「깊이 생각 중인 저우언라이」라는
제목의 사진을 찍은 사람)

그는 중국의 미래를 향해
보고 있는 것 같았다.

조르지 로디(焦尔乔·洛迪)

(이탈리아의 유명한 사진작가

「깊이 생각 중인 저우언라이」라는 제목의 사진을 찍은 사람)

1973년 나는 운 좋게도 저우 총리를 만날 수 있었는데, 그 날은 바로 1973년 1월로 나는 인민대회당에서 그를 만났고 그때가 나에게는 정말 좋은 기회였었다.

이탈리아 외교부 메디치 외무장관이 중국을 방문할 때로 나는 중국의 비자를 받을 수 있었는데, 나는 어렸을 때부터 이 위대한 국가에 가보는 것을 꿈꿔왔다. 인민대회당에 도착한 후 나는 사절들과 함께 줄을 서서 저우 총리를 만나기를 기다렸다. 당시 나는 대열 중간에 있었다. 저우 총리가 사람들을 향해 인사하고 감사를 표시하는 소리를 들었을 때 나는 내 앞에 있던 한 분의 대사를 향해 중국어를 제외하고 저우 총리는 어떤 언어를 하시는지를 물었다. 그는 저우 총리의 프랑스어는 매우 유창하다고 했다. 이것은 나에게 있어서 행운이었다. 그것은 직접적으로 저우 총리를 향해 나의 요구를 할 수 있었기 때문이었다. 나는 이탈리아 주재 중국대사에게 거짓말을 했는데 그것은 내가 사진기를 안가져 왔다고 한 것이었다. 사실 당신들도 알다시피 사진작가라면 사진기를 휴대하지 않을 수 없는 것이다. 언제 기회가 생겨 사진을 찍을 수 있을지 모르기 때문이다. 거짓말을 한 까닭은 나는 기회를 보아 대열의 후미로 가고 싶었기 때문이었다. 내가 생각하기에도 대열 중간에서는 저우 총리에게 단지 1분의 시간을 요구하더라도 나의 요구가 받아들여지지 않을 수 있었기 때문이었다. 나의 뒤에는 아직도 3, 40여 명이 줄을 서 있었기 때문이었다. 그리하여 나는 대열에서 이탈하여 즉시 후미로 달려갔고 이렇게 해서 나는 저우 총리가 마지막으로 인사를 나누는 사람이 되었다. 그의 미소, 그의 고아한 기질, 그의 침착하고 진중하고 숭고하고 위대한 형상은 즉시 나를 감동시키고 나에게 깊은 인상을 남겼다. 그는 매우 교양이 있으며 고상한 사람으로, 그는 확실히 미래를 예지하고 자신의 국가를 예지할 수 있는 사람이었다. 나는 정치가는 아니지만 만약 마오 주석이 국가의 위대한 조타수였다면 저우 총리는 그의 용기에 의지하여 이 국가를 위해 천천히 길을 밝힌 위인이라고 생각한다. 나는 저우 총리와 가까워졌을 때 나는 내가 그 장소에 자리한 이유를 설명하고 싶었다. 그래서 나는 이렇게 말했다.

"총리님, 저는 태어난 이래 처음으로 거짓말을 했습니다. 저는 다른 사람에게 사진기를 가지고 있지 않다고 거짓말을 했습니다. 그러나 저는 가지고 있습니다. 이는 당신의 사진을 찍을 수 있는 유일한 기회이기 때문입니다. 저에게 다시는 오늘과 같은 좋은 기회가 없을 것이라고 생각합니다."

그가 나를 한번 보더니 나에게 말했다.

"백발의 노인도 거짓말을 할 수 있습니까?"

"맞습니다. 총리님. 저는 거짓말을 했습니다. 그러나 만약 가능하시다면 저에게 약간의 시간을 내주셔서 제가 사진을 찍을 수 있도록 배려해주시길 부탁드립니다."

그는 웃으면서 나에게 말했다.

"백발의 사람이 내 사진을 찍어주기를 바랍니다."

나는 소파로 가서 그를 앉게 했다. 그의 자태는 매우 고귀했다. 당시의 그의 자세는 이러했다. 당신들은 이 사진 상에서 알 수 있듯이 그의 손과 그의 팔꿈치가 완벽하게 제대로 놓여 있어 근본적으로 어떠한 제안도 필요가 없었다. 나는 첫 번째 사진을 찍었으나 그때 그의 눈이 거의 땅을 바라보고 있어서 나는 이 사진이 좋지 않다고 생각했다. 그리하여 저우 총리에게 다가가 말했다.

"총리님 나는 유능한 사진작가가 아닙니다. 저에게 한 번의 기회를 더 주시면 안 되겠습니까?"

그가 동의했다. 나는 다시 나의 촬영위치로 돌아왔다. 당시 나는 어떻게 찍을까하고 배경을 생각하고 있었는데 마침 그의 비서가 멀리서 그를 부르자 그의 눈이 먼 곳으로 옮겨졌다. 마치 중국의 미래를 향해 보고 있는 것 같은 그런 포즈였다. 그렇게 해서 찍은 것이 바로 나의 두 번째 사진이었다.

저우 총리의 이 사진을 찍을 수 있었던 것은 확실히 나에게는 운이었다. 내가 저우 총리를 찍은 이 사진은 내가 능력이 있어서가 아니라 나의 앞에 개성이 있는, 그렇게 중요한, 그렇게 숭고한 인물이 서 있었기 때문이었다. 진정 그는 고귀한 기질을 가지고 있다고 말해야 할 것이다. 그의 얼굴 윤곽 그리고 그의 눈은 일반적이지가 않았다. 만약 이 사진을 찍은 것이 무슨 공적이 있다면 그에게 공을 돌려야 할 것이다. 그는 확실히 흡인력이 있었으며, 나로 하여금 일생 동안 그를 잊을 수 없게 했다.

매우 재미있는 일화가 또 하나 있는데, 어느 날 나는 아라파트를 사진 찍기 위해 튀니지를 방문했다. 아라파트가 나에게 말했다. "친애하는 나의 친구, 우리는 카이로에서 만나고부터 지금까지 오랜 시간 알아 왔습니다. 나는 당신에게 도움을 청합니다. 저우언라이 총리처럼 나를 위해 사진을 찍어 주십시오." 내가 말했다. "오! 주석 선생, 그것은 어려운 일입니다. 당신들은 완전히 다른 사람이기 때문입니다."

저우언라이를 위하여 찍은 이 사진은 먼저 이탈리아 『시대』 주간지의 중요 페이지에 두 페이지를 할애하여 게재하였다.

그것은 매우 빠르게 세인의 관심을 불러일으켰다. 1974년 이 사진은 미국에서 가장 유명한 사진 상을 영광스럽게 획득했다. 미주리대학 신문학원이 수여하는 '세계를 알리는 상'을 획득했던 것이다.

이밖에 저우언라이 부인과의 회견도 나를 매우 감동시켰다. 그녀는 매우 상냥하고 친절한 여성이었다. 저우 총리가 세상을 떠난 후 나는 재차 중국을 방문하여 그의 미망인 덩잉차오의 친절한 접견을 받았다.

그때 그녀는 나의 두 손을 꼭 잡고 나에게 말했다. "당신이 매우 훌륭한 사진을 찍어 주셔서 감사합니다. 이는 저우언라이 생전에 찍은 자세와 정신이 가장 잘 표현된 사진 중 하나입니다." 나는 감동하여 말을 잇지 못하고 잠시 시간이 지난 뒤에야 비로소 말했다. "아닙니다. 오히려 저우 총리에게 감사해야 합니다." 내가 저우언라이 총리를 위하여 찍은 이 사진은 중국에서 각종 방식으로 발행되어 폭넓게 활용되었다. 나는 1986년까지 이 사진이 발행량이 이미 9,000여 만 장을 초과했다고 들었다. 나는 내가 받을 수 있는 가장 고귀하고 진실한 감사의 표시를 저우언라이의 부인에게서 들었던 것이다.

저우 총리와 홍콩 정책 '8자 방침'

리허우(李後)

(국무원 홍콩–마카오 사무소 전 주임)

저우 총리와 홍콩 정책 '8자 방침'

리허우(李後)

(국무원 홍콩-마카오 사무소 전 주임)

저우 총리는 생전에 홍콩과 마카오 문제에 대해 매우 관심이 깊었다. 중화인민공화국이 성립되고 저우 총리와 마오 주석은 공동으로 홍콩과 마카오에 대한 기본방침을 제정했다. 1950년대 중기부터 저우 총리는 여러 차례 중국정부의 홍콩, 마카오에 대한 기본방침을 대외적으로 천명하였다. 다른 방면으로, 즉 내부에서도 여러 차례 우리 간부들에게 홍콩, 마카오 문제에 대한 중요 지시를 내렸다. 중화인민공화국은 10월 1일에 성립되었으며, 이 한 달 동안 우리의 해방군은 광동으로 들어가 광저우와 선전(沈圳)을 해방시켰다. 이때 우리의 수많은 동지들 특히 홍콩에서 일했던 동지들은 모두 해방군이 신속히 선전하를 건너 홍콩을 수복할 것이라고 생각했다. 영국과 홍영정부(홍콩의 영국 당국)도 매우 긴장하여, 수많은 긴급 조치들을 준비하였다. 군대를 파견하고, 군사훈련을 진행하며, 내부 통제를 강화시켰다. 당시 우리 해방군은 선전 등을 해방시킨 이후, 명을 받고 멈춘 상태였다. 당시에는 모두 중앙의 결정을 이해하지 못했다. 1955년부터 저우 총리는 여러 차례 영국과 홍콩의 방문객에게 중국정부의 홍콩, 마카오 정책을 천명하였으며, 동시에 우리 간부들에게도 수차례 지시를 내렸다. 10월, 당시 홍영정부의 총독은 그랜섬이었는데, 그는 베이징 주재 영국 대리대사인 구넨루(歐念儒)의 초청을 받아 베이징을 방문하였다. 그가 신 중국 성립 이후 방중한 첫 번째 홍콩 총독이었다. 당시 저우 총리는 그를 접견했다. 저우 총리는 홍콩 문제에 대한 우리의 입장을 직접적으로 언급하지는 않았지만, 그에게 마카오 문제에 대한 우리의 입장을 언급하였다. 그는 "포르투갈이 마카오에서 개항 400주년 기념행사를 준비하는 것은 중국인민에 대한 도발 행위이다. 이 일은 마카오의 중국인들을 자극할 뿐만 아니라, 홍콩에 사는 중국인들의 감정도 자극하는 것이다"라고 말하고, 이어서 "우리가 이미 평화공존을 주장하였기 때문에, 바로 이 문제의 평화적 해결을 준비한 것이고, 그래서 지금까지 마카오문제를 언급하지 않았던 것이다. 그러나 이것은 우리가 이 문제를 잊었다는 것과는 다르다"라고 말했다. 내 생각에 저우언라이는 의도적으로 마카오문제를 영국인이 듣도록 이야기했던 것 같았다. 영국인도 모르지는 않았을 것이다. 중국 정부의 마카오에 대한 입장은 마카오 문제뿐만 아니라, 홍콩문제에 대한 입장이기도 하다는 사실을 말이다. 그해 12월 홍콩대학의 중국학과 외국교수 관광단이 베이징에 오자 저우 총리는 그들을 접견하였다. 이 자리에서 그는 홍콩문제를 언급하며 "홍콩은 중국의 영토이다. 비록 지금은 영국인의 수중에 있지만…"이라고 말하였다. 방문객 중 한 명이 바로 "중국정부는 언제 홍콩을 수복할 계획입니까?"라고 묻자, 그는 "언제 수복할 수 있을 지는 아직 말하기 어렵습니다. 하지만 진리는 반드시 승리하게 되어있습니다."라고 답하였다. 그는 현장에 있던 한 젊은이를 가리키며 "자네는 장래에 반드시 보게 될 것이네. 앞으로 충분한 시일이 있네"라고 말하였다.

1956년과 1958년 마오 주석과 저우 총리가 연설을 했을 때, 우리 간부들에 대해 몇몇 지시를 내렸다. 마오 주석은 "홍콩은 아직 일단 수복하지 않는 것이 우리에게 유용할 것이다"라고 하였다. 저우 총리는 우리에게 홍콩의 작용이 무엇인지를 설명할 때 "홍콩은 하나의 관측소이자 기상대이며 교류처이다"라고 말하였다. 이른바 '관측소', '기상대'라는 것은 내가 이해하기에 이 지역을 이용해서 국제정치의 기후를 관찰할 수 있다는 의미라고 생각된다.

이른바 '교제처'란 우리가 홍콩에서 중국인이든 외국인이든 국내에서 접촉하기 어려운 인물들과 교류할 수 있다는 의미였다. 이렇게 할 경우 국내 애국통일전선과 국제 반제통일전선의 촉진에 유리할 것이기 때문이었다. 저우 총리는 또한 "영국이 미국까지 끌고 들어와 함께 홍콩을 방위하게 하느니 홍콩을 영국인의 수중에 두는 것이 낫다. 이것이 매우 중요하다"라고 말하였으며, 그 외에도 "우리 중 홍콩에서 근무하는 간부들은 홍콩의 해방을 기다릴 필요 없이 영국인이 지속적으로 홍콩을 통치할 것에 대해 대비해야 하고, 이러한 상황에 의거해 우리의 작업을 안배해야 한다"라고 말하였다. 1963년 3월 8일, 『인민일보』는 한 편의 사론을 발표하였다. 이 사론은 60년대 인도가 포르투갈로부터 고아주(果阿州)를 무력 수복한 사건을 계기로 발표된 것이었다. 국제무대의 몇몇 사람들이 이 사안을 빌미로 중국을 조롱하였던 것이다. 그들은 "너희 중국은 인도만도 못하다. 너희는 매일 반제를 외치지만 인도에 미치지 못한다. 인도인들은 용감히 무력을 사용하여 고아주를 수복하였는데, 너희 중국은 이러한 용기도 없다"라고 말하였다. 이 사론은 바로 이 사안을 겨냥하여 발표한 것이었다. 이 사론은 중국정부의 홍콩, 마카오에 대한 기본 입장과 정책을 서술하였다. 주된 내용은 홍콩과 마카오는 제국주의가 중국과 강압적으로 체결했던 불평등조약의 결과라는 것이었다. 이런 식의 문제에 대해 중국정부는 줄곧 시기가 무르익으면 담판을 통해 평화적으로 이 문제를 해결할 것이라고 주장하였으며, 해결되기 전까지는 현 상태를 지속적으로 유지하겠다는 입장을 설명하였다.

이후, 60년대와 70년대 마오 주석과 저우 총리는 지속적으로 수많은 영국 방문객들을 접견하였다. 나는 저우 총리가 당시 영국 외상이었던 흄과 영국의 보수당 상원의원인 톰슨을 접견했던 일을 기억한다. 이 두 사람을 만났을 때 그는 홍콩문제에 대한 중국의 입장을 이야기하였다. 즉 홍콩은 중국의 영토이며, 할양된 영토는 결국 귀환되어야 한다. 다만 중국의 정책은 이 문제의 해결을 서두르지 않는다는 것이었다. 우선은 이 문제의 해결을 서두르지 않고 장래에 조건이 무르익을 때 우리는 담판을 통해 해결할 것이다. 이 문제를 언제 해결할 지에 대해 우리는 당신들과 상의할 것이며, 우리는 결코 돌발적인 행동은 하지 않을 것이라는 내용이었다. 1972년 3월 8일 우리나라 주연합국 대표인 황화 동지가 연합국 비식민화특별위원회 주석에게 서신을 보내 홍콩과 마카오에 대한 우리의 입장을 설명하였다. 왜 그랬을까? 왜냐하면 당시 만약 홍콩과 마카오를 하나의 식민지로 간주할 경우 독립과 관련된 문제가 발생하기 때문이었다. 우리는 이 성명을 통해 홍콩과 마카오는 제국주의의 강압에 의해 체결된 불평등조약으로 중국의 영토를 점거한 것이지, 일반적인 의미의 식민지는 아니라는 것을 역설하였다. 따라서 홍콩 및 마카오 문제의 해결은 우리 주권 범위 내의 사정이지 식민지문제를 해결하는 방식으로 할 수는 없음을 설명하였다. 또한 이 문제에 대해 우리는 줄곧 시간이 무르익으면 담판을 통해 해결하겠다고 주장했고, 해결되기 전까지는 현 상태를 지속적으로 유지하겠다는 점도 아울러 언급하였다. 1949년부터 70년대 말, 80년대 초까지, 이 30년의 기간 동안 홍콩 문제를 해결할 수 있는 시기가 성숙되지 않았으므로, 우리는 기본적으로 홍콩문제에 대한 중국정부의 입장을 표명한 후 잠시 홍콩을 수복하지 않는 정책을 취하였다. 왜 잠시 수복하지 않으려 했을까? 내가 이해 하기로는 두 가지 이유가 있는데, 첫 번째는 당시 국제형세가 우리에게 이것을 허락하지 않아 평화적인 방법으로 해결할 가능성이 없었기 때문이었다. 당시 국제형세는 이른바 양대 진영이 첨예하게 대립하고 있었는데, 즉 사회주의 진영과 자본주의 진영의 대립으로 중국과 미국 사이 역시 날카롭게 대치하고 있었으며, 우리는 미국과 한반도에서 아직 전쟁상태에 있었다. 이러한 조건 아래에서는 평화적인 방법으로 해결할 수 있는 가능성이 없었으며, 무력에 호소하여 해결하는 방법 밖에 없었다. 무력으로 해결할 경우 당연히 영국인은 우리의 적수가 되지 못하였다. 다만 그들은 바로 미국을 끌어들여 공동으로 홍콩을 방위했을 것이고, 이는 당연히 우리가 원하지 않는 상황이었다. 따라서 당시 총리가 "영국인이 미국인을 끌어들여 함께 홍콩을 방위하게 하느니 홍콩을 영국인의 수중에 두는 것이 낫다"고 말했던 것이다.

두 번째 원인은 신 중국의 성립 초기라 우리와 국교를 맺은 나라가 매우 적었으므로 홍콩을 영국인의 수중에 두는 것이 우리의 대외 경로, 즉 특수한 채널로 활용하며 우리가 다른 통로로는 얻을 수 없는 것들을 얻을 수 있었기 때문이었다. 우리는 홍콩을 이용해 수많은 사안을 진행할 수 있었다. 정치에 있어서든 경제에 있어서든 수많은 사안을 말이었다. 영국은 중국에 대해 실제로 양면정책을 취하였다. 하나는 일찍부터 중국을 승인한다고 선포했으면서도 대만 국민당과의 관계 역시 포기하지 않고, 장기적으로 절반의 수교상태에 머물렀던 것이다. 당시 영국이든 홍콩의 영국 당국이든 그들은 우리 중국의 영향력, 즉 홍콩에서 중국의 영향이 증가하는 것을 원하지 않았으며, 홍콩의 애국역량이 증가하는 것 역시 원하지 않았다. 그러했기에 일부 우호적이지 않은, 심지어 중국을 적대시하는 행동을 취했던 것이다. 이때 총리는 투쟁을 이끌었을 뿐만 아니라 나서서 중국의 엄정한 입장을 천명하였다.

이와 관련해서 중요한 몇 가지 사건이 있었다. 첫 번째는 우리 중화인민공화국이 성립한지 얼마 되지 않아 홍콩에서 일부 국민당 기구들이 반기를 들었던 것이다. 그 중 하나가 중국은행이 반기를 선포하고 국민당을 이탈하여 신중국 중앙 인민정부의 영도를 받기 원했던 일이다. 또한 초상국과 "양항" 즉 중국항공사와 중화항공사 이 두 개의 항공사가 1949년 11월 반기를 선포하고 국민당정부를 이탈하여 중화인민공화국 중앙정부의 영도를 받겠다고 선포했던 것이다.

12월에 총리는 중화인민공화국 정무원 총리 겸 외교부장으로서 성명을 발표하여 "양항"은 중화인민공화국 중앙정부의 소유이며 국무원 민항국의 직접 관할을 받는다고 선포하였다. 또한 홍콩에 있는 "양항"의 재산은 중화인민공화국 중앙정부가 위탁한 자만이 사용할 수 있으며, 만약 이 재산 즉 항공기가 손실을 입을 경우 홍콩 영국정부는 완전한 책임을 져야 한다고 선포하였다. 마지막의 이 사안은 몇 년에 걸쳐 진행된 사안인데, 그 이유는 미국과 영국정부의 계획 하에 결국 "양항"의 70여 대의 항공기가 모두 미국으로 비행한 후 중국으로 돌아오지 않았기 때문이었다. 이 사안은 결국 이렇게 일단락되었다. 중국정부는 이에 상응하는 조치로 상하이의 군관으로 하여금 상하이에 있는 영국 자산, 즉 두 개의 조선소를 징발하도록 하고, 이 두 조선소를 징용하였다. 이 일은 총리가 직접 나서서 성명을 발표하였다.

두 번째는 바로 1955년 10월 국민당의 스파이가 지우룽(九龍)에서 전무 후우한 규모의 폭동을 일으킨 것이다. 이 폭동은 어떻게 발생하였나? 이것은 지우룽 한 지역에서 국민당의 친 대만 분자들이 현지 주민을 협박하여, "쌍십절(중화민국의 건국일)"에 국민당 국기를 걸도록 한 것이 사단이 되었다. 이 지역의 사무기구는 사전에 유관 당국의 규정이 있었으므로 벽에 무언가를 붙이는 행위를 금지하였으며 이 깃발 역시 찢어버렸다. 국민당의 스파이가 이 기회를 빌미로 흑사회(黑社會)와 결탁하여 대규모 폭동을 일으켰던 것이다. 구룽과 취안만(筌灣)에서 대규모 폭동이 발생하였으며, 수많은 상점과 공장, 공회가 파괴되었고, 심지어 살인도 발생하였다. 이 사건의 최후 통계를 살펴보면, 대체로 300여 개의 공장, 학교, 기업이 방화 혹은 파괴되었으며 300여 명이 살상을 입었다. 이 사안에 대해 저우 총리는 직접 나서서 베이징 주재 영국 대리대사 어우넨루를 접견하고 그에게 중국정부는 이 일에 대해 매우 유감이라는 입장을 표명하였다. 스파이와 같은 자들이 현지 중국 주민들의 재산을 파괴하여 중국 주민의 생명과 재산이 엄청난 손실을 입은 것에 대해 십분 유감을 표시했던 것이다. 스파이의 폭거에 대해서는 분노를 표명하고 홍콩 영국 당국에 이 폭동에 대해 강력한 조치를 취할 것을 요구하였다. 이후 홍콩 영국 당국은 긴급사태를 선포하고 부대를 스뢴(石侖)으로 파견하여 결국 당연히 그것을 제압하였다. 다만 홍콩 영국 당국은 이들 스파이와 흑사회의 두목을 국외로 압송하는 것과 관련하여서는 징벌을 시행하지 않았다. 이 몇몇 사건들에 대해 저우 총리는 직접 나서서 우리의 입장을 표명하였다. 우리와 영국 사이의 이러한 투쟁과 관련하여 중앙 및 저우 총리는 여러 차례 우리 간부들에게 설명해주었는데, 즉 우리는 영국과의 투쟁에 있어 여전히 도리와 이익, 절제의 태도를 견지해야 한다는 내용이었다. 왜냐하면 우리의 전체 방침은 잠시 홍콩을 수복하지 않는 것이므로, 우리가 적절한 투쟁을 진행하는 것은 필수적인 것이지만 이 투쟁은 반드시 도리와 이익, 절제를 갖추어야 한다는 것이었다. 그는 또한 여러 차례 우리 중 몇몇 동지들, 특히 홍콩 및 마카오 관련 업무를 행하는 동지들이 지닌 과도한 좌경화 사상을 비판하였다.

홍콩 관련 업무에서 이러한 좌경화 현상은 여러 차례 출현하였다. 그 중 하나는 해방 초기 수많은 동지들이 모두 우리가 신속하게 홍콩을 해방시킬 것이라고 생각하여 표면적으로 기세가 드높아 실제로 영국 측을 자극하고 우리 스스로의 역량을 폭로했던 사건이었다. 이에 대해 저우 총리는 비판을 제기한 바가 있었다. 이후 1958년 대약진시기 홍콩에서 근무하는 동지들이 국내 정치 분위기의 영향을 받아 몇몇 부적당한 상황을 주도한 일이 있었다. 당시 저우 총리와 천이 모두가 이에 대해 비판을 가하였으며 홍콩에서 근무하는 동지들을 베이징으로 소집하여 당의 홍콩 정책에 대해 학습시켰다. 왜냐하면 1958년은 저우 총리가 중앙을 대표해 '8자 방침'을 제안한 시점이었기 때문이다. 이른바 8자 방침이란 "장기적 계획, 충분한 이용(長期打算, 充分利用)"을 말한다. 장기적 계획의 뜻은 잠시 홍콩의 수복을 서두르지 않는 것으로 저우 총리가 표명했던 바로 그 내용을 의미했다. 즉 영국의 홍콩에 대한 지속적인 통치상황에 따라 우리의 업무를 안배하며, 잠시 홍콩을 수복하지 않고, 일정한 기간 동안 홍콩을 영국인의 수중에 둔다는 의미였다. "충분한 이용"은 정치와 경제분야에서 홍콩의 유리한 조건과 홍콩의 특수한 환경을 이용하여 우리의 "사화(四化)건설(네 개의 현대화 즉 공업현대화, 농업현대화, 국방현대화, 과학기술현대화)" 및 우리 조국의 통일을 위해 복무하도록 한다는 것이다. 바로 이 '8자 방침'의 지도하에 우리는 장기적으로 홍콩에 염가의 식품과 일용필수품을 제공하였다. 우리의 3년 고난의 시기에도, 당시 국내 물자도 모두 상당히 부족한 상태였지만, 외교부와 화룬(華潤) 기업에서 보고서를 제출하여 저우 총리에게 제출하였는데, 이 보고서에는 이 어려움을 극복하고 홍콩에 계속해서 공급할 수 있기를 희망한다는 내용이 담겨있었다. 이에 대해 저우 총리는 직접 비준하였다. 이 상황에 대해 나는 잘 알고 있는데, 즉 가장 어려웠던 시기에도 우리는 필요한 상품을 짜내어 홍콩에 제공했던 것이었다. 이는 당연히 우리가 시장이 필요했기 때문에 나온 조치였는데, 이 시장을 잃을 경우 다시 회복하기란 매우 어려운 일이기 때문이었다. 그 외에도 이러한 조치는 홍콩 동포에 대한 배려에서 나온 것이었다. 왜냐하면 우리 중국의 식품과 일용필수품의 경우 가격이 비교적 저렴하였으므로 오랜 기간 염가로 홍콩에 제공해주는 것이 가능하였다. 이것은 홍콩의 이후 발전에 큰 역할을 하였다. 즉 홍콩의 노동비용을 비교적 낮은 수준으로 유지하도록 하여 기타 부근 지역, 이른바 "작은 용"에 비해 노동비용이 저렴했으므로 홍콩 상품이 대외 수출경쟁력을 갖추는 데 유리한 조건을 제공해 주었던 것이다.

두 번째 상황은 다음과 같다. 즉 홍콩에는 담수가 없었기 때문에 60년대부터 홍콩 영국정부는 우리에게 광동으로부터 홍콩에 담수를 공급해줄 것을 요청하였다. 1차 제안은 1960년에 제출되었으며 이 사안 역시 최후에 저우 총리의 비준을 거쳐 진행되었다.

타오주(陶鑄) 동지가 당시 광동에 있었는데, 저우 총리의 동의를 거쳐 선전의 저수지에서 홍콩에 용수를 공급해 주기로 결정한 것이었다. 1963년이 되자 홍콩에서는 심각한 물 기근 현상이 발생하여 용수공급을 요구하였는데, 이 사안 역시 저우 총리에게 보고되었으며 저우 총리는 기꺼이 동의해주었다. 홍콩 동포에 대한 배려와 홍콩의 장래 발전, 경제상의 발전에 대한 관심에서 비롯되어 흔쾌히 동의해준 것이었다. 1963년부터 협상을 시작하여 1965년까지, 동강(東江)으로부터 선전의 저수지로 용수를 끌어온 이후, 선전저수지에서 홍콩에 대한 용수공급을 증가시키기로 결정하였다. 이를 통해 기본적으로 홍콩의 생활용수 및 공업용수 부족문제가 해결되었다. 이러한 상황은 홍콩에서 엄청난 반향을 불러 일으켰다. 바로 이 두 가지 사안이 홍콩의 이후 발전에 큰 촉진작용을 했음을 언급해야만 할 것이다.

이 수십 년간 비록 국내에서는 정치운동이 비교적 빈번하였지만, 홍콩에 대한 정책만큼은 줄곧 안정적이었다. 즉 중앙의 "장기적으로 계획하고, 충분히 이용한다"는 '8자 방침'이 관철되어 비교적 안정적인 상황이 지속되었으며, 이후 홍콩의 발전에 중요한 조건으로 작용하였다. 비록 주변지역의 상황은 모두 안정적이지 못했지만, 홍콩은 정치적으로 안정되어 있었고, 우리가 대량으로 제공한 염가의 식품과 일용필수품이 존재했으며, 게다가 용수 부족문제도 해결되었으므로 이 모든 것들이 홍콩의 경제발전에 큰 역할을 하였다.

70년대 말에서 80년대 초까지, 이 시기는 국제정세에 큰 변화가 있었는데, 우선 영국인들이 홍콩에 대한 중국의 태도를 끊임없이 타진하였으나, 중국은 이 시기에 국제정세가 크게 변화하여 홍콩문제를 평화적으로 해결할만한 조건이 성숙되었다고 판단, 홍콩의 수복을 결정하였다. 물론 우리는 여전히 "일국양제(一國兩制)"의 방침을 취하며 홍콩문제를 해결하였다. 이 방침은 당시 우리의 "장기적 계획, 충분한 이용" 방침과 일정한 관계를 맺고 있는 것이었다. "장기적 계획"이란 당연히 수복하지 않는다는 것이 아니고, 수복해야 하지만 그것의 제도가 오랜 시간 즉 50년 동안 변하지 않았으므로 이 제도를 장기적으로 유지한다는 것 역시 반드시 장기적 계획이 필요한 것이었다. "충분한 이용" 역시 당연히 계속해서 이 방침을 채용하였다. 우리가 홍콩의 반환을 결정한 바에 따라 현재는 이미 순조롭게 반환되었는데, 이 사건은 저우 총리를 포함한 우리당의 제1대 지도자들의 소망이었다. 그들은 본래부터 젊은 이들이 보게 될 것이라고 말하였고, 현재 우리는 이미 이러한 상황을 목격하고 있다. 이것은 당시 홍콩에 대한 기본방침을 신 중국 성립 초기에 마오 주석과 저우 총리 등 제1대 지도자 동지들이 기본적으로 확립해 놓은 것이었음을 의미한다. 당연히 최후에 이 문제를 해결하면서, "일국양제" 방침을 계속해서 채택하게 된 것은 덩샤오핑 동지 역시 큰 공헌을 하였다.

저우 총리와 대일외교

손핑화(孫平化)
(대외우호협회 전 부회장, 중일우호협회 전 회장)

저우 총리와 대일외교

손핑화(孫平化)
(대외우호협회 전 부회장, 중일우호협회 전 회장)

신중국 성립 이후 우리나라의 외교업무는 점차 발전해나갔다. 대일본 외교업무 역시 하나의 중요한 작업이었다.

나와 저우 총리의 접촉은 1952년에 시작되었다. 당시 일본의 외빈이 왔을 경우 늘 내가 영접하였는데, 직접 관할하던 간부는 랴오청즈(廖承志)였다. 나는 외빈을 대동하고 저우 총리를 접견하였으며 그에게 외빈의 상황을 보고하였다. 개별 상황은 랴오청즈가 저우 총리에게 보고하였으며 나는 외빈을 대동하고 갔다. 당시는 저우 총리가 직접 영도하던 시기로 일본 관련 업무를 주관했던 것은 랴오청즈였고, 우리는 구체적인 업무를 진행하였다. 저우 총리는 일본 외빈을 빈번하게 접견하였다. 메이란팡(梅蘭芳)이 대표단을 이끌고 일본을 방문하였을 때, 일본의 저명한 극단과 상호 방문하였는데, 일본의 이 극단은 가부키극단으로 중국의 고전극 경극에 상당하는 것이다. 이 극단의 대표는 이치카와 엔노스케(市川猿之助)라는 사람이었다. 이 극단이 중국을 방문한 일을 추진한 이는 아사히신문의 간부 그룹 중 중국과 우호적인 관계를 맺고 있던 문화인사 시라이시 혼(白石凡)이었다. 당시 중국에서는 아직 가부키를 본 적이 없었다. 저우 총리는 유관 방면의 업무를 진행하며 이 일을 매우 중시해야 한다고 언급하였다. 이 극단은 당시 대외문위(對外文委)에서 주관하였으므로 나는 영접 업무에 참여하지 않았다. 이치카와 엔노스

케가 귀국한 후 양방의 문화교류를 강화하기 위해 우리는 극단 하나를 일본으로 파견하였는데, 곧 메이(梅) 극단(劇團)을 파견하면서 중국경극원의 극단 역시 함께 파견하였다. 리샤오췬(李少春), 리허정(李和曾), 위안스하이(袁世海) 및 일부 상관 인원이 파견되었으며, 메이 극단의 단원까지 해서 총 80여 명이었다. 나 역시 그때 함께 파견되었다. 이 대표단의 진용은 매우 대단하여 저우 총리 역시 큰 관심을 두었다. 왜냐하면 한 명은 메이란팡 선생, 다른 한 명은 어우양위취안(歐陽予倩)으로, '남쪽의 어우(歐), 북쪽의 메이(梅)'가 함께 했기 때문이었다. 또한 마샤오버(馬少波), 리샤어췬(李少春) 등도 있었다.

이 대표단이 일본에 간 것은 상당한 센세이션을 일으켰다. 일본에 도착한 후 메이란팡이 한 번 무대에 오르면, 극장 부근에 고가의 암표를 파는 이들이 있을 정도였다. 일본에서 한 달을 공연한 후 돌아올 때 우리는 홍콩을 통과했는데, 당시 반둥회의에 갔던 "인도의 가슈미르공주호" 항공기에 사고가 발생했으므로 우리들 중 일부도 재난을 당하였다. 우리가 홍콩에 도착하여 비행기에서 내리자, 홍콩 신화사의 동지들 및 홍콩 영국 당국의 경찰이 자동차를 비행기 트랩에 대기해 두었으며, 경찰이 바로 우리를 선전으로 실어 갔다. 이쪽 사람들은 바로 대표단을 영접하였으며, 총리가 전용열차를 파견했다고 말해주었다. 이 전용열차는 기차 중 최고급 등급의 객차였다. 열차에 오른 이후 선전과 광저우의 외무부 사람들이 나에게 신속히 전화를 걸어와 저우 총리가 통화하기를 기다린다고 일러주었다. 나는 바로 베이징으로 전화하여 저우 총리에게 보고하며 메이란팡 선생이 안전하게 선전에 도착했다고 설명하였다. 이때야 비소소 저우 총리는 안심하였다고 했다.

기억하기로 저우 총리는 천이가 외교부장을 맡고 있을 당시, 우리의 대일본 업무방침은 민간이 선행하여 민이 관을 재촉하는 형식이 되어야 한다고 언급한 적이 있었다. 당시 그는 사회주의 국가의 외교는 반드시 이 두 가지 방면을 모두 포괄해야 한다고 설명하였다. 즉 하나는 정부 간의 외교인 관방외교이고, 다른 하나는 민간외교로 저우 총리는 이 양자의 관계는 상부상조하는 것이라고 말하였다. 이것은 둘 중 하나가 주가 되어서는 안 되며, 서로 보완하고 도와서 일을 완성해야 한다는 것이었다. 저우 총리는 관방외교가 발전하면 민간외교 역시 진행이 용이한데, 이는 관방의 지원이 있기 때문이며, 민간외교가 발전하는 것은 관방외교에 공고한 기초를 제공하는 것이라고 설명하였다. 따라서 이 두 가지는 상호 보완해주고 서로 성장해야 하며 모두 함께 발전해야 한다고 강조하였다. 중국과 일본이 적대적 상태에 있을 때, 즉 일본 정부가 "두 개의 중국"을 주장할 당시 저우 총리는 대일관계를 처리하는 방법으로 관방과 민간을 분리하였다. 이에 대해 마오 주석 역시 지시를 내려 일본정부와 일본인은 분리해야 한다고 이야기하였다. 일본정부는 우리를 적대시하지만 인민은 우리에 대해 우호적이며 우리는 인민과 함께 우호적인 관계를 맺어 나가야 한다는 것이 하나의 사상이었다. 다른 하나는 우리 역시 우리의 일부 태도를 변화시켜야 한다는 것이었다. 즉 과거에 일본 군국주의는 우리를 침략하여 중국인민이 엄청난 손해를 입었지만 이것은 일본 인민의 책임이 아닌 일본 군국주의자의 책임이며, 그들과 일본의 보통 인민은 분리해야 한다는 것이었다.

후에 저우 총리는 중일 양국 사이의 이 일을 언급하며, 어떤 일은 본래 마땅히 정부로 귀속되어야 하지만, 현재 정부가 일종의 적대적 상황에 처해있어 정부 사이에서는 해결할 수 없으므로 민간이 응당 최선을 다해 담당해야 한다고 말하였다. 이후 저우 총리는 또한 양국이 현재 왕래가 불편하여 반드시 홍콩을 경유해서 가야하니, 직항을 개설해야 한다고 제안하였다. 저우 총리는 중일 관계에 있어 이러한 국면을 개창하였으며, 양국이 수교하는 데에 양호한 기초를 다졌다. 후에 랴오청즈의 지도하에 일본팀이 만들어졌으며 일본에 무슨 큰 사건이 발생할 경우 일본팀에서 이 문제를 논의하였다. 저우 총리의 의도에 근거하고 모두의 의견을 구하여 어떻게 대처할 것인지를 논의한 것이다. 당시 랴오청즈는 저우 총리와 특별히 편안하게 연락하였는데, 수화기를 들면 바로 직접 지시를 받을 수 있을 정도였다.

　정치계를 포함 일본의 각 부분에서는 모두 저우 총리를 세계에서 가장 위대한 정치가라고 생각한다. 몇 년 전 책 한 권이 출판되었는데 『일본인의 마음속에 있는 저우언라이』라는 제목으로 신화사의 한 기자가 편찬한 것이다. 이 책은 약 50명의 일본인이 저우 총리의 인상에 대해 진술한 내용을 담고 있다. 저우 총리와 덩 여사에 대한 감정이 특히 깊은 일본인들 중, 인상에 가장 남는 이들은 다음과 같다. 한 명은 오카자키 가헤이타(岡崎嘉平太)라는 사람으로, 그는 중일 간의 민간작업을 '반관반민(半官半民)'의 단계로 끌어올린 공신 중 한 명이었다. 그는 중국에 대한 감정, 총리에 대한 마음이 매우 깊었는데, 총리의 사진을 본인의 작은 수첩 안에 두고 늘 가지고 다닐 정도였다. 중국에 올 때에도 가지고 오고 일본에 돌아갈 때에도 가지고 갔다. 그는 1990년에 사망하였는데, 사망할 당시 남긴 유물 중 저우 총리의 사진이 있었다. 그는 저우 총리와 만난 시점부터 저우 총리에 탄복하여 사진을 휴대하고 영원히 자신으로부터 떼어놓지 않았다고 했다. 그가 사망한 후 그의 부인이 다음과 같이 말하였는데, 그녀 역시 위안을 받는 것 같았다. "그녀의 남편 오카자키 가헤이타는 저우 총리 곁으로 떠난 것이라고, 저우 총리가 함께 있는 것이라고……." 또 다른 한 사람은 사이온지 긴카즈 (西園寺公一)인데, 그는 국제조직인 '아시아 및 태평양 평화회의' 주중 대표였다. 당시는 중일 간의 외교관계가 성립되지 않은 시점이었으므로, 일본의 외교기구나 대사가 없었다. 저우 총리는 매번 일본의 외빈을 만날 때마다 반드시 그를 초청하여 참가하도록 했다. 저우 총리는 "당신이 바로 민간대사이다"라고 말하며, 그에게 '민간대사'라는 칭호를 붙여주었다. 만약 우리의 영접 담당부서에서 이 일을 경시하여 사이온지 긴가즈를 초청하지 않았을 경우(우리는 당시 그를 "시공(西公)"이라고 불렀다. 중국 측에는 "랴오공(廖公)"이, 일본 측에서는 "시공"이 있었던 셈이다), 저우 총리의 비판을 받아야 했다. 후에 중국이 문화대혁명을 시행하면서 시공 역시 공격을 받았다. 그는 버티지 못하고 일본으로 돌아가려고 하였다. 저우 총리는 이 소식을 들은 후, 덩 여사와 함께 그를 시화청으로 초청하여 집으로 부른 후, 사후 업무처리에 대해 논의하였다. 저우 총리는 "당신은 반드시 돌아가야 합니다."라고 말하며, 상황에 대해 약간의 설명을 더한 후, "이후 몇 년이 지난 후에 중국에 와서 보도록 하십시오."라고 말하였다. 이후 랴오공이 돌아와 대일본 업무를 관장한 후, 1972년에 우리 역시도 돌아왔다. 저우 총리의 이 말에 의거해 우리는 매년 그를 중국으로 초대하였다. 일반적으로 외빈이 중국을 방문하면 모두 스스로 여비를 부담하였지만, 시공 이 사람만큼은 저우 총리의 지시에 따라 우리가 그의 왕복 여비를 부담하였다. 우리는 그가 마지막에 거동이 불편하여 올 수 없을 때까지 매년 방문을 요청하였다.

시공의 팔순 생신잔치도 우리가 베이징에서 베풀어주었다. 저우 총리의 서거 이후 그는 시화청으로 와서 덩 여사를 접견하며, 처음부터 끝까지 약 30분이 넘는 접견 시간 동안 줄곧 눈물을 흘리며 울었다.

또 한 사람이 있는데, 그는 원래 고메이도(公明黨)의 위원장으로 다케이리 요시가츠(竹入義勝)이다. 중일 수교가 수립되고, 다나카 가쿠에이 수상이 중국을 내방하기 전에 다케이리 요시가츠는 몇 사람을 인솔하여 베이징으로 와 중국 측과 수교문제를 어떻게 해결할 것인지 논의하였다. 당시 나는 일본에 있었는데, 후에 그가 일본으로 돌아온 후 나를 찾아와서 이야기를 나누었다. 당시 몇 가지 사안을 논의했던 것으로 기억하는데, 중일 수교를 발표하는 연합성명의 골격은 기본적으로 저우 총리와 상의해서 결정하였다. 그가 홍콩에 도착한 후 몇 사람이 기록에 근거해 논의한 내용을 정리했으며, 도쿄로 돌아와 다나카 가쿠에이 수상 및 외상 오히라 마사요시 이 두 사람에게 보고하였다. 이 기록을 "다케이리의 기록"이라고 부르는데, 영문으로는 '메모', 즉 "다케이리의 메모"이며, 저우 총리와의 대화를 담은 메모로 이것은 중일 양국의 수교 건립에 기초가 되었다. 따라서 다케이리 요시가츠는 중일 수교에 특수한 공헌을 이룬 인물이었음을 알 수 있다. 후에 덩 여사는 우리에게 저우 총리는 업무상 관련된 일을 귀가 후에는 그녀에게 언급하지 않았는데, 특히 누구를 만났으며, 그에 대한 평가는 어떻다 등등의 말은 전혀 하지 않았다고 말해주었다. 다만 예외가 있었는데, 다케이리 요시가츠에 대한 그의 평가는 매우 높았으며, 이 일본인 친구의 품행에 대해 특히 높이 평가했으므로, 덩 여사 역시 그에 대해 이러한 인상을 가지고 있다고 말해주었다. 몇몇 보통의 일본 친구들은 비밀을 엄수하도록 하는 것이 매우 어려웠는데, 저우 총리와 다케이리 요시가츠 이 두 사람 사이에는 약정이 있었는데, 한창 수교 문제를 논의 중이었고 아직 최후의 결정이 나지 않은 상황이었기 때문에 말해서 안 되는 것들이 있었기에, 그는 이것을 결코 말하지 않았다. 따라서 저우 총리의 서거 이후 그가 왔을 때, 덩 여사를 만나서는 처음부터 끝까지 눈물을 흘리며 통곡했던 것이다. 그는 연령에 대해 말하며, 저우 총리와 덩 여사는 그의 부친 모친과 같아 특별히 깊은 마음을 지니고 있었다고 언급하였다.

저우 총리는 간부들을 매우 아끼면서도 또한 엄격한 것을 요구하였다. 때로 저우 총리와 일본 관련 사안을 상의할 때면, 그는 랴오공은 물론 일본팀 모두를 부르도록 하였다. 그는 관장하고 있는 사안들이 매우 많았다. 당시 그가 시험을 내서 우리가 대답을 못하면 바로 핀잔을 들어야 했으며, 돌아가서 바로 관련 내용을 조사해야 했다. 이후 우리는 사전에 준비를 하고, 자료를 조사하며 저우 총리가 무슨 일을 상의하고 무엇에 대해 물을지를 살폈다. 저우 총리의 질책을 받은 우리들은 질책을 받으면 받을수록 더욱 저우 총리를 존경하게 되었다. 우리 스스로 저우 총리의 엄격한 교육 하에 성장하고 있다는 것을 느낄 수 있었기 때문이었다. 나는 지금까지 계속 대일 관련 업무를 해왔는데, 최후에 회장직에 오를 수 있었던 것은 당시 쌓은 기초와 관련이 깊다고 생각된다. 나는 문화대혁명시기에 아주 오랫동안 나가지 못하였다. 저우 총리는 후에 나를 불러 두 번 심문하였는데, 간부와 군대표의 태도가 점차 변화하기 시작하면서 나 역시 해방될 수 있었다.

내가 평생 잊을 수 없는 한 가지 일이 있다. 중일 수교가 건립되기 전, 내가 간부학교에서 돌아오자, 나에게 상하이 발레단, 즉 문화대혁명 중의 양판단(樣板團)을 이끌고 일본을 방문하도록 하였다.

우리는 기차를 타고 광저우에 도착해서 일본의 다나카 내각이 출현했으며, 사토(佐藤) 내각이 퇴임했다는 소식을 알게 되었다. 형세가 변한 것이었다. 다나카 내각이 탄생한 지 3일째에 우리는 도쿄에 도착하였다. 도쿄는 중일 우호를 다져야 하며, 중일 국교수립을 이루어야 한다는 분위기였다. 바로 이때 중국 농업대표단이 도쿄에 갔는데 단장은 허종스(郝中士)였다. 이어서 외교부 일본사무처의 처장 천캉(陳抗)도 도쿄에 도착하였다. 도쿄에 도착한 후 천캉은 나를 불러 저우 총리의 지시를 전달하였다. 즉 "자네는 모든 역량을 다하여 다나카 수상의 베이징 방문을 추진하도록 하게. 그가 와야만 모든 일이 논의되고 해결될 걸세."라는 내용으로, 내게 주어진 임무였다. 나는 이 기회를 빌려 일본 외상 및 수상과의 접견을 요구하였는데, 저우 총리의 말을 전해야 했기 때문이었다. 나는 일본 친구가 아주 많았는데, 문화대혁명 기간 5년 동안 나온 적이 없으므로, 단장을 맡아 일본에 와서 모습을 드러내자 누구든 다들 나를 만나고 싶어 했다. 나 역시 이 기회에 저우 총리의 지시에 의거하여 바로 그곳에서 활동을 하였다. 다나카 수상을 접견하였으며, 다나카 수상 역시 중국을 방문하고 싶다는 의사를 표시하였다. 우리는 매일의 활동상황을 모두 상세하게 베이징에 보고하였으며, 베이징에서는 바로 저우 총리에게 보고하였다. 그는 때로 전화를 걸어 우리에게 지시를 내리기도 하였는데, 이처럼 매 단계마다 어떻게 해야 할 지에 대해 저우 총리는 모두 직접 지도하였다. 우리가 적절하게 진행하지 못할 경우 저우 총리는 비판하였으며, 그러면 우리는 바로 저우 총리의 비판정신에 따라 수정 후 다시 진행 하였다. 이 일은 바로 우리에게 일종의 '소참고(小參考)'로서, 즉 나를 바람과 풍랑이 가장 센 곳으로 밀어 넣은 후, 내가 '손 회오리바람'을 가지고 놀았다고 말하곤 하였다.

우리가 베이징에 도착한 후 비행기에서 내리자 전용차가 바로 우리를 인민대회당으로 데려다 주었다. 우리는 저우 총리 한 사람이 로비에 앉아 우리를 기다리고 있는 모습을 보았다. 나는 귀국길에 내내 마음을 놓지 못하고 있었는데, 도쿄에 있을 때 오래된 일본 친구인 후지야마

아이이치로(藤山愛一郞)가 전세기를 타고 귀국하라고 권유하였으나, 내가 필요 없다고 대답한 후, 이 내용을 저우 총리에게 보고하자 비판을 받았기 때문이었다. "뭐가 필요 없단 말인가! 매우 필요한 일인데!" 나는 저우 총리를 만나면 반드시 또 비판을 받게 될 거라고 생각하고 있었다. 도착한 이후 저우 총리의 태도는 예전과 완전히 동일했다. 조금도 화를 내지 않고 내가 하는 말을 들어주었다. 그의 관심은 바로 다나카 수상이 결국 올 것인지에 대한 문제였다. "상황은 변할 것인가 변하지 않을 것인가? 이 일에만 관심을 두는 구나." 나는 당시 매우 깊은 감동을 받았다.

나는 저우 총리와 다나카 수상의
회담을 지켜보았다

린리윈(林麗韞)
(전국인민대표대회 전 상임위원, 중국국제문화교류센터 부이사장)

나는 저우 총리와 다나카 수상의
회담을 지켜보았다

린리윈(林麗韞)
(전국인민대표대회 전 상임위원, 중국국제문화교류센터 부이사장)

1972년 9월 25일 점심나절, 이때는 일 년 중 베이징의 날씨가 가장 좋은 때로, 하늘은 높고 구름은 엷고 바람은 잔잔했다. 수도공항에 소년선봉대가 꽃을 높이 들고 노래하고 춤추며 일본 수상 다나카 가쿠에이 일행을 맞이하였다. 나는 저우 총리의 신변에 바싹 붙어 있었다. 고작 39살이던 나에게 이것은 마음에 깊이 남을 만한 날이었다. 다나카 가쿠에이가 트랩을 내려올 때 저우 총리는 "오신 것을 환영하오!"라고 말하였다. 그와 다나카는 손을 굳게 맞잡고 악수를 하였다. 그 시각 중일 양국의 친구들은 모두 기뻐하며, 결국 이 날이 왔음에 감격하였다.

중일 국교 정상화의 과정이, 즉 마오 주석과 저우 총리의 직접 지도 하에 20여 년간의 민간 추진을 통해 조금씩 조금씩 지속적으로 끊이지 않고 오래오래 흘러온 이 과정이 마침내 이 날 성과를 이룬 것이었다. 다나카 자신도 궤도는 백성들이 설치한 것이고, 그는 그 궤도를 따라 중일 국교회담의 탁자로 나아갔을 뿐이라고 말하였다.

당시 일본의 역대 정치가들은 모두 미국을 바싹 뒤따르며, 미국을 따라 중국을 적대시했으며, 미국의 외교정책이 어떤지에 따라서 바로 그 뒤를 쫓아가기만 할 뿐 감히 한 발자국도 앞서나가지 못하였다. 그런 까닭에 중일 양국이 오랜 기간 국교를 회복할 수 없었던 것이다. 닉슨이 중국과 비밀외교를 진행하자 그의 동맹국들 또한 모두 그것을 보았다. 당시 표현으로 "최후의 마지막 차를 따라잡지 못할 것은 없다"고 하였으며, 일본의 여론도 구체적인 비유를 들어 어떤 수상에 대해서는 "오리가 물가에서 논다"고 표현하였다.

그러나 다나카 총리는 그렇지 않았다. 그의 취임연설에서도 그가 적극적으로 이 한걸음을 내디딜 것이라는 것을 알아챌 수 있었다. 이 때문에 저우 총리는 바로 손핑화(孫平化), 샤오샹첸(蕭香前)을 선봉대로 삼아 일본으로 파견하여 준비작업을 수행하도록 하였다. 1972년 7월 다나카 가쿠에이가 선거에서 승리하고, 신임 수상 자리에 오르자, 오히라 마사요시가 외상을 맡았으며, 니카이도(二階堂)가 내각 관방장관에 선임되었다. 첫 내각회의에서 다나카는 공개적으로 "신속하게 중화인민공화국과 국교 정상화 교섭을 하자"고 선포하였다. 그는 또한 중국정부가 일관되게 주장해온 중국 국교정상화 3원칙을 충분히 이해한다고 표명하였다. 저우 총리는 예민하게 시기를 포착하여 적극적인 반응을 내놓았다. 7월 10일 그는 중일우호협회 부비서장 손핑화를 파견해 상하이 발레단을 이끌고 도쿄로 가 우호방문 공연을 진행하도록 하였으며, 아울러 손핑화에게 다나카 수상을 접견하여 그의 초청의사를 전달하라고 지시하였다. "다나카 수상이 베이징으로 와서 얼굴을 맞대고 협상을 해야만 모두 문제가 다 해결될 것이다." 7월 16일 저우 총리는 일본 사회당 전 위원장인 사사키 코조(佐佐木更三)를 만났을 때에도 "만일 일본 현임 수상이나 외상, 혹은 그 외 대신들이 베이징으로 와 국교회복 문제를 논의하려고 한다면 베이징공항은 그들에게 개방되어 있고, 무엇보다 다나카 수상 본인의 방문을 환영합니다"라고 표명하였다. 일본 측의 반응 역시 신속했다. 7월 22일 오히라 외상은 상례를 깨고 손핑화와 샤오샹첸을 만났으며, 손핑화는 저우 총리의 초청을 전달하였다. 오히라는 즉시 진심어린 감사의 의사를 표하였다. 그는 "일본 정부 역시 일정한 단계에 이르렀을 때 정부의 수뇌가 방중해야 한다는 점을 고려하고 있습니다. 적당한 시점을 선택할 경우 일본 측은 이를 위해 철저히 준비해서 베이징에 간다면 반드시 풍부한 성과가 있도록 할 것입니다"라고 말하였다. 또한 "저와 다나카 수상은 모두 정치가이며, 이것은 정치생명에 관련된 중대한 문제입니다. 또한 일본의 명운과 연관된 문제임과 동시에 중일 양국에도 모두 지극히 중요한 문제입니다"라고 말하였다. 8월 15일 다나카 수상은 도쿄의 제국호텔에서 손핑화와 샤오샹첸을 접견하고 저우 총리의 초청에 감사를 표시하였다. 그는 이미 중국을 방문하기로 결정하였으며, 9월 21일 일본정부는 관방장관의 담화를 통해 다나카 수상이 9월 25일부터 29일까지 중국을 방문할 것이라고 정식 선포하였다. 다나카 수상의 방중은 완전히 기정사실화 되었다. 9월 25일 당일, 베이징의 하늘은 특히 청명했으며 날씨도 매우 좋았다. 공항에서의 의례적인 환영 행사 후, 저우 총리는 다나카 총리 일행을 댜오타이호텔로 수행하였다. 자리에 앉자마자 다나카는 저우 총리에게 "이 댜오타이호텔은 언제 지어진 것입니까? 정말 훌륭한 호텔이군요"라고 말하였고, 저우 총리는 "이것은 건국 10주년 기념 10대 건축 중의 하나입니다."라고 대답하였다. 이렇듯 손님과 주인이 화제를 꺼내면서 담소를 나누기 시작하였다. 저우 총리와 다나카 총리는 중일 양국의 국교 정상화 문제를 전후 4차례 회담을 통해 논의하였으며, 정식으로 연합성명을 체결하였다. 나는 운이 좋게도 이토록 중대한 역사적 의미를 지닌 회의의 전 과정에서 통역을 맡았으며, 아울러 양국 정부의 연합 성명 체결 의식에도 참가하였다.

새로운 시작 - 1972년 9월 30일 저우언라이는 상하이 비행장에서 중국을 방문한 일본 다나카 가쿠에이(좌측에서 두 번째 사람은 린리윈林麗韞) 수상을 환송하러 나온 모습.

베이징에 도착한 당일 저녁, 다나카 총리는 저우 총리가 거행한 환영 만찬회에 참석하였는데, 그때 복잡한 사건 하나가 발생하였다. 그날 나와 탕원성(唐聞生)은 각각 저우 총리의 일어와 영어 통역을 담당하고 있었다. 관례에 따라 지도자의 연설은 본국의 통역원이 통역하였는데, 다나카를 수행하였던 통역원은 타이베이에서 중국어를 배운 사람이었다. 그는 다나카의 답례사 중 한 구절, 즉 일본이 중국을 침략하여 중국인민에게 상해를 입힌 부분에서 대강 "폐를 끼쳤다"고 번역해 버린 것이었다. 이때 연회장은 즉시 의론이 분분해 소란해졌으며, 저우 총리 옆에 있던 탕원성 역시 바로 불만을 표시했다. "어떻게 이리 가볍게 말할 수 있나요?" 저우 총리는 탕원성이 하는 말을 들었다. 나는 이 말의 일본 원문이 사실 번역하기 쉽지 않다는 것을 알고 있었다. 일어 원문의 그 구절을 번역할 때에는 단어의 선택을 더욱 적절하게 해야 하는 것이었다. 원래의 의미에 더 부합할 수 있도록, 단어가 사과의 의미를 충분히 담을 수 있도록 해서 사과의 의사를 충분히 표현할 수 있도록 하는 것은 결코 불가능한 것이 아니었다. 그러나 통역원은 가볍기 이를 데 없는 "폐를 끼쳤다"라는 표현방식을 선택하였던 것이다. 저우 총리는 당시 매우 침착하였으며, 다음날 정식회담 때가 돼서야 이것을 언급하였다. 당일에는 손님을 극진하게 대접하며 예의를 다하였다.

두 번째 날 회담 때에 저우 총리는 엄숙하게 말했다. "당신이 만약 길을 가는 여자아이의 치마에 물을 뿌렸다면 '폐를 끼쳤다'고 말해도 됩니다. 이것이 '폐를 끼쳤다'는 말의 용법입니다. 일본 군국주의자가 중국인민에게 끼친 그 많은 피해를 어떻게 '폐를 끼쳤다'는 한마디로 해결할 수 있겠습니까! 조금의 반성도 담겨있지 않은 말은 결코 받아들일 수 없습니다!" 이후 30여 년의 시간 동안 다나카의 이 말은 내가 매번 일본 기자와 인터뷰할 때마다, 특히 중일 국교정상화 5주년, 10주년 기념일에 모든 기자들에게서 받은 질문이었다. "당시 다나카 수상은 이렇게 말한 것이 아닌가요?", "번역은 어떻게 해야 하나요?", "당시 당신은 어떤 느낌을 받았나요?" 이에 대한 나의 대답은 이런 것이었다. "다나카 수상의 일본 원어 역시 용법이 적합하지 않았으며, 번역도 타당하지 못했습니다. 만일 통역 시에 사과의 뜻을 조금 더 보충했더라면 괜찮았을 것입니다. 원어 역시 본래 비교적 애매했는데, 통역이 더 애매하게 만들어 버린 것이지요. '폐를 끼쳤다'는 말은 너무 가볍게 들리며, 중국인들에게 그 어떤 사과의 뜻도 담기지 않은 것이라고 느끼게 합니다. 결코 받아들일 수 없는 것이지요!" 당시 나는 "통역이란 단지 소리를 전송하는 기계만은 아니구나"라고 생각하게 되었다. 우리가 저우 총리의 신변에서 일을 할 때, 그는 우리의 통역 업무에 대해 매우 엄격하게 요구하였다. 그는 우리가 박학다재해야 하며 열심히 노력하고 공부해서 지식을 넓혀야 한다고 일깨워 주었다. 우리는 업무대상에 대해 완벽하게 이해해야 했다. 그 자신이 더욱 전면에 나섰기 때문이었다. 다나카 수상이 방문하기 전, 저우 총리는 우리에게 다나카 수상이 1972년 6월 수상직을 맡기 전에 썼던 "일본열도 개조론"을 읽으라고 특별히 강조하였다. 이 안에는 그의 정치적 경향과 시정방침이 담겨있기 때문이었다. 그는 또한 우리에게 특히 회담시의 통역은 더욱 엄격하고 조심스러워야 한다는 점을 당부하였다. 특히 조약서의 역문은 조금도 모호해서는 안 된다고 말하였다. 그는 일본에서 유학한 경험이 있기 때문에 내가 통역할 때 매우 세심하게 들었다. 그는 통역에 대해 매우 잘 이해하고 있었다. 내가 평화공존 5개항을 통역할 때, 제1조도 아직 번역이 완성되지 않았었는데 그는 작은 목소리로 나에게 제2조를 알려주었다. 당시 나는 매우 감동하였다. 저우 총리와 마오 주석은 동일하게 혁명전쟁시기 양성된 생활습관, 즉 저녁에 일하고 새벽에 쉬며 정오에 일어나는 습관을 지니고 있었다. 이것이 저우 총리의 일관된 생활습관이었는데, 그는 다나카 수상을 위해 이것을 바꿔야 했다. 다나카는 본인 스스로 호화저택을 소유하고 있었으며, 정원을 갖추고 비단 잉어를 키웠다. 그의 습관은 일찍 자고 일찍 일어나는 것으로, 매일 5시에 일어나 자택의 정원에서 활동을 하는 등 생활이 매우 규칙적이었다. 다나카가 베이징에 방문하기로 하자 저우 총리는 사전에 지시를 내렸다. "나는 생활습관을 그와 비교적 근접하게 조정해야 할 것 같네. 그러니 오늘부터는 저녁 10시 이후에 업무보고를 하지 말도록 하게." 사실 이것은 실현되지 못하였다. 비록 저우 총리가 직원들에게 회담기간 중에는 10시 이후 업무 보고를 하지 말도록 지시하였지만, 실제로는 여전히 보고를 하였고, 그 역시 매우 늦은 시간까지 자료를 살폈으며, 어떤 때는 새벽 3시 반에도 자료를 필요로 하였다. 저우 총리는 중일 국교회담 중에 매우 수고하였는데, 다나카의 방문 전에 몇몇 세세한 사항들이 완전히 합의되지 못한 상태였으므로, 회담 중에 결국 논쟁이 오고가게 되었다. 당시 쌍방의 논쟁이 가장 격렬했던 점은 대만문제, 즉 하나의 중국이라는 원칙에 관한 문제였다. 이 문제가 해결되지 않는다면 중일 국교는 정상화될 수 없는 것이었다. 중일 국교의 정상화 전에 일본은 대만과 외교관계를 유지하고 있었으며, 일본과 대만 사이에도 이른바 '평화조약'을 체결한 상태였다. 일본이 중국과 국교정상화를 실현할 경우 자연히 대만과는 '단교, 조약 폐기'를 할 수 밖에 없는 상황이었다. 다나카에게 이것은 정치와 생명이라는 이중의 위험을 무릅써야 하는 것이었다. 이 때문에 다나카는 중국이 그가 직면한 현실적 어려움을 이해하고 협력해 줄 것을 요구하였다. 결국 저우 총리가 제안한 "이견은 미뤄 두고 의견을 같이하는 부분부터 협력하는 것", 즉 원칙성과 융통성을 결합하는 원칙에 의거해 양측이 충분히 정치적 지혜를 운용하여 절충적인 해결 방법을 찾아내게 되었다. '중일연합성명'의 서언에는 다음과 같은 내용이 명기되어 있다. "일본 측은 일본이 과거 전쟁으로 인해 중국인민에게 끼쳤던 막대한 손해에 대해 책임을 통감하며 심각한 반성을 표명하는 바이다. 일본 측은 중화인민공화국 정부가 제출한 '수교 3원칙'을 충분히 이해하는 입장에서 일중 국교정식화의 실현을 추구한다는 점을 거듭 천명한다." 중국 측은 이에 대해 환영을 표시하였다. '중일연합성명'의 제2조는 "일본은 중화인민공화국이 중국 인민을 대표하는 유일한 합법정부임을 승인한다"이다. 일본과 대만의 협약문제는 양국의 연합성명 체결 이후 오히라 외상이 일본과 대만의 조약을 폐기한다고 대외에 선포함에 따라 대만과는 즉시 단교되었다. 저우 총리의 외교 스타일 중 매우 중요한 한 가지는 "이치로써 설득시킨다"는 것이었다. 원칙을 견지하면서도, 이견은 미뤄 두고 의견을 같이하는 부분부터 협력한다는 방침을 통해 인식의 일치를 쌓아가고 이견을 배제해 나가는 것이었다. 저우 총리는 이 방면에 있어 매우 뛰어났다. 이 회담을 통해 저우 총리에 대한 다나카의 경탄은 말이나 표정 속에 이미 다 드러날 정도였다. 회담 이후 다나카는 일본기자들에게 저우 총리의 인상에 대한 글을 써서 주었는데, "몸은 버드나무처럼 미풍에도 흔들릴 정도인데, 마음은 거대한 암석이 큰 파도를 부수는 것만 같다"고 표현하였다. '중일연합성명'이 험난한 회담과정을 거쳐, 대만문제와 전쟁배상문제 등에 대해 기본적인 합의에 도달한 후, 마오 주석은 다나카 일행을 접견하기로 결정하였다. 당일 마오 주석이 있던 곳에 도착하였을 때, 다나카는 문에 들어서자마자 화장실을 가고 싶어 했다. 마오 주석은 그를 기다리고 있었다. 당시 다나카는 매우 엄숙하였는데, 사실 긴장했다고 말해도 좋을 것이다. 그는 마오 주석을 만난 후 매우 어색한 모습을 보였다. 이러한 분위기를 보고 마오 주석은 환영을 표한 후 매우 유머러스하게 물었다. "말다툼은 다 끝났나요?" 다나카는 바로 "네, 끝났습니다."라고 대답하였다. 마오 주석은 다시 오히라 쪽을 향해 유머러스하게 말하였다. "천하태평이네요!" 모두가 바로 웃기 시작하여, 분위기는 매우 부드러워졌으며, 자리에 앉아 대화를 나누기 시작하였다. 마오 주석이 말한 '말다툼'은 대만문제 외에도 전승국으로서의 배상금문제가 존재했다. '중일연합

공보' 제7조에는 "중화인민공화국 정부는 중일 양국 인민의 우호관계를 위해 일본에 대한 전쟁배상 요구를 포기할 것을 선포한다"라는 내용이 있었다. 저우 총리는 우리에게 다음과 같이 말하였다.

"이것은 주석께서 결정하신 것이네. 일본에게 배상을 요구하지 않기로 했어. 왜 배상을 요구하지 않는가? 실제로 우리 중국 역시 이 배상의 고통을 겪었기 때문이네. 배상금 역시 모두 백성들의 지갑에서 나오는 것이지. 중국 인민이 그렇게 어려운 환경 속에 있는데도, 예를 들어 경자년(1900)의 배상금은 1억 3천 37만 냥에 달했지. 경자년의 배상금은 모든 중국인들이 은자 1, 2냥씩을 분담해서 냈다네. 백성들의 고통만 가중된 셈이지. 이런 각도에서 봤을 때, 전후의 일본 역시 전쟁으로 폐허가 된 상태에서 중건한 것이고, 새롭게 경제발전을 이뤄 1972년 중일 수교의 시점에 그들의 경제는 이제 막 호황기에 들어섰네. 다만 배상금은 결국 일본 백성의 호주머니에서 나오는 것이고, 이는 백성들의 세금 부담을 가중시키는 일이네." 당시 저우 총리는 우리 내부에서도 이에 대해 설명하였는데, 실제로 일본이 인도네시아 등의 동남아시아 국가에 지급한 보상금은 모두 물질배상이었다는 내용이었다. 게다가 가장 선진적인 물건으로 보상한 것도 아니라고 하였다. 예를 들어, 철로 역시 새것이 아니었으며, 모두 옛 물건을 새롭게 닦고 보수한 것이라고 하였다. 그들이 오래된 물건으로 배상한다면, 이 각도에서 봤을 때, 나쁜 물건을 좋은 것으로 속여서 주는 것이니 별 의미도 없는 셈이었다. 이 때문에 마오 주석이 배상금을 요구하지 않기로 결정했던 것이다.

9월 29일 오전 10시 인민대회당에서 중일 양국정부는 정식으로 연합성명을 체결하며 중일양국의 국교를 회복하였다.

다음날 저우 총리는 다나카를 수행하고 상하이로 갔다. 비행기 안에서 저우 총리는 다나카에게 몇 글자를 적어 주었는데 즉 "언필신, 행필과(言必信, 行必果)"였다. 당시 저우 총리는 종이 한 장을 가져와 이 글자를 쓰고는 평화롭게 다나카에게 건네주었다. 이것의 의미는 중일 국교가 원만한 결과를 냈지만, 일본 측이 말한 내용에 대해 신의를 지키고 행동으로 보여줘야 한다는 것을 강조한 것이었다. 저우 총리가 이 여섯 글자에 담은 의미는 매우 깊은 것이었다. 상하이의 환영만찬회에서 오히라 외상은 매우 즐거워 보였으며, 주연에서 빈번하게 술을 권하였다. 이때 나는 다나카가 매우 놀라며 한 말을 들었다. "아이고, 오히라군, 정말 대단하네. 어쩌면 이렇게 술을 잘 마시는가? 오늘 큰일을 완수했으니 매우 기뻐서 실컷 마시고 싶은가 보군. 지금까지 이렇게 많이 마시는 것은 보지 못했는데, 주량이 이렇게 센 줄 나 역시도 오늘 처음 알았네." 나는 저우 총리 곁에서 무슨 말이든지 다 그에게 통역해 주었다. 현장의 상황을 모두 알 수 있도록 해야 했기 때문에 나는 다나카의 말 역시 그에게 통역해 주었다. 다나카의 이 일반적인 말을 저우 총리는 새겨들었다. 얼마 있다가 그는 나에게 "임군, 자네 나와 함께 가세나"라고 말하였다. 그때 나는 아직 어르신의 뜻을 이해하지 못하고 있었다. 그는 술잔을 들고 일어나서 걸어갔다. 그는 걸어가서 오히라를 대동하여 저쪽 테이블의 주인 및 손님들에게 술을 권하였다. 술을 권하며 "중일 우호를 위하여!", "외빈들의 건강을 위하여!"라고 말하였다. 그 후 저우 총리는 매우 교묘하게 오히라에게 말하였다. "오히라 선생, 우리와 함께 자리로 돌아갑시다." 그는 당시 이미 술을 매우 마셨지만 아직 술에 취해 정신을 잃을 정도는 아니었다. 저우 총리는 매우 자연스럽고 당당하게, 다른 이들은 모두 무슨 일이 벌어졌는지도 모르는 사이에 오히라를 데리고 자리로 돌아와서는 그에게 다시 술을 권하지 않았다. 다른 이들은 모두 다나카의 한 마디에 주의를 기울이지 않았으나, 저우 총리는 주의하고 있었던 것이다. 그의 세심함은 이 정도의 경지였다. 다나카의 "매우 기뻐서 실컷 마시고 싶은가 보군. 지금까지 이렇게 많이 마시는 것은 보지 못했는 데"라는 말을 듣고, 저우 총리는 바로 조치를 취했던 것이다. 흥분 상태에 있던 오히라가 만약 그렇게 술을 마셨을 경우 분명 술에 취해 추태를 부렸을 것이다. 저우 총리는 일국의 외상이 이처럼 대형 환영만찬에서 추태를 부린다면 결국 국가의 체면이 깎이게 될 것이라는 점을 고려했던 것이다. 그래서 먼저 그에게 자리로 돌아오도록 청하였던 것이다. 저우 총리의 이러한 방법은 정말 교묘하여 조금도 기색을 드러내지 않았다. 그는 다만 특별히 다른 이를 배려하여, 이렇게 큰 현장에서 오히라의 체면을 지켜주었으며 그가 추태를 부리지 않도록 해주었다. 만약 외상이 술에 잔뜩 취했다면 대단한 웃음거리가 되었을 것이다. 저우 총리는 대회당의 동쪽 대청에서 일본 외빈들을 접견하고 기념사진을 찍었다. 일본 기자들은 여전히 그곳에서 쉴 새 없이 사진을 찍고 있었다. 이때 예빈관이 외빈들을 자리에 앉도록 하였으며, 기자들에게는 현장을 떠나달라고 요청하였다. 결국 저우 총리도 대청 밖으로 나갔는데, 그의 한 걸음은 나의 한 걸음 반에 해당하였다. 나는 거의 뛰다시피 하며 그를 따라갔다. 그는 무엇 때문에 밖으로 나간 것일까? 그는 기자들에게 가서 인사를 건넸다. 그는 "방금까지는 당신들과 악수를 할 여유도, 인사를 건넬 여유도 없었네요"라고 말하였다. 일본기자들은 모두 매우 기뻐하였다. 그들은 저우 총리가 이런 분인지 전혀 생각지 못했던 것이다. 그가 행한 이런 식의 '사소한 일들', 세심한 배려 하나하나가 모두 일본 손님들의 마음을 감동시켰으며, 바로 이런 소소한 일들이 모여 결국 중일 우호를 촉진하는데 큰 역량이 되었던 것이다. 이처럼 회담기간 내내 저우 총리는 세심하게 다나카 총리의 일상을 안배하였다. 그의 생활의 사소한 부분들까지 사전에 모두 완벽하게 이해하였다. 연회에서의 음악 역시 다나카 총리 고향의 음악을 연주하게 할 정도였다. 다나카는 이를 듣고 매우 놀랐으며 매우 기뻐하였다. 고향의 음악이 연주되는데 즐겁지 않을 수 있겠는가? 마지막으로 저우 총리는 그를 대동하고 우리 군악대가 연주하는 곳으로 가서 답사를 하였다. 다나카를 송별할 때 저우 총리는 다음과 같이 말했다. "우리와 일본의 교류는 2천여 년이 넘는 역사를 자랑한다. 반세기의 대립, 20여 년의 작업을 거쳐 오늘 우리는 이미 시대가 나선식으로 전진하는 것을 목도하고 있다." 저우 총리는 다나카의 판단 능력과 비범한 용기를 매우 마음에 들어 했다. 확실히 다나카 총리가 취임하고 중일국교가 정상화되기 까지 84일이 걸렸을 뿐이다. 이러한 파죽지세의 형세는 일본 국내에서도 너무 빨라서 미처 손쓸 틈이 없을 정도라는 느낌을 주었다.

그 후 저우 총리는 항상 우리들에게 역사적 인물이란 남들이 할 수 없는 일을 용감하게 해내는 사람으로, 후세에 오래도록 명성이 전해지게 된다며, 우리는 영원히 그들을 기억해야 한다고 이야기하였다. 다나카의 걸출한 역사적 행동 역시 그러한데, 설사 다른 사람이 수상이 되었다고 해도 이런 용기를 내서 미국을 뛰어 넘고 중국과 국교를 수립하는 일을 수행하기는 어려웠을 것이다. 저우 총리는 일본 외빈을 접견할 때 마다 다나카 총리를 높게 평가하며 다음과 같이 말하였다. "다나카 선생은 취임 하자마자 즉시 결단을 내리고 국교를 회복하였습니다. 이것은 정말 대단한 일로 상찬을 받아 마땅합니다. 그는 닉슨보다 용감합니다."

아시아와 아프리카
인민의 이익을 위하여

황화(黃華)
(전임 국무위원, 외교부 전 부장)

아시아와 아프리카
인민의 이익을 위하여

황화(黃華)

(전임 국무위원, 외교부 전 부장)

1963년 말에서 1964년 초까지 저우 총리는 아시아와 아프리카 14개국을 순방하였다. 저우 총리의 가나 방문은 이 14개국의 순방 중 특수한 정황 및 독특한 의의를 지니는 것이었다. 저우 총리의 방문 과정 중 가나에서는 하나의 사건이 발생했는데, 바로 은쿠루마 대통령이 대통령 관저에서, 정오에 업무실에 나갔다 돌아와 휴식을 취하는 시간에 대통령 관저의 보초병인 경찰에게 저격당한 사건이었다. 등 뒤에서 저격하여 명중하지는 않았기에, 은쿠루마는 고개를 돌려 이 경찰을 잡았다. 두 사람이 서로 맞잡고 싸우는 과정 중 그 경찰은 그의 안면을 물었다. 잠시 후 그의 근위병들이 서둘러 도착하여 그 경찰을 요격하고 체포하였다. 이것은 일종의 음모였다.

개인의 행동이 아니라 배후에 음모가 있었던 것이다. 이후 은쿠루마는 대통령 관저를 떠나 해변가의 한 성에서 거주하였다. 이 성은 과거에 흑인 노예들을 매매하던 곳이 남아있는 곳으로, 규모가 매우 크고 견고하며 한쪽은 바다에 면해 있었다. 또한 은쿠루마는 해군 함정 한 대를 성 밖에 주둔시켰다. 당시 국내에서 전보가 와 상황은 어떠하며 저우 총리의 방문계획은 어떻게 되는 것인지 나에게 의견을 제시하도록 하였다. 나는 은쿠르마가 신임하는 가나 군대의 군관을 만나 그들에게 상황에 대한 설명을 들었다. 그들은 군대를 장악하고 있었고 별다른 문제는 없는 상황이었다. 나는 시장 거리를 바라보았고, 평온하며 모든 것이 일상대로 움직여 별다른 인심의 동요가 없는 것을 확인하였다.

그러나 은쿠루마 개인에게는 이것이 결코 우연한 사건이 아니었으며, 이 일에 대해 매우 경계하고 있었다. 중국의 최고 총리이자 정부의 수뇌가 아프리카를 방문한 것은 중국의 외교정책을 체현하고, 발전도상국 국가들 사이의 평등하고 상호 이익이 되는 우호 합작관계를 건립하여 국제정세 전체를 평화를 유지하고 발전을 촉진하는 방향으로 진전시키기 위한 것이었다.

저우언라이가 가나 대통령 은쿠루마를 회견하는 모습(1961년).

가나는 아프리카 국가 중 중요한 지위를 지니는 곳으로, 비교적 부유하였는데, 2차 대전 중 수출을 통해 번 자본이 축적되어 있었기 때문이었다. 기니가 독립할 때에 드골 정부는 대 아프리카 정책을 변화시켜 알제리를 독립시켰다. 다만 기니가 프랑스 연방에 가입할 것인지의 여부는 세쿠 투레가 투표를 거쳐 참가하지 않는 것으로 결정하였다. 아프리카 국가의 독립은 프랑스 식민주의자들의 불만을 야기하여, 그들은 떠날 때 감옥에 있던 문서들까지 모두 가지고 갔으며, 전구조차도 모두 가져갔을 정도였다. 세쿠 투레는 매우 어려운 상황에 있었다. 원래 매우 빈곤한 국가였으므로 은쿠루마는 그들에게 수백만 파운드를 지급하여 그들의 독립을 지지하였다.

　은쿠루마 본인은 미국에서 유학하였으며 그의 스승인 두 보이스는 미국의 저명한 아프리카 학자였다. 그는 범아프리카주의를 주장하였으며, 아프리카의 단결을 통해 아프리카 대륙의 해방을 쟁취하자고 주장하였다. 따라서 가나에는 남아프리카공화국의 만델라를 비롯하여 무수히 많은 아프리카 해방, 아프리카 독립운동을 하는 인사들이 모여 있었다. 은쿠루마는 아프리카 독립운동에서 선진적인 위치를 차지하는 인물로 그의 정치적 주장은 중도에서 좌편향된 것이었다. 이 때문에 적들이 그를 해치고자 하였던 것이다. 이것은 결코 우연한 사건이 아니었다.

　저우 총리는 우리에게 의견을 구하며 원래 계획대로 순방을 진행하는 동시에 의례를 간소화 할 것을 제안하였다. 은쿠루마에게는 공항으로 와 영접할 필요가 없으며, 중요한 활동은 모두 은쿠루마가 거주하고 있는 성 안에서 진행하여, 그가 밖으로 나올 필요 없게 하자고 제안하였다. 우리는 국빈관에 머물기로 하였다. 이렇게 어려운 정치상황 하에서 저우 총리는 은쿠루마를 존중하고, 아프리카 국가들의 독립 유지 노력을 존중하면서, 중국 외교정책의 근본 원칙을 표명함과 동시에 중국의 이런 정신을 체현하였다.

비록 위험한 상황이었지만 그는 그대로 대표단을 이끌고 방문하였다. 예절에 얽매이지 않고 본질로부터 출발하였으며, 아프리카 민족의 독립을 지지하여 가나정부와 인민의 존경을 얻고 즉시 감정적으로 매우 가까운 사이가 되게 만들었다. 진심으로 타인을 감동시킨 것이었다.

우리가 매일 성에서 국빈관으로 돌아올 때에는 이미 매우 늦은 시간으로, 차량이 국빈관에 진입할 때 가나 군대의 사병이 완전 무장한 상태로 총을 차에 겨누며 한 대씩 지나가도록 하였다. 나는 의사인 곤 선생과 한 차에 탑승하고 있었는데, 그는 새까만 사병이 총구를 들이대는 것을 보고는 "이 총을 발사한다면 정말 큰일이겠군"이라고 말하였다. 이렇듯 형세는 아직 매우 불안한 상태였지만, 저우 총리는 결단을 내렸던 것이다. 아시아 및 아프리카 인민의 이익으로부터 출발하여 대세를 수위에 두는 것이 바로 그것이었다.

수많은 정부의 지도자들이 이러한 상황 하에서 모두 돌아가고 말았지만, 저우 총리는 장대하고 장구한 이익을 고려하여 중국과 아프리카 인민의 우정을 최우선으로 여겼던 것이다.

미얀마에서 외교활동을 한 저우 총리

야오종밍(姚仲明)
(외교부 전 부부장, 중국 최초의 미얀마 대사)

미얀마에서 외교활동을 한 저우 총리

야오중밍(姚仲明)

(외교부 전 부부장, 중국 최초의 미얀마 대사)

나는 1950년 1월 외교부에 들어갔다. 출국 이전 신 중국의 외교정책, 마오 주석의 전략사상을 배우고 외교기술을 배웠다. 이것들은 모두 저우 총리의 의견에 따라 준비된 것으로 그가 우리에게 말해주었다.

주요 내용은

1. 신 중국 외교는 새롭게 시작한다.
2. 먼저 방을 깨끗이 청소하고 손님을 맞는 것이니 무릇 우리를 승인하면 국민당과 반드시 단교한다.
3. 한편으로 기운다면 사회주의 진영을 향한다.

저우 총리가 말했다. 너희들이 이 세 가지 문제를 배우지 않으면 나가서도 맹인이 눈먼 말을 탄 것과 같을 것이다. 이후 한국전쟁을 제기하며 입술과 이는 서로 의지하는 것이며 입술이 사라지면 이가 시리다고 하였다. 외교기술, 외교 작품은 마르크스·레닌주의와 마오쩌둥사상으로 무장한 중국인민을 대표해야 하며 비굴하지도 거만하지도 말라고 하였다. 어떤 사람이 "소련이 외교를 다루는 경험을 들어서 말하지 않는 것은 금이요, 말하는 것은 은이요, 말은 많이 하는 것은 썩고 낡은 쇠다"라고 하였다. 그러자 저우 총리가 말했다. "나는 그런 말을 들어보지 못했다. 만약 와전된 것이 아니라면 분명 잘못된 것이다. 외교를 하는데 어떻게 말을 하지 않을 수 있겠는가? 다른 사람이 국가를 모욕하는데 말을 하지 않을 수 있겠는가? 변증법이 없다는데 틀린 점이 있는 것이다." 저우 총리는 이 일에 매우 화를 내며 말했다. "나 저우언라이는 주장한다. 해야 할 말은 깊이 있고 투명하게 해야 한다. 상대방이 도발하면 반드시 그들에게 우리가 호락호락하지 않다는 것을 알게 하고 존엄하다고 말해야 한다." 저우 총리는 우리들 중 제1차로 출국한 동지의 보고를 듣고 말했다. "이는 누런 소를 끌어다가 말처럼 타는 것이 아닌가?" 여자 동지가 말했다. "우리는 모두 산을 타고 유격을 하였는데 지금은 우리로 하여금 부인이 되어 화장을 하고 꽃병이 되라하니 할 수 없습니다!" 저우 총리는 이러한 사상문제를 해결할 필요가 있다고 말했다. 마오 주석이 루마니아 대사의 국서를 받아야 하는데 저우 총리가 너희들이 어떻게 국서를 전달하는지를 잘 봐두어야 한다고 말했다.

너희들이 출국 이후 가장 먼저 하는 일이 바로 국서의 전달이고 이는 최대의 예의행사라고 하였다. 저우 총리는 스스로 계획하여 우리들은 커튼 뒷면에 배치시켜 국서 전달 의식을 참관하게 하였다. 의식이 끝난 후 그는 마오 주석에게 지시와 강연을 청하였다. 마오 주석이 말했다. 너희들은 내가 다 알고 있다. 모두 나의 옛 동지이며 정치적으로 강인하며 조직원칙 역시 성실하다. 너희들은 나가면 중앙은 안심이다. 먼저 "너희들은 기율에 따르라. 외교에서 기율에 따르지 않는 것은 큰 문제이다. 과거 너희들이 총을 들고 오래 전투하였지만 현재 형세가 발전하여 '무의 시대'는 가고 '문의 시대'가 왔다. 공산당원에게 외교는 새로운 일이고 많은 것이 미숙하지만 왜냐고 묻는 자세가 필요하다. 우리는 대국이지만 나가서는 대국으로서의 쇼비니즘은 필요 없다."

한국전쟁 발발 후 저우 총리는 우리가 빨리 나가기를 바랐다. 그는 한국전쟁이 세계의 주의를 끌어서 주재국에서 문제를 제기할 수 있음을 주의하라고 하였다. 나가기 전 모든 출국 인원을 하나하나 만나보았다. 만난 적이 있는 사람이면 그는 바로 기억하였다. 이런 견습을 거쳤기에 우리는 국서의 전달에서 문제를 일으키지 않았다.

1954년 제네바 회의기간에 저우 총리가 동남아를 방문하였는데 먼저 인도를 방문하고 미얀마를 방문하였다. 그는 평화공동 5개 원칙을 가지고 네루가 인도를 발의국으로 해주길 청하고 이후 미얀마에서 우누와 회담을 하였다. 저우 총리가 미얀마에 도착하기 전에 우누가 우리에게 저우 총리의 성격을 물으며 그들이 주인으로서 응당 무엇에 주의해야 하는지를 물어왔다. 미얀마의 관습에 귀빈에게 민족의상을 증정하는데 저우 총리가 받아서 갈아입고는 "시원하다"라고 말했다. 내가 말했다. "총리, 만약 입고 싶지 않다면 제가 대사관에 가서 얇은 중산장을 가져오겠습니다." 저우 총리가 말했다. "사람들이 우리를 존중해서 준 것인데 우리 역시 그들을 존중해야 한다."

우누는 대국과의 왕래에 성실하였고 또한 세심하였다. 이후 저우 총리가 미얀마가 평화공동 5개 원칙의 발의국이 돼 주길 청하자 그는 영광으로 생각하는 것 같았으며 백퍼센트 찬성하였다. 그래서 중국, 인도, 미얀마가 공동으로 평화공동 5개 원칙을 발의한 국가가 되었다. 이 5개 원칙은 20세기 국제법 상 새로운 물건이었다. 국제연합 헌장 서문에 단지 "서로 평화롭게 지낸다"란 말만 있을 뿐, 5개 원칙은 없었다. 말 탄 사람과 말이 공존하고, 제국주의와 식민지가 공존할 수 있었다.

우리가 출국하기 전, 저우 총리는 외교부의 법률전문가 저우겅성(周鯁生), 메이루아오(梅汝璈), 사오톈런(邵天任)과 함께 5개 원칙을 연구하고 문장을 다듬었다. 후루시초프의 동남아 방문에서 "평화공존"을 말하였지만 5개 원칙은 이야기하지 않았으며, 대국의 쇼비니즘을 표현하여 지휘봉을 휘둘렀다. 저우 총리는 국제법상 세계에 거대한 공헌을 하였고 국제연합의 "평화공존"을 발전시켰다.

우누가 그와 작별할 때 말했다. "당신이 오기 전에 나는 불안하였소. 우리가 소국이기 때문에 신 중국의 총리를 어떻게 영접해야 하는지 고민하였지요. 당신들은 대국이고 당신들은 모두 혁명의 영웅호걸이니 내가 당신을 어떻게 접대해야 할 것인가 하는 고민이었소. 2~3일의 만남이 지난 후 나는 견식을 키우고 학문을 늘렸으며 당신의 언행을 듣고 탄복하였소. 나는 세계 어떤 사람도 당신 저우언라이와 만나면 반드시 변할 것이라 생각하오." 저우 총리가 웃으며 말했다. "당신 너무 홀가분하게 말하는 것이 아닌가요? 내가 이번에 제네바에 가서 덜레스(杜勒斯)가 나를 보고도 말을 하지 않고 악수조차 하지 않은 것을 어떻게 해석하겠소? 우리는 그가 제국주의를 대표하며 그가 우리를 피압박민족이라고 경시하여서 그가 그렇게 오만하고 무리한 태도를 취한다고 여겼지요." 이후 우누가 말했다. "나는 당신들이 모두 혁명가임을 알고 있으니 한 가지만 묻고 싶소이다. 옌안에 있었을 때 고생스럽고 생활이 힘들지 않았나요?" 저우 총리가 말했다. "그때 국민당이 경제적으로 우리를 봉쇄하고 지급해야 할 우리 군대와 섬감녕변구의 급료와 경비를 지급하지 않아 우리를 고의로 힘들게 하였지요. 그러나 우리 마오 주석이 마르크스·레닌주의를 이용하여 형세를 분석하고 실사구시를 이용하여 우리의 혁명대오를 교육하였지요. 우리는 물질생활이 고생스러웠으나 우리의 정신생활은 포만감이 있었고 우리의 정신생활은 더욱 나았습니다."

우누가 말했다. "우리 쪽 사람이 옌안으로 가고자 한 것도 괴이한 일이 아닙니다. 우리 미얀마의 독립 영수 아웅산과 네윈 모두 당신들 옌안으로 가려고 준비했지만, 홍콩에 이르렀을 때 일본이 홍콩을 점령하고 그들을 억류하였고, 일본의 군관학교로 데리고 갔습니다. 우리의 청년이 당신들의 옌안으로 향했을 때 나는 우울했습니다."

우누가 처음으로 중국과 미얀마의 국경문제를 제기하였다. 저우 총리가 말했다. 현재 조건이 성숙하지 않으니 우리 모두 준비를 더 합시다.

상호 양해와 양보, 실사구시가 저우 총리가 세계문제를 해결하기 위해 제출한 창조적인 원칙이었다.

1년이 되지 않아 미얀마와의 국경문제가 해결되었다. 저우 총리는 미얀마의 경험을 준칙으로 삼아 기타 국가와의 국경문제를 해결할 수 있을 것이며, 모두 미얀마와 국경문제 해결방법을 참고하라고 말했다.

1954년 12월 우누가 베이징을 방문하였는데, 그는 의복 준비를 충분히 준비해오지 못했다. 저우 총리는 그에게 의복을 빨리 갖다 주라고 지시하였다. 저우 총리가 나에게 물었다. "그의 사상 태도가 어떠한가?" 나는 "그가 소국 사람이라 여전히 대국을 겁낸다"고 하였다. 국가연회에서 우누가 말했다. "소국은 비교하자면 양이고 대국은 코끼리와 같습니다. 코끼리가 코를 한 번 휘두르면 양의 생명은 어떻게 될지 모릅니다. 나는 저우 총리를 이해시켰고, 내가 아는 그의 성품과 내가 가지고 있는 모든 것을 다 토해 냈습니다." 저우 총리는 소국과 대국의 왕래에 대해 진지해 했고 민감하였으며, 어떻게 해결할 지에 대해 깊이 생각하였다. 그는 시원시원하면서도 솔직하였다. 우누가 말했다. "저우 총리는 나를 양해하고 이해하고 있습니다. 그러나 중국의 많은 영도인이 장정을 거치고 남정북전(南征北戰, 남쪽을 정복하고, 북쪽을 토벌하다.)을 거친 영웅호걸들입니다. 어떤 사람이 탁자를 치고 나에게 이야기하면 나는 깜짝 놀랍니다." 그는 이러한 생각을 가지고 있었다. 저우 총리가 말했다. "우누에게 안배된 프로그램은 일반적일 필요가 없다. 그는 불교도이고 경건하니 불교 프로그램을 계획하여 아침에는 부처의 치아에 배례케 하고 고승들을 찾아 대화하게 하며 베이징 고찰 방문을 취소하고 산서 대동에 가거나 상하이의 불교 관련 지역을 가서 볼 수 있게 하도록 배려하게." 우누가 마지막에 나에게 말했다. "나는 미안해서 제안하지 못했는데 당신들의 계획은 모두 내가 가장 필요로 한 것이었습니다." 이후 회담 중에 우누가 우리에게 불교대표단을 파견해 줄 수 있느냐고 제안하였다. 고승들을 미얀마에 파견하는 것이 어떠하냐고 묻자 저우 총리는 가능하다고 대답하였다. 그는 부처의 치아를 미얀마에 보내주어 예배하게 해줄 수 있느냐고 물었다. 우리는 자오푸추와 희요가 조를 파견하였다. 우리는 대승으로 중생의 너른 구제를 이야기하였고, 미얀마는 소승으로 홀로 잘 되는 것을 이야기하여 교의가 같지 않았다. 부처의 치아는 보내진 후 공항에서부터 환영을 받아 양곤까지 20킬로미터나 되는 길에 사람이 줄지어서 부처를 배알하였고 양곤 공항에는 사람들로 가득 찼다. 부처의 치아가 해외에 나간 것은 큰 영향력을 끼쳤고 이후 동남아 각국에서 요청이 들어왔다. 저우 총리는 미얀마와 동남아 국가에 대해 진일보적으로 상층부나 수도가 아닌 소수민족에 대한 공작을 하였다. 후에 손(孫) 부인이 미얀마 방문을 요청하였을 때 아웅산 부인에 대한 공작은 매우 효과적이었다. 미얀마에 대한 외교적 조치는 더욱 깊고 넓게 발전하였다. 1955년 10월 1일 미얀마에게 중국 미얀마 국경조약에 서명할 것을 요청하였다. 저우 총리는 "친척을 방문하듯 올 것"을 제안하여 그들이 부인을 대동하고 중국을 방문하길 청하였다. 마오 주석 접견 시 식사를 청하였다. 천(陳) 라오총(老總)이 시를 썼다. "나는 강(江)의 북에 있고 그대는 강의 꼬리에 사네……."

1956년 1월 4일은 독립기념일이었고 우리는 쌍방이 서명한 조약을 저우 총리에게 보냈고 미얀마에 9명의 대표단을 요청하였다. 저우 총리는 우리가 친척관계이며 친척 위에 친함을 더한다고 말했다. 미얀마의 관원은 저우 총리가 1차 성공에 대해 말했다고 하였다.

저우 총리와 허룽은 미얀마의 총리와 지도자가 윈난 망시(芒市)에서 중국과 미얀마 양국 사람들이 함께 즐거운 시간을 갖자고 청하였다. 저우 총리는 윈난 서기와 성장이 윈난 예술단을 데리고 미얀마를 방문하도록 하였다. 네윈이 정권을 잡고 국경문제 해결에 힘을 쏟았으며 합작에 성실히 임하였다.(우리는 그들이 리미[李彌] 잔여부대를 공격하는 것을 도와주었고 중앙은 장아이핑[張愛萍]을 파견하였다). 저우 총리는 미얀마를 이용하여 미수교 국가와의 공작을 발전시켰는데 실론(현 스리랑카)을 우선적으로 하라고 지시하였다. 실론의 공사가 나를 찾아와 반미 연합을 제의하였다. 한국전쟁 기간 동안 미국은 우리를 봉쇄하고 국제시장에서 고무를 덤핑 판매하고 있으므로, 실론은 모든 고무를 중국에 판매하고 중국의 쌀을 사고자 하였다. 우리는 이를 저우 총리에게 보고하였고 그는 곧 전보를 보내 실론 정부대표단이 와서 협약에 서명하는 것을 환영하였다. 우리는 고무를 국제시장보다 높은 가격에 구매하였고 국제시장보다 낮은 가격에 쌀을 판매하여 그들을 감동시키고 협약을 빨리 체결하였다. 인도네시아가 곧 고무를 우리에게 판매하려고 하여 미제의 봉쇄를 타파하였다. 이후 반다라나이케 부인이 집권하자 이에 대해 우리에게 매우 고마워하였다.

미얀마와의 국경조약 체결 시 저우 총리는 물 뿌리기 축제에 참가하였다. 그는 우누가 시솽반나에서 물 뿌리기 축제에 참석할 것을 요청하였다. 저우 총리의 미얀마에서 명성은 대단하였다. 미얀마의 주중국 대사 우민딩의 부인이 말했다. "우리 미얀마에서는 저우 총리를 만난 사람, 특히 여인은 모두 저우 총리를 찬양하며 모든 아이들에게 저우 총리의 대범함, 예의범절, 학식을 배우도록 합니다." 저우 총리 서거 후 미얀마에서 통계를 내보니 저우 총리는 미얀마를 10차례나 방문했었음을 알았다. 제1차 아시아-아프리카회의 이전, 국민당 특무는 "카시미르 공주호" 비행기에 폭탄을 설치하였고 11명의 동지가 희생되었다. 중앙은 저우 총리가 미얀마에 가도록 하고 나에게 전신을 보내 미얀마와 교섭하게 하였다. 저우 총리는 다음날 오후에 양곤에 도착하였다. 이후 네루, 나세르, 팜반동, 아프간 부총리가 모두 도착하였다. 저우 총리는 예비회의 개최를 제안하였다. 그들은 비행기사건을 들었고, 또한 긴장하고 또한 낙담하여 비관적인 정서가 흘렀다. 저우 총리는 이는 미국과 그들 앞잡이들이 아시아-아프리카 회의를 파괴하기 위한 행동이라고 생각하고 우리의 태도는 반드시 실망과 비관으로 가지 말고 분투하여 아시아-아프리카 회의의 승리를 쟁취해야 한다고 하였다.

반둥에 도착하여 회의를 개최하고 국가 이름의 자모음 순에 따라 배열하였다. 저우 총리의 발언은 뒤편에 배치되었다. 미국은 배후에서 많은 공작을 하여 중국을 공격하고 반 중국사상을 선동하였다. 저우 총리는 그 자리에서 이러한 발언에 동의하지 않으며 사실을 파악하고 도리를 말하자고 성명을 내었다. 이후 저우 총리는 이른 발언을 요구하였다. 그의 발언요지는 다음과 같았다. "우리는 말다툼을 하려는 것이 아니다. 우리는 당신들과 함께 서로 같았던 과거 즉 우리가 모두 피압박 민족이었던 사실에서 시작하여 제국주의를 반대하고 식민지주의를 반대하기를 바란다. 우리는 독립하고서도 다른 사람들에게 기만을 당해서는 안 된다. 의식형태의 문제에서 각국이 스스로 선택하고 서로 다른 사회제도의 국가가 구동존이를 해야 한다." 그가 말하는 중간에 네루가 두 차례 찬동을 표했다. 이처럼 국면이 전환되기 시작하였다.

　나는 당시 미얀마에서 미얀마정부가 외교사절단에 준 아시아-아프리카 회의가 승리를 거두었으며 공항에 나아가 우누, 저우 총리, 네루를 영접하라는 통지를 받았다. 우누가 먼저 비행기에서 내려 말했다. "이 회의는 다행히도 저우 총리가 큰 역할을 했습니다. 이 회의는 저우 총리의 승리입니다." 천이가 저우 총리의 명을 받아 반둥회의의 경과를 보고하였다. 레바논 외교부장이 최후로 발언하였다. "현재 회의가 성공적으로 마쳐졌습니다. 우리 중 적지 않은 사람이 틀린 말을 하고 틀린 행동을 했습니다. 반제국주의 반식민지가 확인된 반면, 반 중국이 진행되었는데 틀린 말을 하지 않은 것은 저우언라이입니다. 우리의 승리는 저우언라이가 힘쓴 것입니다. 현재의 회의는 비록 끝났지만 나는 저우언라이가 대회에서 한 발언이 여전히 들립니다." 반둥회의는 저우 총리의 이론 강연 투쟁을 거친 후에야 비로서 바른 길로 인도되었던 것이다. 1964년 6월 저우 총리, 천 라오총이 국내에서 사절단을 이끌고 출국하였다. 방문준비를 마치고 알제리 수도 알제에서 개최된 제2차 아시아-아프리카 회의에 출석하였다. 나와 딩궈위(丁國鈺 주 파키스탄 대사), 황화(주 가나 대사), 허잉(何英 주 탄자니아 대사)이 파리에서 그들의 소식을 들었다. 파리에 도착하자 황전(黃鎭)이 통지하였다. 벤 벨라가 정변을 당해 부메디엔이 그를 억류했으며 아시아-아프리카 회의의 개최가 불투명하다고 하였다. 이후 국내에서 통지가 와서 저우 총리가 카이로에 있으며 천이, 차오관화(橋冠華), 장한푸(章漢夫)가 먼저 알제에 가서 부메디엔의 의향을 살피고 있다고 하였다. 천이는 우리에게 알제에 가서 그의 작업을 돕고 신 정부의 태도를 살펴 이미 도착한 대표와 의견을 교환하고 여러 다른 의견들을 이해하라고 하였다. 저우 총리는 카이로에서 이러한 견해들을 듣고 중앙에 보고서를 보냈다. 그는 이런 듬성듬성하고 성과도 적고 위세도 없는 회의를 열어보았자 오히려 제1차 회의의 성취를 희석시키니 열지 않는 것이 좋겠다는 의견을 제시하였다. 중앙은 저우 총리의 보고에 동의하고 그의 보고를 우리 대표단 전체에게 보내어 저우 총리의 의견에 따라 처리하도록 하였다. 이 때 또 소식이 들려왔는데 우리가 제공한 기기가 있던 회의장에 화재가 났다고 해서 갑자기 기운이 빠지고 모두 낙담하였다. 저우 총리는 나세르, 수카르노와 상의하여 그의 의견을 표명하자 그들은 완전히 동의하였다. 이렇게 부메디엔은 무거운 책임을 벗고 홀가분해졌다. 제2차 아시아-아프리카 회의는 비록 개최되지 못했으나 저우 총리의 아시아 국가에서의 명망은 더욱 높아졌으며 모두가 저우 총리의 영명함을 알았다. 1961년 나는 인도네시아에 갔는데 주로 두 가지 일을 하기 위해서였다. 하나는 저우 총리가 제출한 화교의 이중국적 문제 해결방안을 위한 조약을 체결하려는 것이었다. 한 종류는 인도네시아 국적을 갖고 중국 국적을 버리는 것이었고, 다른 한 종류는 중국 국적을 지니고 현지 법률을 준수하는 것이었다. 귀국을 원하는 이는 우리가 맞아들이기로 하였다. 이렇게 인도네시아의 우려를 감소시키면 제국주의의 도발을 피할 수가 있었다. 이 조약은 다른 국가에도 적용되었다. 두 번째 일은 신흥 역량의 운동회를 준비하는 것이었다. 우리는 수카르노에게 말했다. "저우 총리가 말하길 당신 수카르노 총통은 방법이 있고, 당신은 능히 아시아-아프리카 회의를 개최할 수 있는데 어째서 아시아-아프리카 국가를 초청하고 라틴 아메리카와 세계의 진보 역량을 모아 참신한 운동회를 열지 않습니까? '두 중국'의 문제를 언급하지 않아도 정치적으로 반제국주의, 반식민주의인 아시아-아프리카 회의의 계속이자 확대가 될 것입니다." 이에 수카르노가 말하였다. "저우 총리는 정말 대단합니다. 어째서 이런 방법을 그는 생각해내는데, 나는 생각하지 못했을까요? 탄복하는 바입니다." 그러면서 그는 신흥 역량의 운동회를 준비하였다. 중국은 허룽을 중심으로 많은 인원을 파견하였다. 대만을 제외하고 새로운 운동영역을 개창하였는데 이는 저우 총리 일생에서 거둔 찬란한 성취 중의 하나였다. 그의 지도사상은 높이 솟은 건물과 같았다. 사람을 접대하는 것과 언행이 모두 우아하고 지혜가 뛰어났다. 예민한 통찰력과 방대한 지식이 있고 엄격한 작풍이 있으니 이는 모든 사람들이 잘 알고 있는 것이다.

저우언라이(周恩來)의
옌안(延安) 사랑

투진장(土金璋)
(전 옌안 공산당 지방위원회 서기)

저우언라이(周恩來)의
옌안(延安) 사랑

투진장(土金璋)
(전 옌안 공산당 지방위원회 서기)

　내게 가장 인상 깊은 사건은 바로 천여우차이(陳有才)의 일이다. 천여우차이는 전쟁시절 저우언라이 동지의 경호참모로, 항전 초기에 희생되었다. 천여우차이의 사건은 1937년 4월에 발생했는데, 저우언라이 동지와 장윈이(張雲逸)·콩스취안(孔石泉)은 시안(西安)을 통과해, 시안으로부터 다시 난징(南京), 루산(盧山)에 이르러 국민당과 빠루쥔(八路軍)의 개편문제를 협상했다. 옌안(延安)에서 2.5km 나아갔을 때, 라오산(勞山)에서 습격당하는 사건이 발생했다. 국민당·지방 도적떼가 사전에 백 십여 명을 매복해 두었는데, 그들은 기관총을 들고 그곳에서 우리를 가로막았다. 들리는 바에 따르면, 내부의 어떤 사람이 정보를 퍼뜨렸다는 것이다. 이 사건에서 우리 동지 11명이 희생당했고, 천여우차이 역시 희생되었다. 저우언라이 동지의 경호원인 류지우저우(劉久洲)가 내게 말한 바에 따르면, 당시 저우언라이 동지와 그들은 한 대의 큰 트럭에 타고 있었고, 차에는 경호원들이 앉았으며 콩스취안(孔石泉)과 장윈이(張雲逸)도 트럭 위에 앉아 있었다고 했다. 운전석 안의 운전사 옆에는 천여우차이가, 천여우차이의 옆쪽에는 저우언라이가 있었다. 적들이 운전사를 쓰러뜨렸고, 거듭하여 바로 천여우차이도 쓰러뜨렸다. 저우언라이 동지는 트럭의 오른쪽에 있지 않았기 때문에, 그는 신속하게 트럭에서 내려서 반격을 지휘했다. 결국 11명의 동지가 희생되었다.

이 사건을 저우언라이 동지는 줄곧 마음에 두고 한시도 잊지 않고 있었던 것이다. 1970년 6월 1일, 덩잉차오(鄧穎超) 여사가 옌안에 왔을 때, 바오 타산(寶塔山)에서 나와 이 일에 관해 말했다. 그녀는 말했다. "진장(金璋) 동지, 나는 이 사건을 당신과 얘기해 보고자 합니다. 내가 이번에 올 때, 총리께서는 천여우차이 동지가 그를 대신해 죽었으니, 당신이 그 무덤을 찾아낼 방법을 강구해 보라고 했습니다." 그녀도 사람들이 칭량산(淸涼山)일 것이라고 말하는 것을 알고는 있었지만, 구체적으로 어떤 곳인지는 분명히 말할 수는 없었던 것 같았다. 바오타산과 칭량산은 멀리 마주하고 있고, 바오타산은 남쪽에 있는데, 그녀는 당시 칭량산을 마주보면서 말했다. 덩(鄧) 여사는 사건의 과정을 내게 설명하면서 눈물을 흘렸다. 설명을 마친 다음에, 내게 오라고 해서 그곳에서 사진을 찍고 기념했다.

이는 저우 총리의 지시를 덩(鄧) 여사가 전달한 것이었다. 우리들은 바로 저우언라이 직속부대의 경호원들을 찾아보고, 자료를 조사하고, 군중들에게서 탐문했다. 우리의 조사 연구를 거쳐, 또한 몇 사람을 조직하여, 천여우차이의 무덤이 칭량산에 있음을 분명히 알았다. 다만 칭량산에 열사의 무덤이 비교적 많아, 대체적인 위치를 모두 남쪽 근방일 것이라고 말하고는 있지만, 도대체 어떤 자리에 있는지는 분명치 않았다. 1973년 6월 9일 저우 총리가 옌안에 왔을 때, 그는 나에게 물었다. "참, 아내에게 당신과 말해보도록 부탁한 그 일 어떻게 처리되었소?" 나는 이것이 천여우차이의 무덤을 찾았는지에 관한 질문임을 알았다. 나는 그에게 자세하게 보고했다. 그는 당시 전투의 경과와 그가 어떻게 위험에서 벗어났는지를 나에게 설명했다. 덩 여사가 한번 말했던 것을,

저우언라이 동지는 친히 나에게 거듭해서 말해주었던 것이다. 총리는 나에게 천여우차이가 자기를 대신해 죽었다고 하였다. 천여우차이는 몸에 저우언라이의 명함을 지니고 있으면서 당시 교류와 연락 업무를 맡고 있었다. 천여우차이가 입은 옷은 비교적 깔끔했고, 검은 옷에 예모를 쓰고 있었으며, 아주 총명해 보였다. 그 때문에 적들은 그들이 죽인 것이 바로 저우언라이라고 여기고, 계속 추격하지 않았던 것이다. 저우언라이 동지는 말했다. "적들은 서쪽에서 그 도랑을 뒤적이고 갔소. 그들은 모두 장총을 지녔고, 우리들은 모두 권총을 가지고 있었기에, 적들이 장총으로 우리를 쏘고 공격했다면, 우리들도 도주할 수가 없었지. 적들이 우리를 추격하고자 했다면, 우리들은 인원도 적고, 무기도 권총뿐이었기에, 위험에서 벗어나기도 어려웠을 것이오. 적들이 천여우차이 몸에서 내 명함을 찾아냈기에 추적하지 않았던 것이라오. 이렇게 천여우차이는 나를 대신해서 죽었던 것이오."

그는 대국(大國)의 총리였음에도 그의 경호 참모 하나가 희생한 것을 이렇게 오래도록 잊지 않고 있었던 것이다. 1973년까지도 그렇게 진정으로 천여우차이의 무덤을 찾게 한 것은 그의 고상한 성품을 설명해주는 것이며, 마음속에 늘 타인을 생각하는 마음이 있다는 것을 사람들에게 보여주는 것이고 이는 아주 깊은 가르침을 주는 것이었다. 저우 총리는 생전에 인민에 대한 관심을 상당히 기울였고, 특히 옌안(延安) 인민의 삶과 생업에 관해서 무척 관심을 기울였다. 1970년 각 방면으로부터 옌안의 인민들이 여전히 굶주리고 있다는 것을 알게 되자, 그는 공산당 지방위원회의 책임자와 성(省) 위원회 책임자들을 베이징으로 소집해 들이고는 회의를 열어 이 문제를 해결하기 위한 연구를 했다. 1973년 6월 9일, 그가 외국 손님을 모시고 옌안에 왔을 때, 덩잉차오(鄧穎超)

여사는 비서인 자오웨이(趙煒)에게 시켜 내게 전화를 하도록 하여, 외국 손님은 옌안의 호텔에 머물게 하고, 저우 총리는 남관(南關)의 초대소(招待所)에 머물도록 하라고 하였다. 남관의 초대소는 산시(陝西)·간수(甘肅 甘肅)·닝샤(寧夏) 변경지역 사이의 교류가 종종 이루어지는 곳으로, 그 당시 언제나 외지에서 온 사람을 접대하는 데에 쓰였다. 당시 우리는 그의 의도를 충분히 파악하지는 못했지만, 저우 총리가 이번에 외국 손님을 모시고 옌안에 오면서, 한편으로 옌안 사람들이 배불리 먹는 문제를 해결하고자 하는 것이리라고 어느 정도 추측을 해보기도 했다. 이것이 바로 이후 저우 총리가 제기한 "삼변오번(三變五飜)", 즉 3년 안으로 상황을 변화시키고 5년 이내에 양식을 갑절로 늘리는 문제였다.

6월 9일 점심을 먹을 때, 외국 손님들은 호텔에서 식사를 했고, 남관 초대소에는 두 개의 식탁을 준비했다. 당시 성(省)의 동지와 옌안의 몇

다시 예전 활동하던 지역으로 돌아옴 - 1973년 6월 9일 저우언라이는 옌안으로 돌아왔다.

명의 주요 책임 동지 및 저우 총리가 한 테이블에 앉았고, 그 밖의 옌안의 서기(書記)와 전원(專員)들이 한 테이블에 앉도록 안배했다. 자리에 앉자마자 저우 총리가 말했다. "오늘 점심에는, 성(省)의 동지 여러분들이 함께 자리하시고, 옌안의 서기와 실무 담당자 및 상무위원 등은 나와 함께 앉도록 합시다." 이렇게 해서 성(省)의 동지들이 별도의 한 테이블에 자리하고, 우리 모두는 저우 총리와 모여 앉게 되었다. 저우 총리가 늘 옌안에 오는 것은 아니기 때문에, 우리들은 준비한 마오타이주(茅台酒)와 시펑주(西鳳酒)와 같은 훌륭한 술과 백미, 밀가루 빵을 제공했지만, 저우 총리는 아무것도 먹지 않았다. 그는 좁쌀로 만든 밥 한 그릇 만을 먹었다. 그는 옌안의 좁쌀은 향도 좋고 아주 맛있다고 말했다. 그는 또한 "옌안 인민이 굶주리고 있는데, 내가 어떻게 옌안에 와서 여러분의 좋은 음식을 먹을 수 있겠는가?"라고 말했다. 저우 총리는 말했다. "내가 총리로써 잘 하지 못하니, 옌안 인민이 굶주리는 것이오." 그는 눈물을 머금으며 이런 말을 했다. 그는 책임을 지고자 했던 것이다. 저우 총리, 그는 정말 전국 인민의 총리였다. 저우 총리가 이렇게 말했을 때, 나는 공산당 지방 위원회 부서기(副書記)·부전원(副專員)이었는데, 그곳에 있었던 우리도 하마터면 같이 울 뻔했다.

식사하면서 그는 "나는 여러분들과 한 가지 일을 의논하고 싶은데, 옌안에서 3년의 시간을 들여 이 낙후한 상황을 변화시키고, 5년 동안 양식을 기존의 토대에서 두 배로 늘릴 수 있겠소?"라고 제안하기도 하였다. 당시 공산당 지역위원회 서기는 쉬샤오메이(徐小梅)였는데, 그와 나머지 서기·전원들은 이구동성으로 "할 수 있습니다! 삼 년 안으로 상황을 변화시키고, 5년 이내에 양식을 갑절로 늘릴 수 있습니다"라고 대답했다. 저우 총리는 말했다. "좋소! 나는 이런 말 듣기를 원했소." 당시 나는 그의 좌측에 앉아 있었고, 서기는 그의 우측에 있었는데, 중간에 한 사람을 사이에 두고 있었다. 저우 총리는 내 이름을 불렀다. "술을 가져오시오!" 종업원이 각각 술 한 잔씩을 따라주었다. 저우 총리는 모두에게 말했다. "옌안의 3년 변화와 5년 증산을 위하여, 건배합시다!" 모두가 일어서서 건배하며 잔을 부딪쳤다. 잔을 부딪치는 소리가 힘차게 울렸다. 건배 이후 저우 총리는 서기와 나에게 악수하고, 모든 사람들과 악수를 했다. 우리 모두 매우 감격했기에, 악수할 때마다 손아귀에 힘이 들어가 크게 소리를 냈다. 악수할 때, 종업원들은 문 앞에 서 있었고 요리사들이 보고 있었는데 나중에 저우 총리와 옌안의 공산당 지역위원회의 대표 동지들이 옌안의 3년 변화와 5년 증산을 위하여 서로 손바닥을 마주쳤다고 옌안에 알려졌다.

서로 손바닥을 마주친다는 것은 산시(陝西)·산뻬이(陝北) 말로는 맹세하고 서약한다는 뜻을 갖고 있다. 나는 나중에야 들었는데, 참 일리 있는 말이라고 생각했다. 군중들이 서로 손바닥을 마주쳤다고 이리저리 말을 전한 것은 당신들의 현지 지도자들이 곡식을 갑절로 늘릴 수 있는지 없는지를 보겠다는 뜻이기도 했다. 저우 총리가 이렇게 우리에게 관심을 기울이며, 저우 총리가 눈물을 흘리며 책임을 지는 모습을 당신들이 지켜보았으니, 당신들 공산당 지방위원회에서 곡식을 갑절로 늘릴 수 있는지를 지켜보겠다고 군중들은 말했던 것이다. 우리 지방위원회 책임자들은 저우 총리에게 입장을 밝히고 나서 확실히 결심했다. 저우 총리가 말한 것이 1973년이었고, 1978년에 5년이 되었지만, 그때도 여전히 시작되지는 않았다. 1978년 식량은 1할이 증가했고, 1990년에 이르러서야 원래 생산량에서 두 배로 늘었다. 본래 옌안은 14개의 현, 130여 만 명을 관리하며, 생산량은 평균 250kg에 미치지 못했는데, 이후에 두 배가 되어 500kg에는 좀 못 미치는 450kg이 되었다. 1990년 중앙 공산당 11기 중앙위원회 삼중전회(三中全会) 이후, 개혁개방이 이루어지면서 비로소 상황에 중대한 변화가 발생했던 것이다.

군사가로서의 저우언라이

장전(张震)
(전 중앙군위中央军委 부주석)

군사가로서의 저우언라이

장전(張震)

(전 중앙군사위원회 부주석)

저우언라이 동지는 내가 특별히 숭배하고 추앙하는 인물로, 그는 군사적으로도 정치적으로도 훌륭했고, 각 방면에서 모두 전당과 전군의 모범이었다. 때문에 그가 서거했을 때, 우리는 1시간 동안 중국 인민해방군 총병참부의 문 앞에 서서 영구차가 지나가길 기다렸다. 그 감정과 그 우울한 심정은 말로 형언할 수 없는 것이었다.

우리에게 가장 인상 깊었던 점은 저우언라이 동지가 영도했던 난창봉기(南昌起義)로, 국민당 반동파에 무력 저항을 처음으로 성공시켰던 일이다. 주더(朱德) 총사령관은, 난창봉기에 대해 이를 통해 인민은 자기의 군대를 가지게 되었고, 인민의 군대를 세우게 되었다고 평가했다. 추수봉기(秋收起義)는 난창봉기와 다른데, 난창봉기는 대 전투여서, 우리가 나중에 훼이창(會昌)에 도착했을 때 파헤쳐진 참호 내부에 탄피와 시체가 쌓여 있는 것을 본 것을 기억한다. 그곳은 난창봉기를 이끈 부대와 첸다쥔(錢大鈞)이 결전한 지역이었다. 그 전투는 잘 풀리지 않아 난창봉기 부대는 광저우(廣州)까지 퇴각했다.

만약 그때 장시(江西)의 농민과 결합해 근거지를 손에 넣었더라면, 그 이후 보다 온전히 부대를 유지했을 것이다.

이후 마오쩌둥 동지는 추수봉기를 이끌면서 난창봉기의 교훈을 받아들여, 대도시 공격이 성공하지 못하자, 바로 산 속으로 들어가 "산 속의 대왕(山大王)"이 되고는 산악지역에 의존하면서 자기 역량을 발전시켰다. 무장한 이후, 인민의 군대를 어떻게 창설할 것인지에 대해 당 내부에서는 커다란 논쟁이 있었다. 마오쩌동 동지는 우리는 인민의 군대를 창설해야만 하며, 이 군대는 정치적 임무를 완성하는 집단으로, 기복이 있겠지만 발전할 것이며, 발전한 이후에는 근거지를 마련해야만 한다고 하였다. 의견이 다른 사람들은 그러한 부대를 만드는 것은 매우 어렵다고 말했다. 이렇게 논쟁이 오가는 가운데, 홍사군(紅四軍) 7차 대표자 대회에서 마오쩌동을 군위서기(軍委書記)에서 떨어뜨리고, 천이(陳毅)가 군위서기가 되었다. 이후 파벌주의·농민의식·향토관념 등의 착오적인 사상이 부대에 만연하였다. 후난(湖南) 군대는 후난으로 돌아가고 싶어 했고, 상난(湘南) 군대는 상난으로 돌아가고 싶어 했는데, 그 결과 두 차례 패전을 당했고, 홍사군(紅四軍) 8차 대표자 대회가 열렸을 때까지도 결론이 여전히 나지 않자, 천이(陳毅)는 상하이로 가서 저우언라이를 찾았다. 저우언라이 동지는 당시의 전위(前委 전선 지휘 위원회)에 한 가지 지시를 내렸는데, "9월 서신"이라 불리는 것이었다. 서신의 핵심적 요지는 마오쩌동 동지가 지도하도록 해야 한다는 것이었다. 저우언라이는 그 당시 마오쩌동이 옳다고 생각했다. 저우언라이는 당시 당중앙 군사위원회 서기(中央軍委書記)로 모두 그의 지휘를 받고 있었다. 천이가 서신을 가지고 돌아왔으나 서신을 받고서도 마오쩌동은 복귀하지 않고, "당신들은 애매한 태도로 나를 끌어내리고, 현재 다시 애매모호한 태도로 나에게 집권하길 요구하는 것이라면 그럴 수 없다. 우리는 명확하게 말해야 한다."고 말했다. 그는 며칠 동안 준비를 마치고, 꾸톈회의(古田會議)를 개최했다. 이 꾸톈회의에서는 우리의 건군(建軍)에 관한 방침문제·노선문제·정책문제를 해결했는데, 현재 우리의 해방군도 이러한 방침에 따라서 만들어진 것이다. 우리가 저우언라이 동지의 위대함을 말하는 이유는 두 가지다. 첫째, 난창봉기로 국민당의 반동세력에 대한 무력저항을 시작함으로써 인민이 군대를 가질 수 있게 했다는 것. 둘째, "9월 서신"을 통해 모두의 사상을 통일시키는데 중요한 역할을 했다는 점이었다. 저우언라이 동지가 중앙소비에트 지구에 도착한 이후에도, 우리들은 어떠한 접촉도 없었고, 나는 여전히 어렸다. 나는 뤼이진(瑞金)에 가서 저우언라이 동지가 주재하는 중국 공산주의청년단 위원회 서기들의 모임에 참가했던 것을 기억하고 있다. 나는 한 보병단의 청년단 서기였다. 저우언라이 동지는 장수(江蘇) 출신이어서 이야기를 알아듣지는 못했지만, 며칠 동안 좋은 식사를 했는데, 죽 안에 백설탕을 넣어주는 것은 아주 특별한 대우였고, 놀라운 일이었다.

"포위섬멸"작전에 대한 홍군(紅軍)의 4차 반격은 저우언라이와 주더(朱德)의 통일된 지휘로 이루어졌다. 이 전투는 우리의 이전의 전투와는 달랐다. "포위섬멸"작전에 대한 1·2·3차 반격은 모두 적들을 깊숙이 유인하여 소비에트 지구의 중심에서 공격하는 것이었다. 이 4차 반격의 특징은 소비에트 지구의 최전방에서 공격하는 것으로, 매복전과 대규모 기동전을 채용했고, 분산해 진군을 통해 협공했다. 저우언라이 동지가 지휘하는 중앙 소비에트지구 공격은 최대의 승전으로, 적 52사단과 59사단 대부분을 섬멸하였는데, 52사단 사단장은 부상당한 후, 포로가 되었다가 죽었다. 59사단 사단장 천스지(陳時驥)는 포로가 된 후, 곧바로 산시성 북부로 보내져, 우리에게 지형학을 가르치며 강의를 하게 하였는데, 항전 이후에는 그를 국민당으로 다시 돌려보냈다.

저우언라이 동지는 당시 긴 수염을 지니고 있었다. 상하이 시절 비밀공작을 위한 방편이었던 듯한데, 마치 목사 같은 모습이어서 우리는 이를 보고 매우 기괴하다고 여겼다. 중앙 소비에트지구에 도착한 이후에도 그는 수염을 자르지 않았다. 다른 사람들은 이를 보고 매우 두려워하였는데 무섭고 아주 준엄한 사람이라고 느꼈기 때문이었다.

이후 중앙에서 광창(廣昌)을 수복할 때는 나도 참가했다.

광창전투 이후에 단순히 방어만 했는데, 적이 1~200미터, 2~300 미터 전진해오면서 하나의 보루를 세우는 것을 우리는 몰랐다. 우리는 소총만 가졌을 뿐 화포를 갖고 있지 않았기에 공격할 수가 없었고, 진지에서 벗어나 간헐적 대응공격(短促出擊)만을 행했다. 마오쩌둥은 간헐적 대응공격 전술의 실패를 우리 자신이 자초했다고 말했다. 부대를 이끌고 나아가서 운동 중에 적들을 소탕해야 했다는 것이었다. 당시 중앙에서는 마오쩌둥의 의견에 동의하지 않았는데, 그런 전술은 비정규적인 게릴라전을 주장하는 것이므로 배격해야 한다고 생각하였다. "포위섬멸" 작전에 대한 홍군의 5차 반격은 중앙의 노선을 따랐기에 실패했고, 최후까지 몰려 홍군은 전략을 변화시킬 수밖에 없게 되었다. 즉 우리가 이후 "창정(長征)"이라고 일컫는 것이 그것이었다. 당시 중앙군사위원회의 직속부대는 뤼이진(瑞金) 부근에서 제화공장과 병기공장을 운영하고 있어서, 우리는 막 최전선에서 돌아와 방을 빌려서 살고 있었다. 그때 우리는 홍군이 전략을 변화시켜, 중앙 소비에트 지구를 떠나야만 한다는 것을 알지 못했다. 1주일 후에 우리는 출발했다. 대장정의 대오는 후난(湖南)·광동(廣東)의 변방으로 나가면서, 전투가 있으면 잘 싸웠지만, 이동 중에는 적들도 많지 않았다. 첫 번째 적의 봉쇄선을 지날 때, 중앙은 통일전선 공작을 실행하여, 위한머(余漢謀)에게 길을 내주도록 했다. 그는 우리들이 광쩌우로 가고, 장제스(蔣介石)의 군대가 광쩌우로 쫓아오게 되면 그가 제거될 것이라 두려워했기 때문이다. 단 그는 몇 가지 조건을 제기했다. 우리가 길을 열어주면, 너희들은 지나가되, 너희가 장제스의 군대를 우리 쪽으로 데려와서는 안 된다는 것이었다. 우리가 떠난 이후, 장제스도 광동으로 오기 어려웠기 때문에, 우리는 이렇게 제1 봉쇄선을 통과하면서 어떤 전투도 치르지 않았다. 제2, 제3의 봉쇄선을 통과할 무렵에도, 부대는 여전히 비교적 정예를 유지했고 인원은 충분했다. 나는 그때 3군단에 있었는데, 마오쩌동은 상난에서 몇 차례 전투를 치를 것을 제안했다. 제4봉쇄선에서 상강을 지날 때, 홍군은 격심한 피해를 입었다. 만약 그때 간편한 복장만 하고 물자를 모두 버렸더라면, 손실이 그처럼 크지는 않았을 거라고 나는 생각한다.

8만 명 이상이 상강을 지났는데, 단지 3만여 명이 남았을 뿐이었다. 모두가 그 문제에 대해 생각했지만, 우선 이 문제가 저우언라이 동지에게 놓여 있었다. 전쟁을 대체 어떠한 전략으로 치뤄야 할 것인가? 손실이 이렇게 큰데! 만약 원래의 계획대로 홍군 6군단과의 합류를 고수한다면, 적들은 대규모 포위망을 짜서 우리를 해치려 할 것인데, 적들이 그렇게 많다면, 이 전쟁을 어떻게 치룰 것인가?

그때 중앙의 지도자들 내부에서 논쟁이 일어났는데, 초점은 홍군의 전략 행동방침 문제에 있었다. 마오쩌동(毛澤東) 동지는 그때 병에 걸려 들것에 누워있었다. 왕쟈샹(王稼祥) 동지는 비행기 폭격에 부상을 당해, 역시 뒤편 들것에 앉아 있었다. 그들은 장원톈(張聞天)과 더불어 이야기를 나누었는데, "포위섬멸" 작전에 대한 홍군의 5차 반격 이래의 실패는 군사적 전략전술의 잘못된 노선으로 인해 조성된 것이라고 생각했다. 그들은 저우언라이에게 건의했다. 홍군 2군단, 6군단과 합류하러 가는 길이란 점을 고려하여, 장제스가 이미 막강한 군대를 주둔시켰다면, 홍군은 상시(湘西) 지역에 도달할 기선을 빼앗긴 것이니, 홍군은 적들의 힘이 취약한 꿰이쩌우(貴州)로 방향을 바꾸어 가야만 한다는 것이었다. 그때 저우언라이는 실권을 지닌 직위에 있었다. 마오쩌동 주석은 위엄과 명망만 가지고 있었기에 오직 의견을 제안할 뿐이었다. 왕쟈상 역시 마찬가지였다. 저우언라이는 그들의 의견을 지지했다. 이렇게 해서, 홍군은 방향을 바꾸게 되었고, 꿰이쩌우를 향해 나아갔으며, 아울러 준이회의(遵義會議)를 개최해 홍군의 전략행동 방향에 관한 문제를 해결했다. 저우언라이는 이번에도 마오쩌동의 이러한 노선을 이해하고, 마오쩌동을 지지했다. 그래서 준이회의 이후, 마오쩌동의 제의에 근거하여 중앙에서는 저우언라이·마오쩌동·왕쟈상으로 삼인단(三人團, 3인 지도체제)을 조직하기로 결정했고, 군사지휘의 전권에서 저우언라이를 최우선으로 하였다. 하지만 골간을 이룬 것은 여전히 마오쩌동이었다. 준이회의 이후, 우리들도 준이회의에서의 결정을 전달했는데, 근거지를 건립한다는 결정으로, 천검전(川黔滇) 변계에 근거지가 건립되었다.

사도적수(四渡赤水)[2] 이후 우리는 꿰이양(貴陽)을 공격했다. 장제스는 우리가 여전히 창쟝(長江)을 지나가고자 한다고 여기고, 군대를 창쟝으로 이동시켰다. 적들은 츠수이허(赤水河)를 따라서 보루를 구축했다. 우리는 그 사이에 주둔했다. 15km의 틈 사이로 수만의 홍군(紅軍)이 모두 다 빠져나갔는데, 마오쩌동이 수만의 홍군을 지휘했다. 마오쩌동은 신과 같이 군사를 움직여 단번에 꿰이양으로 쳐들어갔다.

장제스는 당황했다. 병력이 없자, 윈난(雲南)의 군대가 꿰이양를 지키도록 요구해 그를 돕게 하였다. 윈난이 또한 비게 되고, 윈난의 군대가 꿰이양에 제 시간에 도착하지 못하자, 우리는 다시 윈난으로 쇄도해 들

---

2) 사도적수 : 츠수이(赤水河)를 네번 건넌다는 뜻.

어갔다. 저우언라이와 마오쩌동의 협동은 아주 훌륭했다. 사도적수(四渡赤水)의 실질적인 주요 책임자는 바로 저우언라이였고, 저우언라이 동지는 겸허하게 마오쩌동 동지의 의견을 받아들였다. 그 당시 군사문제를 해결하기 위해서는 주로 3인의 지도자그룹의 지휘를 따라야 했다. 저우언라이의 지지가 없었다면 힘들었을 일이다. 우리가 산뻬이(陝北) 지역에 도착한 후, 한 가지 문제는 땅이 좁고 인원은 적으며 식량이 부족한다는 점이었기 때문에, 마오쩌동은 동정(東征)을 하려면 장제스와 옌시산(閻錫山), 옌시산과 일본의 모순을 이용해야 한다고 말했다. 우리는 산시(山西)에 의존하면서 동쪽으로 나아갔고, 허뻬이(河北)로 진출하면서도 대도시를 공격하지 않았다. 저우언라이의 그 당시 임무는 막중했는데, 후방에서의 모든 일처리는 그의 책임이었다. 후방을 돌보아야 했을 뿐만 아니라, 전방의 일만여 홍군을 돌보아야 했던 것이다. 이어진 동정(東征)에서도 마찬가지였다.

저우언라이가 장쉐량(張學良)에 대한 통일전선 공작을 잘 처리했기에, 서정(西征)에서 우리가 마홍빈(馬鴻賓)을 쳐부순 이후, 부대가 특히 동북군과 대치하게 되었을 때에도, 공포탄을 쏘면서도 밤에는 자유롭게 왕래했고, 동북군이 기차를 이용해 우리에게 철을 운송해주어, 배를 만들어 황하를 건널 준비를 하였다. 몽고를 등지고 있어서 땅이 너무 협소했기 때문이었다. 서정(西征) 이후, 우리는 한 차례의 전투에서 마청빈(馬承賓)을 포로로 잡고, 이어서 그를 돌려보냈는데, 마홍빈(馬鴻賓)과의 통일전선 공작을 잘 처리했기 때문이었다. 마홍빈은 줄곧 우리와의 관계가 비교적 좋았기에, 우리는 그를 공격하지 않았고, 그 역시 자발적으로 우리를 공격하지는 않았다. 이후 홍군(紅軍)이 집결하고 나서, 우리는 한 차례 전투로 후종난(胡宗南)의 제1사단의 1개 여단을 섬멸하고, 공격을 마친 이후, 바로 매복을 준비하여, 논기슭과 산기슭에서 위린(楡林)으로 돌아가는 적군을 섬멸했다. 이 전투를 끝내자마자, 휴식하며 정비하던 중에, 시안사변(西安事變)이 발생하자 모두들 크게 기뻐했다. 저우언라이는 마오쩌둥과 중앙에서 정한 시안사변의 평화적 해결방침에 따라, 거듭해서 장쉐량(張學良)에 관한 공작을 행했다. 우리는 소환되어 와서 삼원(三原)지구에 집결하였고, 이어서 장쉐량(張學良)·양후청(楊虎城)과 협상을 하였는데, 협상과정 중에 저우 언라이가 중요한 역할을 하였다. 당시 군대에는 두 종류의 정서가 있었다. 우리 같은 사람들은 아주 단순해서 장제스를 잡아다 죽여도 그만이라고 생각했는데, 십 년간의 내전으로 모두 눈에 핏발이 서 있었던 것이다. "늘상 장제스를 타도해야 한다고 말했는데, 어찌 잡았는데 도리어 풀어준다는 거지? 죽여야 하지 죽여야 해!" 나중에 장제스를 풀어주라는 것이 중앙의 결정이란 말을 듣고, 풀어줄테면 풀어주라고 말들은 했지만 화를 참고 있었다. 그 뒤에 홍군(紅軍)을 개편해 국민혁명군(國民革命軍) 소속의 빠루쥔(八路軍)으로 만들고, 국민당 군대의 군모 표식을 달아 홍군의 오성모(五星帽)를 바꿔야한다고 들었을 때, 많은 사람들이 납득하지 못했다. 그래서 일부가 떠나기도 했는데, 그들은 "그만두겠다. 이 몸이 이토록 여러 해 동안 해온 일이 장제스를 공격하는 일이었는데, 지금 우리에게 이런 옷을 입으라 하니, 그만두고 집으로 돌아가겠다"고 했던 것이다. 이렇게 일부가 뛰쳐나갔지만, 대부분의 사람들은 중앙의 지시를 따랐다. 항전이 시작되었을 때, 우리는 타이위안(太原)에 있었고, 저우언라이 동지 역시 타이위안에 있으면서 타이위안 화뻬이군분회(華北軍分會)에 머물렀는데, 임무 중 하나가 군대의 전략적 사고를 통일하는 것이었다. 당시 마오쩌둥은 게릴라전을 주장했지만, 전방의 일부 동지들은 일본을 공격하는데 기동전으로 공격할 필요가 있다고 말했다. 그러나 결국 뤄촨회의(洛川會議)에서는 게릴라식 기동전을 펴기로 결정했다. 이길 수 있으면 싸우고, 이길 수 없으면 도망가는 것이었다.

이 사고를 통일하기 위해, 저우언라이가 타이위안에서 회의를 소집하자, 빠루쥔(八路軍) 3개 사단의 사단장이 모두 와서 크게 언쟁 하였다. 우리는 회의에 참여할 자격이 없었지만, 밖에서 격론을 듣고 있었는데, 이후에 전략이 뜻밖에 통일되었다. 펑더화이(彭德懷)의 명의로 한 권의 소책자가 인쇄되었고, 화뻬이에서의 게릴라전이 끝까지 유지되었다. 우리는 이 소책자를 옌시산(閻錫山)의 각 부처에 보냈다. 빠루쥔이 공개된 이후, 나는 총사령부 참모로 옌시산의 참모부와 연락하였다.

저우언라이 동지는 타이위안에서 화뻬이공작을 안배하고, 게릴라전투를 조직하고 전개했으며, 일부 간부를 파견해 보내어 옌시산의 군대와 홍군의 협동 전투를 완수하고, 일부 청년학생들을 산뻬이(陝北)로 운송해 왔다. 일본 군대가 타이위안(太原)에 다가 왔는데도, 저우언라이 동지는 아주 결연했다. 우리의 자동차는 모두 옌시산 일파의 자동차였는데, 운전사는 우리에게 "옌시산 주임께서는 떠났는데, 너희 공산당은 아직도 떠나지 않았냐?"라고 물었다. 매국노와 일본인이 내통하여, 폭탄이 입구에서 터졌다. 우리는 저우언라이 동지와 지하실 방공호에 머물렀다. 촛불이 모두 꺼졌지만 도망치지 않았다.

일본군이 신커우(忻口)를 공격했을 때, 포성이 들리자 주변 사람들이 모두 도망쳤고, 우리 세 사람 즉 나와 저우언라이·펑셰펑(彭雪楓)만 남았다. 밤에 성문이 막혀서, 우리는 성을 나갈 수 없었다. 나와 펑셰펑은 타이위안을 지키는 푸쭤이(傅作義)를 찾아갔다. 푸쭤이는 친필 명령서를 내려, 우리에게 문을 열어주었다. 우리는 성벽 위로 하나의 통로를 파고, 허리를 구부리면서 뛰쳐나왔는데, 저우언라이 동지는 나중에서야 이렇게 나왔다. 성을 나온 후, 펀허(汾河)에 놓인 다리에 장갑차 한 대가 멈춰있는 것을 보았는데, 다리를 꽉 막고 있어서 밀어도 끄덕하지 않았고 뒤집으려 해도 끄덕하지 않아 지나갈 수가 없었다. 장갑차 안에는 새우가 가득 실려 있었다. 저우언라이 동지는 결단을 내려, 사사로운 물품을 모조리 버리고는 무선통신기만을 지니고 펀허(汾河)를 건넜는데, 무선통신기에서 떨어질 수 없었기 때문이었다. 이어서 나는 사람들을 조직해 강을 건넜는데, 물건들을 모두 버리고, 트렁크도 버리고서야 건너갔다. 그들이 먼저 건너고 나는 마지막에 건넜는데 내가 건너갔을 때 그들은 이미 가버린 뒤였다. 한 사람도 없었고, 보이지도 않아서 나는 그들을 쫓아갈 수가 없었다. 나는 통신원을 데리고 천천히 가서 펀허 상류에 이르러서야 그들을 따라잡았다. 저우언라이 동지는 거기서 게릴라전을 계획하고 있었는데, 펑전(彭眞)도 거기에 있었다.

나중에 우한(武漢)에서 나는 저우언라이 동지를 다시 만났다. 나는 "당신께서 타이위안에 있을 때, 우리에게 물건을 버리라고 하셔서 나는 옷조차 없으니 당신께서 내게 한 벌 줘야합니다"라고 말했다. 그는 내게 두 벌의 옷을 주었다. 집을 나와서 돌아갔던 적이 없다고 하자, 그는 또한 내게 20위안의 돈을 주었는데 그 당시로는 꽤 큰 액수였다. 저우언라이는 사람들에 관심을 기울였고, 기억력도 좋았다. 나는 당시 그를 시험해보고, 그가 타이위안에서 우리들에게 물건을 버리라고 한 일을 기억하는지를 살폈다. 그 이후 우리는 떨어져 있었다. 이후 항전 승리에 이를 때까지, 나는 허난(河南)에서 오로지 전보를 통해서, 어떻게 공작을 전개해야하는 지에 관한 그의 지시를 받았다.

해방 후, 나는 베이징의 총참모부 작전부에서 일했는데, 당시 저우언라이는 중국공산당 중앙군사위원회 부주석으로, 총참모장을 대행했다. 1952년 5월에 이르러서야 그가 대행하지 않았고, 그때 펑더화이(彭德懷)가 조선(朝鮮)에서 비밀리에 돌아와 주재하였다. 당시 또 한 명의 공개적인 총참모장 대행은 녜룽전(聶榮臻)이었지만, 실질적으로 일을 주관한 것은 저우언라이였다. 그는 매우 꼼꼼하여 모두들 두려워하였는데 그의 질문이 세밀하고 생각이 치밀하고 기억력이 정확한 점을 두려워했다. 나는 그가 양리산(楊立三)을 찾아 회의를 열어 회계를 하던 것을 기억하는데 2모(毛), 3분(分) 액수의 착오라도 모두 계산해내니 양리산으로서도 방법이 없게 만들었다. 우리 작전부는 군사위원회에 나아가 회의에 모두 참관하였지만, 한 번 회의를 하면 나는 긴장해서 밤새 잠을 잘 수가 없었고, 둘째 날에는 낮부터 다시 일을 해야 해서 피로가 극에 달했다. 저우언라이 동지는 매 주마다 모두 거인당(居仁堂) 작전실로 오도록 하여, 모두를 긴장시켰다. 그는 매 주마다 2~3번 왔는데, 기억력이 특출나서 어떤 군대가 어디에 있는지, 어떤 군대의 지휘관이 누구인지 아주 분명히 기억하고 있었다. 대답이 틀리면 불운한 날이 되었다. 그는 가끔씩 우리를 시험했다. 당연히 그는 기억하고 있으면서도 고의로 우리들에게 물었고, 대답하면 그는 말하지 않고 세세한 정황을 물어서 보다 긴장해야 했다. 그는 정말로 매우 바빴지만, 부대의 장비문제에 대해서 만큼은 신경을 썼다.

저우언라이 동지는 아주 감성적이었다. 양리산이 병사했을 때, 애도사를 저우언라이 동지가 읽었다. 고별의식은 소예당(小禮堂)에서 거행되어, 우리 모두가 갔다. 저우언라이는 각별히 언급하면서, 양리산은 징강산(井岡山)에서 시작해 수 십 년 투쟁해왔고, 우리에 있어 병참보급 업무에서 크나큰 역할을 했다고 하였고, 특히 대장정 가운데 초지(草地)

를 지날 때, 자신이 간농양(肝膿瘍)에 걸려 고열이 나자 양리산이 친히 들것을 드는 일을 도와 그를 들고 초지를 지났다고 말했다. 저우언라이는 이 말을 할 때 눈물을 쏟으면서 울기 시작했고, 우리도 깊이 감동을 받았다. 나는 특별히 홍군(紅軍)의 시대를 회상한다. 홍군시절 전쟁에서 전우 한 사람이 전투에서 희생되면 유해를 찾아와야 했고, 유해를 찾기 위해 심지어 한 사람의 희생조차 무릅썼다. 부상병은 버리지 않았고 유해를 버려두어서는 안 되었다. 부상병은 찾아 와야 했고, 유해는 찾아와서 묻어줘야 했다. 이는 훌륭한 기풍이었다.

1954년 나는 총참모부에서 나와서 군사학원(軍事學院)에서 공부했다. 군사학원에서 공부할 때, 양파투쟁(兩派鬪爭) 때문에 나는 체포되었다. 저우언라이 동지가 알고서, 쉬스여우(許世友)에게 전화해서, 나를 병원으로 보내도록 하였고, 이렇게 해서 안정을 얻을 수 있었다.

저우언라이 총리를 나는 존중하며 우러러 모신다. 나는 그가 문제를 물을 때마다 두려웠다. 그의 질문은 세밀하고, 두뇌도 비상한데다, 학식은 대단히 깊고도 넓었다. 그와 회의에서 만나 얘기하려면, 준비하는데 꼬박 하루가 걸렸다. 그가 무엇을 물을지 누구도 몰랐기 때문이다. 그는 우리에 대한 요구가 아주 엄격했다.

저우언라이는 일찍이 5.4운동에 뛰어들어 진보적 학생조직인 자오우사(覺悟社)를 발기하여 성립시켰다. 사진은 자오우사 성원들이 합동 촬영한 것으로, 뒷줄 우측 첫 번째가 저우언라이이다. 우측 다섯 번째가 마쥔(馬俊), 우측 세 번째가 궈룽전(郭隆眞), 앞줄 우측 두 번째가 류칭양(劉淸揚), 우측 세 번째가 덩잉차오(鄧穎超)이다(1919년).

『백년 언라이』를 촬영하기 위해 자오우사(覺悟社) 성원 중 생존해 있는 마지막 인사인 100세 노인 관이원(館易文)을 취재하는 모습. 이미 기억을 완전히 잃은 관 노인이지만 저우언라이의 사진을 대면하자 별안간 연속해서 세 번이나 "목소리와 모습이 선하다. 영원한 이별을 잊기 어렵다!"를 고성으로 외쳐댔다. 그는 50일 후에 세상을 떠났다. 사진 위의 글씨는 저우 총리가 서거한 당일 관 노인이 눈물을 흘리며 쓴 것이다. (좌측은 관노인의 부인인 황판(黃范), 오른쪽은 덩자이쥔이다, 1996년)

1921년 봄 장선푸(張申府)와 류칭양(劉淸揚)의 소개로 저우언라이는 중국 공산당 8인이 발기하여 조직한 파리 공산주의 소조(小組)에 가입하여 당의 창건활동에 종사하였다. 사진은 1996년 『백년 언라이』를 텔레비전 특별 방송 프로그램으로 촬영할 때, 러시아의 중앙당안관에서 발견한 저우언라이가 공산국제에 보낸 이력서로, 여기서 그가 1921년 공산당에 가입한 사실을 명확히 볼 수 있다.

1924년 중국사회주의청년단 유럽지부 성원들과 파리에서 합동 촬영한 것이다. 앞줄 좌측 4번째가 저우언라이, 좌측 여섯 번째가 리푸춘(李富春), 좌측 첫 번째가 녜룽전(聶榮臻), 뒷줄 우측 3번째가 덩샤오핑이다.

1927년 제1차 국공합작이 붕괴되기를 전후하여 중국혁명을 구원하기 위해 저우언라이는 '상하이 공인 제3차 무장봉기'와 '난창봉기'를 영도하였다. 사진은 '상하이 공인 제3차 무장봉기'를 영도할 때의 저우언라이 모습.

『백년 언라이』의 촬영기간에 러시아 중앙당안관이 제공한 차이창(蔡暢 다른 이름은 뤄쉬洛莎)가 1938년 7월 공산국제가 쓴 저우언라이에 관한 방증자료이다. 그중에는 "저우언라이 1926년 광저우에서 상하이로 돌아와 상하이의 유명한 3차 무장봉기에 참가하여 영도했으며, 모든 군사적 지휘는 그의 책임이었다", "1927년 7월 말 그는 당 중앙에서 난창으로 파견되어 난창무장봉기를 영도하도록 명받았다." 이 자료의 마지막 쪽에는 그의 친필 서명인 '뤄쉬'가 쓰여 있다.

1911년 12월 저우언라이는 중앙소비에트구에 와서 홍군 총정치원, 중앙혁명군
사위원회 부주석 등의 직책을 담임했다. 사진은 1933년 12월 홍군 제1방면군 영
도인들과 푸젠(福建)의 젠닝(建寧)에서 합동 촬영한 것이다. 좌로부터 예젠잉,
양상쿤, 펑더화이, 류바이젠(劉伯堅), 장춴칭(張純淸), 리커농(李克農), 저우언라
이, 텅다이위안(滕代遠), 위안궈핑(袁國平).

1937년 마오쩌둥, 보어꾸(博古)와 합동 촬영한 모습.

시안(西安)사변을 평화적으로 해결한 후, 저우언라이는 이 담판에 참여한 국민당과 항일통일전선을 건립하였다. 사진은 빠루쥔(八路軍) 부총사령 펑더화이(좌2), 궈모뭐(좌3), 예젠잉(좌4)과 합동 촬영한 모습(1938년).

항일전선기간, 저우언라이는 어깨 부상을 당한 후의 사진을 공산국제가 제공하였다. 러시아 중앙당안관이 제공함(1940년).

항일전쟁 승리 후 저우언라이가 중국공산당을 대표하여 마샬, 장츠종 등과 함께 3인 소조(小組)를 조성하여 국민당과 진행한 담판에 참가하였다.(1946년 2월)

마샬(우3), 장츠종(우4)이 함께 수행한 베이핑 군사조처집행부 성원 월트(沃爾特)·S·뤄바이손(우6), 정제민(鄭介民) (우5), 예젠잉(우1) 등이 장자커우(張家口)를 시찰할 때, 진찰기(晉察冀) 군구사령부 문전에서 합동 촬영한 모습.

난징 메이윈(梅園) 신촌 17호 주택을 걸어 나와 국민당
과 담판하러 가는 모습(1946년).

1946년 11월 저우언라이는 옌안으로 돌아와 마오쩌둥,
주더과 함께 했다.

시바이퍼(西伯坡)에서 작전명령에 서명하는 모습(1948년).

1949년 10월 1일 저우언라이는 정무원 총리 겸 외교부 부장에 임명되었다.
사진은 중앙인민정부 위원회 제1차 회의 상에서 발언하는 모습.

저우 총리의 당부를
마음에 새기며

뤄칭창(羅靑長)
(저우 총리 사무실 부주임, 전 중앙조사부 부장)

저우 총리의 당부를
마음에 새기며

뤄칭창(羅靑長)
(저우 총리 사무실 부주임, 전 중앙조사부 부장)

나는 1936년에 처음 저우언라이 동지를 알게 되었다. 1946년 난징에서 돌아온 이후 줄곧 저우 총리의 영도 하에 일을 하였다. 산시성 북부 일대에서 여러 전투에 참전하는 것을 시작으로 그의 유골이 강하 대지에 뿌려지기까지 나는 줄곧 그를 따랐다.

해방전쟁시기, 나는 저우언라이 동지를 따라 산시성 북부의 전투에 참여하였는데, 당시 아군과 적군의 대치 형세는 매우 엄중한 상황으로, 우리 병력의 10배나 되는 적군이 우리를 포위하고 있었다. 중앙에서 산시 북부에 남을 것을 결정하고, 중앙전위를 성립하면서 저우언라이 동지는 중앙군위 부주석 겸 총참모장을 맡게 되었다.

저우언라이 동지는 난창봉기 이후 줄곧 중요한 군사 영도 임무를 담당했는데, 특히 해방전쟁 중에는 마오쩌둥과 협조하며 한편으로는 군사방면, 즉 육상전쟁을 포함하여 "공중전쟁"을 수행하였고, 다른 한편으로는 국민당 통치지역에서 제2의 전쟁을 수행하였다.

"공중전쟁"이란 전선을 볼 수 없는 것으로, 쌍방의 통신투쟁 및 비밀보안투쟁, 정찰 정보작업, 보위공작을 포함하는 것이었다. 네 번째 항목, 즉 보위공작은 저우언라이 동지가 1928년에 창건하고 영도하기 시작한 것으로, 대부분 잘 알려지지 않은 것들이다.

세계 전쟁사에서 암호 기밀의 누설이 전쟁의 패배를 야기한 경우가 적지 않으므로, 저우언라이 동지는 이 문제를 매우 중요하게 여겼다. 그는 기밀요원들을 이끌며, 가장 낙후된 기술적 조건하에서도 매우 높은 성공률을 달성하며 통신비밀을 유지하였다. 그는 산시 북부에서 두 차례 직접 기밀 공작회의를 주재하기도 하였다. 장제스는 미국의 장비와 전문가에 의지하고, 또한 일본의 장비와 전문가를 노획하여 중국공산당의 암호와 통신을 연구하였다. 장제스가 중국공산당의 정황을 이해하는데 가장 중요한 경로는 바로 매일 사무실 탁자 위에 놓인 한 장의 지도를 통해 중국공산당 부대의 행동방향을 파악하여 정책을 결정하는 것이었다. 저우언라이 동지는 수많은 조치들을 이용하여 암호의 완전을 확보하고, 아울러 장제스의 미신 지향적인 심리를 이용하여 그의 계략을 미리 알아채고 그것을 역이용하였다. 1947년 가을, 우리 군대는 장제스의 76군 랴오양부대(廖昻部隊)를 격파하였다. 저우언라이 동지는 서북 야전군의 무선 통신기를 옌촨(延川) 지역에 집중하도록 하고 수차례 긴급전보를 발송하여 칭젠(清澗)현 부근의 군대들에게 칭젠을 거짓 공격하도록 명령하였다. 후종난은 방향탐지기의 보고는 믿었지만 랴오양의 보고는 믿지 않았다(후종난 부장은 당시 재편성된 제29군 제76사단 사단장을 맡고 있었다). 1950년 난징을 해방한 후 노획한 문서에는 국민당 군대가 우리 군대를 정찰, 탐지한 내용의 보고가 있었다.

그 보고서의 결론에는 "보통 암호는 어느 정도 파악하였으나, 공산당의 핵심 기밀은 얻지 못하였다"라고 되어 있었다. 우리 당의 첫 번째 암호는 '하오미(豪密)'로, 바로 저우언라이 동지가 발명한 것이었다. 그의 당내 부호가 '우하오(伍豪)'였기 때문이었다. 우리는 저우언라이를 암호 전문가라고 부를 수도 있을 것이다. 우리 당의 첫 번째 암호 번역원은 그의 부인인 덩잉차오였다. 해방전쟁과 항일전쟁시기 이 방면의 작업은 큰 발전을 이루었으며, 이것이 바로 국민당을 패배시킨 중요 요소 중 하나였다. 장제스는 암호 전선에서도 패배하였던 것이다. 장제스가 패배한 후, 180만의 국민당 군이 봉기를 일으키고 투항한 것은 절대 부분 저우언라이 동지가 항일전쟁 초기 및 해방전쟁 중에 주도면밀하게 진행했던 작업들의 결과였다. 제2함대의 봉기, 장팡(江防) 함대의 봉기, 촨군(川軍)의 봉기, 후난 청취옌(程潛)봉기, 윈난의 루한(盧漢)봉기, 베이핑 푸쥐이(傅作義) 봉기 등 대부분의 봉기가 저우언라이 동지의 영도 하에 진행된 것으로, 동삐우(董必武), 예젠잉(葉劍英), 리커농(李克農) 등의 동지들도 모두 수많은 작업을 진행하였다. 류원훼이(劉文輝)는 국민당의 시캉성(西康省)의 주석으로 항전 초기에는 총칭에 있었다. 그는 중국공산당에 대표를 파견하여 도와줄 것을 요청하였다. 저우언라이는 양샤오쳰을 파견하였다. 그는 장제스가 지방세력을 어떻게 다루는 지에 대해 우리에게 모두 통보해주었다. 해방전쟁시기 그의 무선통신기는 옌안 및 산시 북부와 연락을 취하고 있었다. 장제스의 직계인 캉저(康澤)가 전쟁포로로 잡혔을 때, 그는 저우언라이에게 편지를 써서 "당신은 나의 스승인데 나는 당신의 말을 듣지 않았습니다"라고 하였다. 많은 지방세력들이 중국공산당의 건립에 관계하며 해방전쟁 중에 역할을 수행하였다. 푸젠, 스촨, 쿤밍에는 모두 저우언라이 동지가 영도했던 비밀문서 전신기가 있었으며, 장제스 왕조를 전복시키는 데에 큰 역할을 하였다.

대도시를 인수하여 관할할 때 정책면에서 저우언라이 동지는 많은 고려를 하였다. 예를 들어 상하이의 파벌세력에 대해 그는 허뻬이성 스자장의 시바이버에 있으면서 수차례 명령을 내려 두위에성(杜月笙), 황진롱(黃金榮), 양샤오톈(楊嘯天)을 쟁취하였다.

두위에성이 홍콩으로 도망갔을 때 저우언라이 동지는 진산(金山)을 파견하여 회유하도록 하였다. 그는 "신정권에 대해 반대하지만 않는다면 과거의 일은 모두 묻지 않겠다"고 말하였다. 1950년 병원에 있을 때 나는 상하이에 남아있던 황진룽을 만났다. 그는 상하이의 길거리에서 자백서를 붙이고 그의 패거리들에게 신정부의 법률을 준수하도록 하고 있었다. 이것은 당시 사회를 안정시키는 데 큰 역할을 하였다. 양샤오톈은 참가자 대표자격으로 화이런당(懷仁堂)에서 개최된 정치협상회의에 출석하였다. 또한 사도미당(司徒美堂)의 홍먼회(洪門會)도 있었다. 사회를 안정시키고 도시를 인수하여 관할하는데 이것들은 모두 매우 중요한 역할을 수행하였다. 저우언라이 동지는 인민에게 유익한 일을 하는 사람으로 누차 우리에게 인민을 잊어서는 안 된다고 충고하였다. 1975년 12월 20일 그의 병세가 위중하던 때에 그는 나를 불러 면담하였는데, 타이완(臺灣)에 대한 이야기 외에 또한 이 문제를 언급하였다. 그는 장쉐량에 대해 매우 관심이 많았다. 충칭에 있을 때와 옌안에 있을 때, 제2차 국공회담 중에도 장쉐량에 큰 관심을 보였다. 그는 쪽지를 써서 장쉐량에게 보냈는데, 그 쪽지에는 다음과 같은 16자의 글이 쓰여 있었다. "나라를 위해 스스로를 진중히 여기고 수신하고 양성하기를. 전도가 유망하니 이후에 때가 있을 것이다(爲國珍重, 修身養性, 前途有望, 後會有期)." 많은 사람들이 중간에서 장쉐량과 중국공산당의 관계를 이간질할 때도 그는 사리에 맞게 필사적으로 반박하며 저우언라이와는 첫 대면에서부터 옛 친구처럼 친해지게 되었다고 말하였다. 그는 저우언라이가 자신에 대해 큰 관심을 갖고 있다는 사실을 알고 있었다. 자오이디(趙一荻)의 많은 친척들이 상하이에 살고 있었는데, 그들의 출국에 관련된 일은 모두 내가 가서 처리했다. 장쉐에스(張學思)가 박해를 받을 때는 저우언라이 동지가 크게 화를 내기도 하였다. 장췬(張群)과 송즈원 (宋子文)에 대해서도 저우언라이 동지는 많은 일을 하였다. 송즈원이 홍콩에 도착했을 때 저우언라이는 그에게 서신을 전해, "시안사변 당시 장제스의 세 가지 보증은 당신의 남매가 보증한 것이다"라고 하였다. 이에 대해 송즈원은 "첫 번째와 두 번째는 실현되었으나 세 번째는 모두가 아는 그 원인으로 인해 저도 실로 어찌할 방법이 없으니, 저우언라이 선생께서 이해해주시기를 바랍니다."라고 하였다. 그러자 저우언라이는 "송즈원의 말은 외교적인 언사이나 또한 사실이기도 하다. 장쉐량은 '민족영웅이자 천고의 공신이다'" 라고 하였다.

1946년 마오 주석이 충칭으로 가 담판할 때 국민당의 사병이 저우 언라이의 비서 리샤오스(李少石)를 저격한 사건이 발생하였다. 당시 상황은 매우 긴장된 상태였는데, 저우언라이 동지는 헌병사령 장전(張鎭)을 불러 마오 주석의 안정을 보장하도록 하였다. 그는 가슴을 치며 맹세하였다. "저우 주임님, 이 일은 저에게 맡기십시오. 마오 선생이 돌아가실 때에 제 차로 모실 것이고 저도 함께 타고 있겠습니다." 장전의 보호하려는 마음에 대해 저우언라이는 매우 감격하여 줄곧 이 일을 마음에 새기고 있었다. 저우언라이가 중병을 앓고 있던 시기, 그는 줄곧 우리에게 다음과 같이 당부하였다. "만일 장래에 중국이 통일되면 당신들은 반드시 이 일을 잊어서는 안 되네."

대만에 대한 통일은 저우언라이 일생에 있어 미완의 사업이었다. 1955년 반둥회의 이후 우리가 제출한 대만문제 해결방안은 크게 두 가지 방식이었다. 하나는 무력을 사용하는 것이고, 다른 하는 장제스, 천청(陳誠) 등과 담판하여 "애국일가(愛國一家), 애국에는 선후가 없다"는 원칙을 제출하는 것이었다. 그는 상층 민주 인사인 장쯔종(張治中), 푸쥐이(傅作義), 장스자오(章士釗), 취우(屈武) 등을 통해 대만 쪽의 일을 진행하였다. 천청은 사망 후 공개 유언을 발표하여 대륙을 반격하는 것에 대해서는 언급한 적이 없다고 하였다.

1964년 정치협상회의 당시 저우언라이는 장쯔중, 푸쥐이, 장스자오에게 "우리가 한 일들이 헛된 것이 아니었네"라고 하였다.

문화대혁명 때 그들 중 몇몇이 공격을 받자 저우언라이는 그들을 보호하였다. 장스자오가 홍콩에서 병을 얻어 입원해 있을 때에도 저우언라이는 매우 관심을 갖고 보살펴주었다. 푸쥐이가 임종할 때 저우언라이는 직접 가서 그를 보고 "당신은 베이핑(北平, 베이징)을 평화롭게 해방시키는 데에 큰 공이 있다"라고 말하였다. 푸쥐이는 이미 말을 할 수 없는 상태였으나 얼굴에는 미소를 머금었다.

저우언라이 동지는 우리에게 이 사람들의 이름과 자(字), 적관 등을 모두 확실히 숙지해야 한다고 교육하고 때로 우리를 시험하겠다고 하였다. 대만문제를 이야기할 때 저우언라이 동지는 반복해서 다음과 같이 말하였다. "우리 스스로에게서 구해야 한다."

우리당 최초의 암호 발명자

다이징위안(戴鏡元)

(해방군 총참삼부 전 부장)

우리당 최초의 암호 발명자

다이징위안(戴鏡元)

(해방군 총참삼부 전 부장)

우리당 최초의 암호는 저우언라이 동지가 발명한 것으로, 최초로 이 암호를 사용했던 사람은 런비스(任弼時)였다. 첫 번째 전보는 저우언라이가 상하이에서 중앙혁명근거지 중앙국에 보낸 것으로 내용은 런비스가 중앙국에 도착했는지를 묻는 것이었다. 저우언라이는 중요한 일이 없을 때면 덩잉차오에게 전보 암호를 해독하도록 했다. 런비스는 긴급상황이 없을 때는 천종잉(陳琮英)이 전보 암호해독을 책임지도록 했다. 두 번째 전보는 중화소비에트공화국 임시중앙정부의 인사 조치문제를 상의하여 결정하는 내용이었다. 이후 '하오미(豪密)'는 점차 전군과 전당의 연락에 사용되기 시작하였으며, 중요한 내용은 모두 '하오미'를 사용하였다. 1947년 가을, 저우언라이 동지는 산뻬이 선취안바오(神泉堡)에서 기밀공작회의를 소집했다. 기밀, 기밀 유지, 암호통신공작 등에 대해 연구 토론하는 회의였다. 암호방침, 기밀유지제도, 공작기율은 모두 전군의 기밀암호공작의 절대적 안전을 보장하는 것들이다. 우리군의 기밀유지공작은 현대 전쟁사에 있어 극히 드문 사례였다.

당시 저우언라이는 우리 국의 공작에 대해 중요한 지시를 내렸다.

첫째, 현재는 통일된 지도, 분산된 경영의 형태로 2년 후 어느 정도 집중될 상황을 준비한다. 이는 과학적 예견이다. 1946년의 전략은 방어였으며 전술은 진공이었다. 현재의 전략은 진공이다. 우리의 방침은 장제스 관할구역을 공격하고, 해방구를 발전시키는 것이다.

둘째, 우리의 과학기술공작과 혁명정신을 서로 결합시키면 우한의 발전 전망이 있을 것이고, 가는 곳마다 승리할 것이다. 우리당의 기밀 공작은 과학기술공작이 50, 우리의 정치는 정의롭고 우한의 생명력을 지니고 있으므로 역시 50, 둘을 더하면 바로 100이 된다. 적군의 과학 기술은 50이지만, 그들은 정치적으로 부패했고 낙후되었으므로 전도가 없다. 즉 마이너스 50으로 플러스 마이너스할 경우 0과 같아진다. 그러므로 우리는 반드시 승리하고 적군은 반드시 실패하게 되어 있다. 공산당은 기술을 장악하고 있으므로 반드시 반동파가 소유하고 있는 기술을 극복해 낼 것이다. 이것이 바로 가장 정확한 진리이다. 우리의 으뜸가는 승리는 바로 기술과 정치의 결합이다. 우리에게 만약 혁명적인 정치가 없었다면 결코 적에게 승리할 수 없었을 것이다. 저우언라이는 정치를 매우 중시했다. 1948년 3월 12일, 저우언라이 동지는 우리 국의 보고에 다음과 같은 지시를 적기(摘記)해 두었다. "이 보고서는 매우 잘 작성했다. 내용도 충실하고 분석과 비평, 방침이 모두 담겨 있다. 이는 우리 국의 공작이 한 단계 상승한 것을 적극적으로 보여주는 것이다. 과학으로 과학에 승리하고 여기에 정치를 더해야 한다. 즉 우리가 과학을 장악하면 반드시 적군이 사용하는 과학을 이겨낼 것이다."

'하오미'는 우리 당이 건립한 기밀공작의 가장 훌륭한 것이며, 또한 보안성이 매우 강한 암호였다.

10대 건축에 심혈을 기울이다

완리(万里)
(전국 인민대표대회 상무위원회 전 위원장)

10대 건축에 심혈을 기울이다

완리(万里)
(전국 인민대표대회 상무위원회 전 위원장)

 전국이 해방된 후 나는 우선 중국인민해방군 제2야전군을 따라 총칭에 갔다가 후에 베이징으로 차출되어 건축공정부의 부부장을 맡았다. 이때 비로소 나는 저우 총리를 알게 되었다.
 베이징에 도착했을 때 마침 국경절 10주년 공정건설을 기획 준비 하게 되었다. 나는 저우 총리에게 천안문 공정계획을 수립해야 한다고 말하고, 인력을 확보하여 베이징시 도시 설계도를 제작해야 한다고 건의하였다. 특히 천안문광장 계획에 대해서는 이후 중앙에 보고하였다. 화이런당에서 저우 총리를 포함한 중국공산당 중앙정치국 상무위원회 위원은 이 계획을 심사하였다. 계획이 확정된 이후 나는 곧바로 설계를 독촉하였다. 천안문광장에서 인민대회당까지 하나하나 구체적인 설계에 대해 저우 총리는 세밀하게 관장하였다. 당시 우리는 거의 한 주에 한 두 차례 이것을 논의하였는데, 저우 총리와 나는 계획과 설계를 검토하며 줄곧 모든 부분의 설계도면을 모두 직접 확인하였다. 우리는 때때로 설계도면을 다 본 후 함께 식사를 하기도 하였는데, 그 횟수가 비교적 많은 편이었다. 저우 총리는 본인이 매우 바쁘기 때문에 그의 사무실 주임인 지옌밍(齊燕銘)을 보내 이 일을 돕도록 하겠다고 말했다. 지옌밍은 최선을 다해 협조하였으며, 나 역시 일이 발생하면 바로 지옌밍을 찾아가 저우 총리에게 보고했다. 인민대회당의 지붕은 저우 총리가 친히 설계한 것이었다. 지붕의 그 붉은 별은 중국공산당이 중국인민을 영도하여 도도한 물결처럼 전진하는 것을 상징하는 것으로, 바로 그가 제안한 것이었다. 설계사들은 바로 이에 의거해 설계하였고, 이 때문에 현재 인민대회당의 지붕이 매우 훌륭하게 완성된 것이다. 이것은 저우 총리의 걸작이며 보기에도 좋고 정치적 의의 또한 매우 크다.

대회당의 연회장에는 개개의 홀과 중앙홀이 있는데, 이것 역시 모두 저우 총리가 지도해서 설계한 것이었다. 우리는 설계를 위해 모형을 만들어 천안문 성루의 위쪽에 배치해 두었는데, 그가 직접 가서 보고는 이 부분은 어떻게 저 부분은 어떻게 하라고 지시하였다. 인민대회당 외벽의 색깔에 대해서도 우리는 몇 가지 방안을 제시한 채 생각을 결정하지 못하고 있었는데, 그가 "자네는 다시 도색 전문가를 찾아 이 벽의 색깔을 잘 처리해 보게나"라고 말하였다. 나는 칭화대학의 몇몇 전문가와 비교적 잘 알고 지내는 편이었으므로, 학교 학생들에게 어느 색깔이 좋은지 투표하도록 하였다. 최후에 이 색깔을 결정하는 과정은 쉽지 않았다. 현재 인민대회당의 색깔을 보면 매우 아름다우며, 모두가 저우 총리가 지혜를 발휘하도록 한 것이었다. 그는 매우 진지하게 전문가의 의견에 귀를 기울였다. 설계에 참여한, 특히 인민대회당을 설계한 몇몇 전문가들의 경우 그가 직접 불러 상의하였으며, 친히 식사를 대접하였다. 10대 건축물 중 기타 건축물, 예를 들어 민족문화궁의 고도 및 기와의 색깔 역시 모두 그가 결정한 것이었다. 당시 우리 두 사람은 가장 빈번하게 접촉하며 친밀한 우정을 맺었다. 저우 총리는 마오 주석에게 "완리가 인민대회당 건설을 저렇게 훌륭히 해낸 것은 정말 쉽지 않은 일이었습니다!"라고 말하였고, 이 말을 들은 마오 주석은 내게 전화를 걸어 한번 보고 싶다고 말하였다. 새벽 두 시에 그는 종난하이에서 인민대회당으로 왔고, 나는 그곳에서 지옌밍 등과 기다리고 있었다. 우리는 마오 주석이 몇 시에 올지 모르고 있었다. 마오 주석은 인민대회당을 모두 둘러본 후 2층으로 가 휴식을 취하며 여기에서 담배 한 대를 피워도 되는지 하고 물었다. 나는 "가능합니다."라고 대답했다. 나는 그에게 이 건축물의 명칭은 무엇인지, 현재는 아직 결정되지 않았으나 명칭이 확정되면 좋을 것 같다고 말하였다. 나는 "전국 인민대표대회 대회당이라는 명칭은 너무 길고, 다른 명칭들도 있으나 모두 적합하지 않습니다. 도대체 뭐라고 부르는 것이 합당할까요?"라고 물었다. 그러자 그는 "공사 현장은 뭐라고 불렀는가?"라고 물었다. 나는 "대회당 공사 현장"이라고 불렀다고 대답했고, 그는 그럼 "'인민'자를 합하여 '인민대회당'이라고 부르지. 인민대회당 역시 자네가 말한 인민대표대회, 전국 인민 대표회 대회당이라는 의미를 담고 있네. 우리의 총노선은 최대한의 노력을 다하고 보다 높은 목표에 도달하기 위해 힘쓰며, 더욱 신속하게 사회주의 총노선을 건설하는 것 아닌가! 이것은 간칭이지. 원래는 '전국의 인민은 중국공산당의 영도 하에 최대한의 노력을 다하고 보다 높은 목표에 도달하기 위해 힘쓰며, 더욱 신속하게 사회주의 총노선을 건설하는 것', 이것이 원래 완전한 명칭이야. 이대로 인민대회당으로 부르면 좋겠군." 이라고 하였다. 그는 매우 기뻐하였다. 다음날 마오 주석은 중앙회의 시간에 나에게 훌륭한 말씀을 해주셨다. 나는 속으로 "만약 전날 내가 좋은 필묵을 준비했으면 마오 주석에게 '인민대회당'이라는 글자를 써달라고 할 수 있었을 텐데"하고 애석해 하였다. 현재 '인민대회당' 명칭은 그가 쓴 것이 아니다. 내가 저우 총리에게 써달라고 요청하였을 때 그는 "쓰지 않겠네. 마오 주석이 쓰지 않으셨으니 나 역시 쓰지 않겠네"라고 대답하였다.

저우 총리가 발병한 중에 진행했던 베이징호텔의 증축 역시 그가 승인한 것이다. 우리가 실행한 설계방안을 그는 또한 직접 살펴보았다. 호텔 동쪽이 매우 잘 어울렸는데, 우리가 모든 검사를 마친 후, 리셴녠이 말하길 "이토록 큰 지역에 당신들은 겨우 이렇게 작은 건물을 짓다니 반드시 좀 더 높게 지어야 하네."라고 하였다. 내가 "높게 지으려면 비용이 많이 필요합니다."라고 하자, 그는 "내가 돈을 내지"라고 하였다. 나는 바로 저우 총리에게 보고했으며, 우선 리셴녠 동지의 의견은 건물이 작은 것을 못마땅해 하는 것이고, 십여 층을 더 올릴 경우 시 중심에서 그가 돈을 마련할 것이라고 이야기하였다. 저우 총리는 타인을 매우 존중하는 분이다. 본래 그가 심사한 도면도 매우 훌륭한 것이었으나, 그는 "그의 말에 일리가 있네. 내가 심사한 그 방안은 필요 없네"라고 말하였다. 베이징호텔의 원래 설계는 이보다 더 높은 것이었다. 종난하이에서 누군가 보고는 저우 총리가 친히 나에게 전화를 하였고, 또한 시공 엘리베이터를 탄 후 현재 이 고도에 도착해서 망원경을 이용해 종난하이를 보니, 종난하이가 매우 분명하게 보였다. 저우 총리는 "이것은 좋지 않네. 멈추고 더 높이지 말도록 하게나. 종난하이가 다 보이면 어떻게 하나?"라고 말하였다. 현재 베이징호텔을 그곳에 그렇게 높게 지은 것은 아무래도 적합하지 않은 것 같다. 역시 저우 총리의 의견이 옳았다. 저우 총리는 베이징호텔에서 내려온 후 함께 인민대회당에 가서 마오타이주를 마시자고 하였고, 이것이 우리 두 사람이 마지막으로 함께 마오타이주를 마신 것이었다. 우리가 마지막으로 만난 것은 저우 총리가 305병원에서 입원해 있던 기간이었다. 당시 그를 면회하는 것은 허락되지 않았다. 우리는 베이하이(北海)를 산책하던 중에 우연히 한번 만나게 되었다. 나는 그에게 병세가 어떤지를 물었다. 당시는 "반격우경

번안풍운동"이 한창이던 시기이므로 그는 매우 걱정하며, "괜찮을 거야. 덩샤오핑 동지가 있지 않은가. 별 일 없을 거야"라고 말하였다.

'미윈(密云)저수지'는 나와 저우 총리가 만든 걸작이다. 미윈저수지를 건설한 것은 베이징시민의 음수문제를 해결하기 위한 것이었다. 나는 저우 총리에게 베이징의 물 부족 문제가 비교적 심각하여 관청(官廳)저수지로는 해결할 수 없으니 미윈저수지를 건설해야 한다고 말하였다. 그는 "좋네"라고 대답하였다. 하루는 우리 둘이 함께 미윈에 가서 살펴보았는데, 당시는 아직 고속도로가 없었으므로 우리는 지프차를 타고 그곳에 도착하였다. 미윈저수지를 건설하는 현장에 도착한 후, 현재 저수지의 중심인 그곳으로 우리는 함께 올라갔다. 그날은 매우 고생스러웠다. 돌아오는 길에 나는 다음과 같이 말하였다. "미윈저수지는 건설하지 않으면 안 됩니다. 미윈저수지는 허뻬이성의 관할 범위에 들어갑니다. 통현(通縣)에 귀속시켜 관할 하도록 하되 수자원은 주로 베이징에서 사용하도록 해야 합니다. 이럴 경우 반드시 통현을 베이징에 속하게 하여 관할하도록 해야 할 것입니다." 나는 쉰텐부(順天府)의 지도를 이용해, 쉰텐부가 줄곧 허뻬이까지 관할해 왔음을 설명하였다. 저우 총리는 "그거 좋겠네. 자네가 의견을 제시해 보게나. 의견을 들어보고 내가 해결해 보도록 하지"라고 말했다. 이후 그는 직접 비준하여 통현 지구를 베이징으로 귀속시키면서 베이징을 확장시켰다. 화이러우(懷柔)저수지라는 명칭이 담긴 편액은 저우 총리가 쓴 것이다. 미윈저수지를 건설한 후 그는 본인이 쓰지 않을 것이니 마오 주석이 쓰도록 하라고 하였다. 마오 주석은 "미윈저수지에 대해서는 내게 알려주지 않아 내가 가본 적이 없다"라고 말하였다. 그래서 미윈저수지의 편액은 이후에 저우 총리가 쓰게 되었던 것이다.

저우 총리가 최선을 다한 것에 대해 생각하고,
죽을 때까지 책임을 다한 태도를 본받자

리더성(李德生)

(중국공산당 중앙위원회 전 부주석, 중국공산당 중앙고문위원회 위원)

저우 총리가 최선을 다한 것에 대해 생각하고, 죽을 때까지 책임을 다한 태도를 본받자

리더성(李德生)

(중국공산당 중앙위원회 전 부주석, 중국공산당 중앙고문위원회 위원)

문화대혁명시기, 국무원의 부장들을 종난하이에 들어오도록 요청한 것, 허룽을 시산(西山)에 보낸 것, 이 모든 것이 저우 총리가 애써 얻어낸 보호 조치였다. 대량의 해방전쟁시기의 간부들 중 류젠장(劉建章)은 감옥에서 마오 주석에게 서신을 보내 감옥 내의 상황을 진술하였다. 마오 주석은 저우 총리에게 이 사안의 처리를 지시하였다.

저우 총리의 간부들에 대한 조치는 매우 구체적이었다. 우리는 이 작업을 최우선으로 삼아 시행하였으며 지시가 내리면 바로 처리하여 조금도 지체되지 않도록 하였다. 예를 들어 탄푸런(譚甫仁, 당시 윈난성위 서기) 문제라든가, 리전(李震, 당시 공안부 책임자)이 자살한 것인지 살해당한 것인지의 문제 등은 모두 저우 총리가 친히 묻고 상황을 명확히 처리하였다. 저우 총리의 간부들에 대한 보호는 세심하고 주도면밀했으며, 대소사를 불문하고 모두 큰 관심을 두었다.

예젠잉이 장베이(張北)로 가서 훈련을 참관하였을 때, 저우 총리는 그가 어떻게 갔는지를 물었다. "비행기를 탔는가? 장자커우(張家口)에 도착한 이후 무엇을 탔는가? 헬리콥터는 편히 앉아가기 힘들텐데……" 내가 지형을 살피러 비행기를 탈 때에도 그는 친히 베이징 공군의 참모장에게 지시하여 안전에 주의할 것과 어떻게 갈 것인지 등을 친히 확인했다. 간부들에 대해 모든 방면에서 관심을 갖고 아끼고 보호해 주었다.

저우 총리는 자기 자신에 대해 매우 엄격하였다. 그는 외지에서 돌아올 때 아무도 마중 나오지 못하게 했으며, 만약 당신이 마중을 나갔다면 그는 분명 기뻐하지 않았을 것이다.

그는 태도가 겸손하고 온화하여 누구든 쉽게 친해질 수 있었는데, 이는 일반 사람이 도달할 수 있는 경지가 아니었다. 저우 총리는 그렇게 바쁘면서도 타인에 대해 구체적인 부분까지 관심을 가졌다. 이것은 정말 쉬운 일이 아니다. 그는 주관하는 일이 매우 많았지만, 정무에 바쁜 것은 결코 과한 것이 아니라고 말하였다. 그는 보통 오후 3시부터 새벽 3시까지 집체활동에 참가하였으며, 귀가한 이후에도 문건을 점검해야 했으므로 새벽 6시나 7시까지 처리해야 할 업무가 매우 많았다. 그럼에도 일사분란하고 조리 있게 처리하였다. 보통 그가 첫 번째 간부그룹과 업무를 상의할 때 저쪽에서는 이미 두 번째 간부그룹이 그를 기다리고 있었다. 그의 정력은 어떻게 그리 충만될 수 있었을까? 우리는 모두 그에 미치지 못하였다. 1970년 루산회의의 일정에는 린뱌오의 연설이 계획되어 있지 않았으나 회의가 시작된 후 그가 갑자기 연설을 하였고, 이후 회의는 그의 대담을 토론하는 장으로 바뀌어 버렸다.

황용성(黃永勝), 우파셴(吳法憲), 예췬(葉群), 리쥐펑(李作鵬), 취훼이쥐(邱會作)가 이튿날 회의 석상에서 린뱌오의 연설에 대해 토론하였으며, 국가 주석의 설치문제에 대해 토론하였다. 마오 주석은 쉬스여우(許世友)의 손을 끌어당기며 다음과 같이 말하였다. "내 손이 차가운지 뜨거운지 한번 보시오. 국가 주석 자리는 내가 담당할 수 없소." 수많은 그룹들이 린뱌오의 연설 내용에 대해 토론하자, 이후 마오 주석은 회의를 바로잡고자 하였다. 마오 주석과 저우 총리는 나와 리셴녠을 베이징으로 돌아가 당직을 서도록 하였으며, 저우잉신(周榮鑫)과 지덩쿼이(紀登奎)가 베이징에서 루산으로 와 회의에 참가하였다. 리셴녠은 지방을 관장하고, 나는 군대를 관장하였다. 내가 비행기를 타고 돌아왔을 때 저우 총리는 식사를 하고 있었다. 그는 나를 불러 당직문제에 대해 지시한 후, 군대의 변방문제에 대해 특별히 주의하라고 일러주며 문제가 발생하면 바로 그에게 연락하도록 하였다.

"9. 13사건"

1971년 9월 12일 마오 주석이 상하이에서 베이징으로 돌아올 때 차를 펑타이(豊台)에 정차한 후, 나와 지덩쿼이, 우더(吳德), 우종(吳忠) 등 네 사람을 불러 남쪽 순방에 대한 상황을 설명해주었다. 우리는 '인터내셔널 가(歌)' 1절과 '삼대기율 팔항주의' 1절을 부른 후 우리에게 하는 이야기를 마치자 그는 종난하이로 돌아갔다. 저녁에 저우 총리는 회의를 소집하여 정부정책 토론에 대한 보고를 하였다. 정치국 위원 대다수가 모두 참가하였다. 문건에 대해 토론하던 중 저우 총리는 예췬(葉群)의 전화를 받았다. "수장께서는 움직이셔야 합니다." 저우 총리는 "어떻게 움직이란 말인가?"라고 물었고, 수화기 너머에서 "공중에 계셔야 합니다. 비행기를 타십시오"라고 하였다. 비행기를 대기시켜야 했다. 당시 산하이관에 한 대의 비행기가 있었으나, 저우 총리는 그것을 알지 못했다. 이는 우파셴과 그의 부참모장이 한 일이었다. 저우 총리는 비행기의 상황을 물었고, 이미 산하이관에 있다는 말을 듣고는 문제가 발생했음을 알아차리고 바로 우파셴을 불러 그에게 비행기를 어떻게 움직인 것인지 해명하도록 했다. 우파셴은 그와 그의 부참모장이 한 일이라고 해명하였다. 저우 총리는 바로 조치를 취하여 양더중(楊德中)에게 우파셴을 데리고 시자오(西郊)비행장으로 가서 비행장을 통제하도록 하였다. 나는 공군지휘소에 도착하여 지덩퀘이에게 베이콩(北空)지휘소로 가도록 하였다. 모두 저우 총리가 직접 계획하였다. 우선 공군을 통제한 후 비행장을 통제하고 부대에게 일급 전시 대비태세를 갖추게 하였다. 비행장은 육군 일부를 보내 공군과 함께 관리하도록 했다. 공군은 "야랴오(亞療)"에 모여 그곳에서 대기하도록 했다. 이후 린더우더우(林豆豆)가 전화를 걸어 린뱌오가 탄 비행기가 이륙하여 시베이 장자커우, 청더(承德) 방향으로 가고 있다고 말하였다. 저우 총리는 나를 공군지휘소에 보내 비행기의 향방을 살피고 수시로 그에게 보고하도록 했다. 비행기는 변경에 도착하고 20분 후에 시야에서 사라졌다. 두 번째 헬기가 샤허(沙河)에서 이륙하자 저우 총리는 돌아올 것을 명령하며 투항하도록 회유하였다. 린뱌오의 비행기에 대해 진로를 차단하여 공격할 것을 주장하는 의견도 있었다. 마오 주석은 공격해서는 안 된다고 주장하며 "하늘에서 비가 내리려 하고, 어머니가 시집가려 하니(막 발생하려는 일을 인위적으로 막을 수는 없는 일이라는 의미), 그를 내버려 두게나!"라고 하였다. 이 결정은 매우 훌륭한 것이었다. 만약 공격을 감행했다면 해명이 쉽지 않았을 것이고, 모스크바까지 갔다면 상황은 복잡해졌을 것이다. 떨어져 죽은 것, 이 결과보다 더 나을 수는 없었다. 이러한 결과는 나쁜 상황이 아니었다. 9.13사건이 발생하고 열흘 동안 우리는 거의 잠을 자지 못하였다. 저우 총리는 대회당에서 업무 전반을 책임지고 있었고, 나는 공군지휘소에 있었다. 그 전에 린뱌오의 아들인 린리궈(林立果)가 공군에 있으면서 공군 전체를 지휘하고 동원할 수 있었던 것은 그야말로 경악할만한 상황이었다. 이는 우파셴이 상무위원에서 진술한 내용이었다. 후에 루민(魯珉)이 스스로 나를 찾아와 상황을 보고

하였다. 그는 당시 소금물을 이용해 안구를 문질러 결막염처럼 붉게 만든 후 병원에 입원해 있었다고 했다. 우리는 왕훼이치우(王輝球)와 장텅자오(江騰蛟)를 찾아 대화를 나눈 후 그 내용을 저우 총리에게 보고했다. 비행기를 저지하는 데에는 민병(民兵)과 위수지역이 참가하였으며, 이 역시도 미리 계획한 것이었다. 비행기 상의 문건 중 붉은 연필로 쓴 것은 종이가 갈기갈기 찢어진 상태였는데 저우 총리가 한 조각씩 모아 대강의 내용을 알아볼 수 있도록 만들었다. 저우 총리는 정말 세밀하였다. 당시 취했던 조치 중 하나가 황(黃), 우(吳), 리(李), 치우(邱)를 대회당에 집합시키고 돌아가지 못하도록 한 것이었다. 우리는 '571공정 기요'를 찾아냈고 모든 상황을 분명하게 확인했다.

문화대혁명 중 '좌파 군중 지지' 문제

저우 총리는 비행기를 보내서 우리는 베이징으로 데려오도록 하고, 직접 임무를 지시하여 우리에게 안훼이로 가 무력 충돌문제를 처리하도록 하였다. 그는 희귀할 정도로 기억력이 매우 좋아서 한번 만나고 나면 바로 이름을 부를 정도였다. 그는 우리에게 한쪽에 치우치지 말고 공정하고 공평하게 처리해야 한다고 하였다. 정세는 급속히 시정되고 있었다. 당시 안훼이에서는 양 파의 충돌이 매우 심했다. 우리는 저우 총리의 지시에 따라 화해를 조정하였으며, 무력충돌은 급속하게 잦아들었다. 처음 허페이(合肥)에 도착했을 때 양 파 모두가 다녀가고 몇몇 작업을 진행하며 급속히 연합하여 함께 시위에 참여하였다. 저우 총리는 통보를 보내 매우 훌륭한 방법이라고 언급하였다. '지좌(支左 좌파 군중지지)' 부대는 무력충돌에 참가할 수 없었으며 사격을 감행할 수도 없었다. 내가 우후(蕪湖)에 사건을 처리하러 갔을 때, 이는 저우 총리가 직접 전화를 걸어 지시한 것이었다. 어떤 때는 비서가 대신 전달하기도 하고, 어떤 때는 직접 그와 통화하기도 하였다. 그는 우후의 상황과 처리 방법을 물었다. 나는 그의 지시를 직접 받았다.

저우 총리의 사소한 일도 신중히
처리하는 자세(擧輕若重)

보이보(薄一波)

(국무원 전 부총리, 중국공산당중앙고문위원회 부주임)

저우 총리의 사소한 일도 신중히
처리하는 자세(擧輕若重)

보이보(薄一波)

(국무원 전 부총리, 중국공산당중앙고문위원회 부주임)

나는 우선 저우 총리의 사소한 일도 신중하게 처리하는 태도에 대해 말하고 싶다.

1950년 제7회 중앙위원회 제3차 전체회의 기간 중 저우 총리는 무슨 생각에 잠긴 듯하다가 문제를 생각해냈다. 그는 나에게 "자네는 산시성, 허뻬이성, 산동성, 허난성에서 바이청(伯承), 샤오핑(小平)과 여러 해 동안 함께 일했지? 그들 두 사람의 업무에 대해 자네는 어떻게 생각하는가?"라고 물었다. 나는 "한 명은 사령원으로서, 한 명은 정치위원으로서 각자의 책임을 다했습니다. 저는 그들에게 배운 바가 적지 않습니다. 그들은 업무상 매우 훌륭하게 협력합니다"라고 대답하였다.

저우 총리는 고개를 저으며 "나는 그들이 잘 협력하는 지에 대해 말하는 것이 아니고, 그들의 업무처리 방법에 대해 자네가 어떻게 생각하는가를 자네에게 묻는 것이네."라고 말했다.

나는 조금의 주저함 없이 바로 그에게 반문했다. "총리님은 원로 간부이십니다. 먼저 총리님의 견해를 듣고 싶습니다."

저우 총리는 "내가 수년간 관찰해 보니 그 두 사람의 업무처리 방식은 크게 다르다네. 샤오핑은 '중대한 일을 쉽게 처리하고(擧重若輕)', 바이청은 '사소한 일도 신중하게 처리 하지(擧輕若重)'. 자네가 보기에도 그런 것 같지 않나?"라고 되물었다.

나는 "맞는 말씀이십니다. 이 여덟 글자로 정확하게 정리한 것 같습니다."라고 대답하였다. 계속해서 저우 총리는 다시 나에게 물었다. "그렇다면 이 두 가지 업무처리 방식에서 자네는 어느 쪽을 더 선호하는가?" 그는 나의 대답을 기다리지 않고 바로 자신의 생각을 말하였다. "소망하는 바를 말하자면 나는 샤오핑의 '거중약경'을 더 선호하네. 하지만 실제로는 실천하기가 어렵지. 나는 바이청 동지의 방법과 동일하네. 업무를 실행하는 데에 모든 것을 '거경약중' 하지." 저우 총리는 제1차 5개년 계획을 제정하고 완성하는 데 매우 큰 공헌을 하였다. '1.5계획(제1차 5년 계획)'은 1952년 편성에 착수하였으며, 1955년 제1차 전국인민대표대회 제2차 회의에 제출하여 심의를 통과하였다. 전후 꼬박 3년여의 시간이 걸린 것이었다. 1952년 초, 저우 총리의 제안에 의거하여 중앙에서는 저우언라이, 천윈, 보이보, 리푸춘, 네롱전, 송사오원(宋劭文) 6인이 지도그룹을 형성하고, '1.5계획'의 편성작업을 집단 지도하도록 결정하였다. 같은 해 8월 '5년 계획 윤곽 초안'이 시범적으로 제출되었으며, 더불어 저우언라이를 단장으로 하고 천윈과 리푸춘 동지를 부단장으로 하는 정부 대표단이 소련을 방문하여 소련정부의 '1.5계획'에 대한 의견을 물었다. 또한 우리나라의 경제건설에 대한 소련정부의 구체적인 원조계획을 상의하였다. 당시 저우 총리는 천윈 동지와 함께 소련에 대략 한 달여를 머물었고, 두 차례 스탈린을 만났다. 이는 소련이 우리를 매우 중시했다는 사실을 보여주는 것이었다. 1955년 3월 당의 전국대표회의를 개최하여 '1.5계획'의 초안을 토론하여 통과시키고, 아울러 정무원에서 전국인민대표대회에 제출하여 반포 실시를 비준하도록 건의하였다. 내 기억에 따르면 천윈의 지도하에 계획 초안은 다섯 차례 중대한 수정을 거쳤다. 저우 총리 역시 자주 정무원회의를 소집하여 계획의 세밀한 부분까지 일일이 검토하였다. '1.5계획'의 편성은 매우 훌륭했으며 집행 결과 역시 우수해 당 내외 인사의 칭찬을 받았다. 이는 곧 당시 당 내외 인사들이 모두 만족했음을 의미한다.

'반모진(反冒進)³ 문제는 매우 중요한데, 우리 모두는 반대했었다.

1957년 가을부터 마오 주석은 '반모진'을 비판하기 시작했으며, 일련의 회의를 진행하면서 동시에 저우언라이 동지 등을 지명하여 비판했다. 마오 주석의 비판에 대해 저우 총리는 당의 8대 2차 회의 석상에서 자아비판을 행하였다. "경제 관련 업무 중 몇몇의 중대한 업무문제를 중앙에 제때 보고하지 않았으며, 더욱이 지속적이고 체계적으로 중앙에 보고하지 않았습니다. 설령 지시를 요청하고 보고했다고 하더라도 가랑비와 같은 사소한 일이 아니며, 장대비와 같이 막중한 사안입니다. 재료 수량이 거대한 경우처럼 중앙에서 문제를 결정해야 할 때에도 세밀하게 분석한 연구를 미처 행하지 못했습니다." 이것이 저우 총리가 반성한 내용이었다. 내 생각에 당시 저우 총리는 이렇게 밖에 답할 수 없었을 것이다. 다시 무엇을 설명할 수 있었겠는가?

'반모진'을 비판하는 것은 합당하지 못한 것이었다. 비판을 했던 것은 이후 '대모진'에 파란불을 켜주기 위한 것이었다. 현실이 증명해주듯 합당하지 못한 과도한 비판은 결점을 들추어 당내 민주주의를 선양하는 데 불리할 뿐만 아니라 해가 되었으며, 당의 결정이 지닌 정확성을 보증하는 데에도 해가 되었다. 이 '반모진'에 대한 비판은 반년 정도가 지

---

3) 대약진운동 전후 과정에서 나타난 사회주의 경제건설에 대한 논쟁으로 발묘 조장식으로 합작사를 건립하는데 반대한 것.

난 후 그 영향력의 파급으로 인해 당내 생활사에 있어 결코 사소하지 않은 상황이 되었으며, 하나의 표지가 되었다고 말할 수 있다. 그 표지란 신 중국 성립 이후 당내 민주생활이 비교적 정상적인 상태에서 비정상적인 방향으로 발전하여 이후 '일언당(대중의 의견을 무시하는 지도자의 독단적인 태도)'으로 나아간 것을 말한다. 이것은 우리가 모두 마음 속 깊이 절감한 것이었다. 저우 총리는 '거경약중'을 말하였는데, 실제로도 그는 매우 신중한 사람이었으며, 모든 일을 직접 마오 주석과 당중앙에 보고하였다. 우리 같은 사람들과 비교해보면 그가 얼마나 세심했는지 가늠하기 어려울 정도였다.

나는 문혁시기에 '삼반분자(三反分子)'로 공격을 받아 당적이 취소되고 일체의 직무에서 배제되었으며 체포되고 감금당한 후 4년 반을 감호 상태로 지냈다. 나는 다시는 저우 총리를 만나지 못했다. 감호기간 중 나는 국무원 제2숙소에 있었는데, 저우 총리가 서거한 후 그곳에서 추도회가 열리게 되었고 우리들 역시 참가하기를 요청하였다. 누군가 우리에게는 참가할 자격이 없다고 말하였다. 후에 나는 나의 딸에게 다음과 같이 말해주었다. "어떤 억울함이 있었는지 아느냐? 우리도 스스로 추도할 수는 있었으므로 몇 장의 검은 천을 깔고 그곳에서 저우 총리의 역사를 말하고 저우 총리의 사람됨을 이야기하면서 우리의 마음을 다해 추모했었다. 저우 총리에 대한 나의 마음이 결코 깊지 않다고 말할 수 없음에도 불구하고 감호 상태에 처한 이후 다시는 그분을 뵙지 못하였다." 1928년 우리가 산시에서 회의를 개최했을 때, 당시에는 공산당이 노동자계급의 정당임을 중요시했기 때문에 결과적으로 당시 활약했던 지식인들을 모두 출당시켰다. 이때 저우언라이는 지시를 내려 이러한 조치가 잘못되었으며 지식인의 인도가 없는 것 역시 옳지 못하다고 하였다. 지식인도 이미 노동자계급을 위해 복무하므로 노동자계급의 선봉대에 참가하도록 해야 한다고 했다. 당시 나는 이러한 상황을 알지 못하였다. 1938년 저우언라이 동지가 쉬샹첸(徐向前) 등의 빠루쥔 장령들을 통솔하고 타이위안에 도착하였다. 이때 나는 옌시산과 회의에 참가하게 되었는데, 옌시산과 단독으로 접촉하여 상층의 통일전선을 구축하였다. 옌시산은 내가 공산당원임을 알았으며, 진정으로 공산당은 이를 계기로 특수한 형식의 통일전선을 건립하게 되었다. 나는 그를 존중하였으며, 우리가 비록 그보다 낮은 지위였음에도 그 역시 나를 존중하였다. 저우언라이 동지는 타이위안에 도착한 후 내가 어린 시절 공부했던 국민사범학교 강당에서 연설을 하였다. 강당의 규모는 매우 커서 3000여 명을 수용할 수 있었다. 그러나 강연을 들으러 온 사람이 너무 많아서 발 디딜 틈도 없었으며, 강당 바깥도 모두 사람으로 가득 찼다. 나는 확성기를 사용하자고 제안하였으나, 저우언라이 동지는 그 확성기를 쳐다보지도 않고 옆에 제쳐두었다. 그토록 큰 강당에서 누구든 저우언라이 동지의 연설을 들을 수 있었다. 이 일은 산시(山西)에서 큰 반향을 불러왔다. 옌시산은 "인재들이 모두 공산당으로 간다고 생각했는데 지금 보니 우리가 잘못 본 것이군. 공산당 사람들은 모두가 성실하고 진정으로 활약하는 인재들이군 그래!"라고 말하였다. 옌뻬이(雁北)의 13현을 함락시킨 후, 전지동원위원회가 성립되었는데, 덩샤오핑이 그곳에서 책임을 맡아 이 전지동원위원회를 건립하고 공산당의 영도 하에 귀속시켰던 것이다. 내가 막 옌시산이 있는 곳에 도착했을 때 옌시산의 지휘부는 타이허령(太和嶺) 입구 바로 그 지역에 위치하고 있었으므로 그는 바로 이 상황에 대해 이야기하기 시작하였다. "그는 진정한 인재야. 저우언라이는 정말 대단한 인재네. 나는 그에게 작전계획을 하나 써달라고 청하였는데, 하루도 걸리지 않아 바로 보내왔더군. 우리에게는 이런 인재가 없어! 인재들은 모두 공산당에 있군 그래!"라고 말하였다. 옌시산은 이 작전계획을 본 후 단 한 글자도 바꾸지 않았다. 옌시산은 저우언라이 동지를 매우 칭찬하며 계속해서 말하였다. "인재야 인재! 정말 대단해!"

저우 총리의 공적은 어떻게
헤아려도 과하지 않다

꾸무(谷牧)
(국무원 전 부총리)

저우 총리의 공적은 어떻게
헤아려도 과하지 않다

꾸무(谷牧)

(국무원 전 부총리)

문화대혁명의 대동란 중에 저우 총리는 혼신의 힘을 다해 이 국면을 버텨내고자 하였다. 당시 그의 처지도 매우 곤란하였는데, 그는 한편으로는 마오쩌둥이 발동한 이 문화대혁명을 거역하지 못하면서도 동시에 린뱌오, 장칭 등의 반당집단과 투쟁하였으며, 모든 방법을 동원하여 혁명간부를 보호하였다. 문화대혁명이라는 소란이 발발하자 우리들 집을 몰수하고자 하였으며 우리를 비판하기 시작하였다. 저우 총리는 결심을 하고 우리들을 국무원으로 옮겨 지내도록 조치하였다. 그는 공개적으로 조반파에게 말하였다. "내게 몇몇의 조수가 없다고는 할 수 없으나, 이토록 큰 국가에서 일이 천만 갈래로 뒤엉켜 있는데 수많은 일들을 내가 직접 처리하는 것은 합리적이지 못하다. 나는 몇몇의 조수가 필요하다." 생산방면에 있어 그는 주로 소위 '세 개의 팔'이라고 불리던 위치우리와 꾸무에 의지하였다. 이 때문에 우리가 이후 국무원 시화청 부근에 있는 몇 채의 방으로 이사를 가게 되었다. 이러한 상황이 시작될 무렵 사람들은 나에게 비판대회에 한 차례도 나와서는 안 된다고 하면서, 나오면 군중으로부터 벗어날 수 없을 것이고, 결과가 좋지 못할 것이라고 말하였다. 그러나 나는 한 주에 두 세 차례 나가기로 결심하였고, 나가면 바로 비판투쟁의 대상이 되었다. 모든 종류의 비판을 다 받았다.

제트기식, 벌세우기, 시가 행진, 한번 나가면 대략 5시간 정도 비판을 받았다. 아침 8시에 나가면 오후 1시쯤까지 계속되었고 최후에 국무원에 도착했을 때에는 인간이 산산이 부서진 것만 같았다. 물조차도 마시고 싶지 않을 지경이었다. 이러한 상황이 어느 정도 지속된 후 결국 리푸춘이 저우 총리에게 건의하였다. "꾸무가 일주일에 두 세 차례 비판대회에 나가니 업무에도 지장이 생기고 그의 체력도 버텨내지를 못하고 있습니다." 이에 저우 총리는 "두 세 차례라니, 나가지 말도록 하게"라고 말하였다. 이후 우리는 국무원으로 이사해서 지내게 되었다.

당시 좌우 양 파에서 일련의 사안들로 인해 저우 총리를 면담하고자 하였다. 그는 군중을 만나러 갈 때 결국 나를 데리고 갔으며 위치우리 역시 대동하였다. 후에 위치우리는 병을 얻었고 남은 건 나 하나였다. 우리를 데리고 함께 등장한 후 그는 공개적으로 "나는 조수가 없으면 안 됩니다! 그들은 모두 나를 도와 일하는 사람들이에요"라고 말하였다. 군중들은 우리를 보자마자 타도하라고 소리쳤으며, 저우 총리에게 공개적으로 질문을 던졌다. "당신은 왜 저들을 데리고 나왔는가?" 우리는 당시 모두 '주자파'로 몰아붙여져 있었다. 후에는 또한 '반도', '특무'로 몰렸다. 이런 상황이었음에도 그는 관례에 따라 우리를 데리고 나갔던 것이다. 당시 나는 '삼선(三線)건설' 및 항구를 관장하고 있었는데, 베이징에 있으면서 집행할 수 없는 업무들의 경우 간혹 일주일에 한 번 정도 외부에 있는 부장을 종난하이로 오도록 해서 관련 문제를 상의하였다. 한번은 부장급 간부 한 명이 내가 주재하는 회의에 참석할 것을 거절하였다. 그가 했던 말은 정말 듣기 괴로웠다. 그는 "'반도(叛徒)' 가 소집하는 회의에 우리가 참석해서 최후에 결정을 내리면 그것을 '주자파'가 집행하게 될 것이다. 이런 국면이라면 우리는 참석하지 않겠다"

라고 말하였다. 이 때문에 이후에 회의를 진행하는 것이 매우 곤란해졌다. 이런 상황에서 나는 저우 총리에게 다음과 같이 말한 적이 있다. "저를 하부로 보내 단련시키십시오. 베이징에서는 그 어떤 일도 할 수 없습니다." 저우 총리는 잠시 고민한 후 "좋네! 그렇다면 나가서 살펴보도록 하게나"라고 대답하였다. 우리는 당시 '삼선건설'에 대해 안심하지 못하고 있었다. 문화대혁명이 '삼선건설'까지 혼란스럽게 할 경우 장래에 닥칠 후환은 끝이 없을 것이기 때문이었다. 나는 바로 서남부의 윈난, 꿰이쩌우, 쓰촨을 돌아본 후 최후에 저우 총리의 비준을 거쳐 후베이의 첸강(潛江)에 도착하였다. 첸강은 막 큰 유전 하나가 발견된 곳으로, 후뻬이군구의 사령원인 한둥산(韓東山)이 주재하고 있었는데, 나를 그곳으로 파견해 1년간 노동단련을 받도록 했던 것이다. 나는 몸이 버텨내지 못하여 곧 돌아오고 말았다. 돌아온 후 나는 바로 저우 총리를 만나 하방 당해 노동했던 상황을 설명하고, 우리는 모두 마땅히 하방하여 노동단련을 받아야 한다고 말하였다. 또한 저우 총리에게 지속적으로 보고서를 제출하였다. 나는 휴식을 조금 취한 후 어떤 일을 하게 될 것인지 살펴보겠다고 말하였다.

며칠간 휴식을 취할 때 저우 총리는 나에게 관심을 보이며 비서를 보내 안부를 묻기도 하였다. 이후 몸이 점차 회복되자 나는 바로 저우 총리를 만나러 가 "이제 다음에는 도대체 어떻게 해야 할까요? 원래의 지역으로 돌아가서 노동단련을 하는 것이 어떨까요?"라고 물었다. 저우 총리는 "그곳에는 갈 필요 없네. 다만 현재 자네가 건설위원회로 돌아오는 것은 어려울 것 같네. 양 파가 극심하게 대립하며 서로 양보하지 않고 있는 상황이기 때문이네. 내가 자네에게 과제 하나를 내주겠네. 항구건설에 매진하는 것이 어떻겠나?"라고 하며 "내가 구호를 하나 제안하지. '3년 안에 항구의 면모를 개혁하자'" 라고 말하였다. 당시 우리 나라의 항구는 매우 낙후되어 있어 만 톤 급이 정박할 수 있는 곳이 51 개 항구 뿐이었다. 만 톤 급은 작은 선박으로, 국제적으로 석탄 및 광 물을 운송하는 선박은 모두 50만 톤, 60만 톤이었다. 우리만 만 톤 급 의 선박에 이런 물건들을 운반할 수는 없는 노릇이었다. 그래서 나는 연해의 항구들 하나하나를 모두 조사하여 대형 선박을 정박할 수 있는 곳이 있는지, 새 항구를 건설할만한 지역이 있는지를 조사했다. 그 결 과 르자오(日照), 온저우(溫州), 닝보(寧波) 등에 건설 할 것을 계획하였으 며, 윈난, 꿰이저우, 스촨에 출해구인 팡성(房城)을 건설할 것을 계획하 였다. 저우 총리는 "돈을 써야할 곳에는 써야하네. 자네가 항구를 조속 히 건설하려고 하는 것은 신속하게 이윤을 남기려는 것은 아니라는 말 이네"라고 말하였다. 나는 이 일을 맡게 되어 매우 기쁘며 기관으로 돌 아가고 싶지 않다고 말하였다. 당시 나는 항구 일에 매진하였다. 나는 친황도(秦皇島)에서 연해를 따라 칭다오(靑島), 옌타이(煙台), 웨이하이(威 海)를 거쳐 광시까지 다녔다. 인상에 가장 남았던 것은 서남지방에서 업 무를 처리하던 중에 팡성이 매우 훌륭한 항구라는 사실을 발견한 것이 었다. 윈난, 꿰이쩌우, 쓰촨의 물자는 창장을 통과하며 크게 한 바퀴를 돈 이후에야 홍콩에 도착해서 국외로 나갈 수 있었다. 나는 이곳에 수 십 리의 철로를 세운 후 이 노선을 잘 닦으면 팡성으로부터 나가는 길 이 매우 가까워질 것이라고 생각했다. 이 일을 시행한다면 윈난, 꿰이쩌 우, 쓰촨의 대외 개방 및 대외 교통이 매우 편리해질 것이었다.

저우 총리는 당시 생산 관련 업무에 매진하였다. 그 중 하나가 생산 을 관리하는 간부들을 보호하는 것이었다. 그는 우리가 모두 정상적으 로 업무를 하지 못하는 것을 보고는 결단을 내려 위치우리와 나 우리

두 사람을 국무원에 들어와 거주하도록 하였다. 그는 부장들 역시 시기와 조를 나누어 국무원에 들어와 휴식을 취하도록 한 후 다시 나가도록 하였다. 어느 날 저우 총리가 누군가를 만나 새벽 3시까지 논의하던 중 나는 저우 총리에게 귀엣말로 "제가 할 일이 없다면 가도 될까요?"라고 물었다. 그는 "자네는 갈 수 없네. 잠시 후에 자네와 관련된 일을 상의할 것인데, 또 자네를 부를 수는 없지 않는가!"라고 대답하였다. 결국 새벽 3시가 지나서야 회의는 끝이 났다. 그는 나를 불러 세운 후 "꾸무, 자네는 어찌 회의 도중에 먼저 가겠다고 말하는가? 현재 나는 그대들에게 의지해 업무를 진행하고 있네"라고 말하였다. 나는 "총리님 내일 아침 9시에 저는 몇몇 부장들을 소집해 문제들을 논의해야 합니다. 저는 몇 시간동안 휴식을 취하고 싶었을 뿐입니다. 그렇지 않으면 내일 어떻게 회의를 진행할 수 있겠습니까?"라고 그에게 대답하였다. 당시 나는 저우 총리에게 무엇이든지 다 말하고 논의하였다. 그는 "꾸무 자네는 수면제를 먹는가?"라고 물었고, 나는 "먹지 않습니다. 지금까지 먹었던 적이 없습니다"라고 대답하였다. 그는 "그대도 수면제를 먹게나. 마오쩌동 주석은 일생 동안 먹었고 나 역시 평생을 먹고 있다네. 그래도 괜찮아. 수면제를 먹으면 적어도 두 세 시간은 쉴 수 있어"라고 말하였다. 이것이 내가 수면제를 먹게 된 계기였으며, 나는 이때부터 수면제를 먹기 시작하였다.

당시 명명백백하게 그는 잠을 잘 시간도 없었던 것이다! 모든 일이든 모두 그에게 집중되었으며, 천근 무게의 짐이 그의 어깨를 누르고 있었다. 부장들은 모두 정직 상태였으므로 그는 나와 위치우리에게 의지하였다. 그가 어떤 일을 진행하고자 할 때면 우선 우리를 불러 말하였다. "자네들은 우선 나를 대신해 상황을 살펴보게." 그러면 우리는 부장을 만나 상의한 후, 상황이 어떤지, 어떻게 처리해야 하는지 우리가 먼저 건의한 후 그에게 살펴보도록 하였다. 이렇게 하는 것이 그나마 그에게 조금이라도 도움이 되는 방식이었다.

문화대혁명 이전 나는 저우 총리를 모시고 하얼빈에 가 회의에 참석한 적이 있었다. 당시에는 동뻬이협작구(協作區)라고 불렀는데, 대규모 지역을 협작구라고 호칭했기 때문이었다. 우리가 산하이관에 도착했을 때 그는 비서를 통해 비행기가 산하이관에서 저공 비행을 하며 한 바퀴 돌도록 지시하였다. 저우 총리는 나에게 "분명히 보도록 하게나. 아래에 보이는 기차들 한 대 한 대 사이의 거리가 얼마인지, 산하이관의 기차들이 얼마나 혼잡하게 모여 있는지 보게나."라고 말하였다. 나는 열심히 하나하나 수를 센 후 고개를 돌려 그에게 보고하였다. 그는 "보기에는 철로를 증설하는 것은 어려울 것 같아. 여기는 너무 붐비는 것 같군. 자네 생각에 어떻게 해결해야 할 것 같은가?"라고 물었다. 그는 나에게 질문을 하며 망망대해를 바라 보았다. "산하이관은 동쪽 바다에 가깝지 않은가?" 나는 그의 의도를 알 수 있었다. 나는 그에게 "총리님의 생각을 충분히 알 것 같습니다. 계속 바다를 보고 계셨지요! 해상을 이용한 방법을 고려하고 계시군요."라고 말하였다. 그는 "맞아! 나 역시 그렇게 생각하고 있네." 이것이 우리가 처음으로 해상문제를 논의한 것이었다. 저우 총리의 '3년 안에 항구의 면모를 개혁하자'라는 구호 및 이러한 결심이 없었다면, 이후의 개혁개방은 어려움에 직면했을 것이다. 저우 총리가 병이 중하여 입원해 있을 때 나는 그를 보러 가서 항구의 면모를 혁신하는 이 문제가 해결되었다고 말하며, 현재 정박 위치를 몇 개 증설했는지, 운수량은 얼마나 증가했는지에 대해 보고하였다. 그는 이 보고를 들은 후 매우 기뻐하며 "꾸무, 자네 공항에 다시 매진해 볼 수 있겠나?"라고 말하였다. 나는 공항을 관장하는 데 곤란을 겪게 되었다. 당시 우리의 민항은 공군이 관할하고 있었는데, 저우 총리가 그들에게는 명령을 내리지 않았으므로 그들과의 논의 과정에서 몇년을 허비하고 말았던 것이다.

당시 전국의 경제상황은 매우 어려운 지경이었다. 조치를 취하지 않는다면 큰 문제가 발생할 수도 있었다. 나는 저우 총리에게 회의를 열어 경제상황을 파악하고 아무리 상황이 어렵더라도 생산을 지속하지 않으면 안 된다고 보고 드렸다. 저우 총리는 내 주장을 지지해주었다. 내가 제안한 것은 계획공작회의가 시작되는 며칠 간 먼저 이 문제를 토론하는 것이었는데, 저우 총리는 결심을 내린 후 나에게 "자네는 별도로 이 일을 계획하도록 하게나. 계획회의는 평소대로 진행하도록 하겠네. 자네는 별도로 사람을 불러 이 문제를 연구하도록 하게"라고 말하였다. 나는 성위서기들에게 참여하도록 요청하였으나 모두 다 온 것은 아니었다. 8~9명 정도가 참석하였으며, 우리는 어떻게 철로와 항구를 혼란스럽게 하지 않고 생산을 지속할 수 있는지를 논의하였다.

저우 총리의 비준을 얻은 후 나는 일부 성위서기를 소집하여 징시(京西)호텔에서 공업서기회의를 주재하였다. 전국에서 모두 온 것은 아니었고 8~9명 정도가 참석한 것이었는데, 어떻게 하면 혁명과 생산을 모두 잘 해낼 수 있는지, 8시간 노동원칙이 침범 받지 않으면서도 업무외 시간에 혁명을 고취시킬 수 있는지를 논의하였다. 당시 저우 총리뿐만 아니라 마오 주석도 우리를 지지해 주었다. 회의가 진행되는 기간 동안 저우 총리는 회의장소로 와서 여러 사람의 의견을 듣고자 하였다. 그가 막 징시호텔의 로비에 들어섰을 때, 부장들이 그가 온 것을 발견하고 누군가 와서 나에게 저우 총리가 막 문에 들어섰다고 알려주었다.

내가 바로 그를 마중하러 가자 이미 여러 부장들이 저우 총리 주변을 둘러싸고 있었다. 이것은 당시에 이미 유명한 이야기가 되어, '다섯 명의 부장이 저우 총리를 포위함'이라는 불렸다. 단쥔이(段君毅), 뤼정차오(呂正操)는 모두 경력이 오래되고 명성과 권위를 갖춘 이들로, 노장들은 저우 총리를 둘러싸고 본인들의 의견을 진술하였는데 사리에 맞는 말들이었다. 그들은 "저희들은 문혁의 비판투쟁과는 아무 관련도 없으며, 도박에도 관심이 없습니다. 다만 생산만은 무너지게 둘 수 없습니다! 저우 총리님, 현재 생산은 이미 엉망이 되기 시작했습니다."라고 말했다. 어떤 이는 저우 총리에게 "건강에 유의하셔야 한다"고 건의하기도 했다. 이런 회의에 오는 경우가 거의 없었기 때문에 성위서기들은 저우 총리를 만나자 쉴 틈 없이 호소하며 "생산이 무너진다면 무슨 혁명을 할 수 있겠습니까!"라고 하였다. 이번에는 그가 다음과 같이 말했다. "현재 이러한 형세는 대세의 흐름이니 그만두고자 해도 할 수가 없네. 오로지 용감하게 나서 운동의 전위에 서서 이 운동을 이끌어야 하네." 이 때 또 어떤 이가 한 마디를 거들자 저우 총리는 "내가 무엇을 두려워하겠는가? 내가 지옥에 가지 않는다면 누가 지옥에 가겠으며, 내가 불바다에 뛰어들지 않는다면 누가 뛰어들겠는가? 내가 호랑이굴에 들어가지 않는다면 누가 호랑이굴로 들어가려 하겠는가." 저우 총리가 회의 자리에 온 것은 우리를 지지하기 위한 것이었다. 이후 린뱌오가 등장하여 공업 및 교통운수업 좌담회의 보고를 들었는데, 이에 대해서는 내가 종합하여 보고하였다. 내가 린뱌오에게 보고한 후, 나는 3일 동안 비판을 받았으며 저우 총리도 3일 동안 배석하였다. 리푸춘, 탄전린, 예쏘이 등 중앙의 지도자 동지들도 모두 참가하였다. 보고가 아직 끝나지 않았을 때에 왕리(王力)가 앞장서서 나를 공격하기 시작하였다. 마지막으로 저우 총리가 앞으로 나와 연설하였다. "내가 몇 마디 말을 해야겠습니다. 꾸무는 오로지 한 가지 사안을 걱정하는 것입니다. 바로 생산이 무너지면 경제 전반이 마비되고, 생산이 무너지면 농업이 망가져 식량이 없게 될 것을 염려하는 것입니다. 밥을 먹지 않고 어떻게 혁명을 한단 말입니까? 경제가 무너지면 경제 전반이 다 마비될 것인데 그런 상황에서 어떻게 혁명이 가능하겠습니까." 그는 "나는 여러 차례 그들을 독려했습니다. 자네들은 결코 두려워 할 필요 없다고. 이 운동의 전위에 서서 이 운동을 이끌어야 한다고. 그는 나를 대신해서 말한 것입니다"라고 이야기하였다. 린뱌오가 나를 비판할 때에 저우 총리는 다시 앞으로 나와 다음과 같이 말하였다. "꾸무 등 이들의 근심은 오로지 생산이 파괴될까 염려하는 것입니다. 생산이 무너지면 어떻게 혁명이 가능하겠습니까? 나는 현장에서 그들을 여러 차례 보았습니다. 그들도 이러한 관점을 부정할 수 없는 것일 뿐입니다." 그러자 천바이다(陳伯達)가 바로 "이 보고의 요강을 왜 우리에게 보내서 살펴보게 하지 않고 갑자기 기습적으로 이야기하는 것인가"라고 말하였다. 저우 총리는 용감하게 나서서 "이 요강은 내가 꾸무에게 만들도록 한 것입니다. 어제 밤을 새서 완성하느라 당신들에게 보내 살펴보도록 할 겨를이 없었던 것입니다"라고 말하였다. 그는 나를 대신하여 현장을 원만하게 수습하였다. 당시 저우 총리는 잠을 거의 자지 못했다. 그는 나에게 수면제를 먹도록 권유하였는데, 하루에 3시간을 자고나면 상태가 나쁘지 않았고 정오에 눈을 좀 붙이면 괜찮았다. 한번은 새벽 3시쯤 돌아와서 잠을 자려는데 막 눈을 감은지 얼마 되지 않아 침대의 보안 전화가 울리기 시작했다. 수화기를 들자 저우 총리의 목소리가 들렸다. 그는 나에게 "내가 방금 자네에게 준 문건을 보았는가?"라고 물었다. 나는 보았다고 대답했다. 그는 "어떻게 준비하는 것이 좋겠는가?"라고 물었고, 나는 "제가 내일 아침에 일어나서 이 일을 처리하겠습니다."라고 대답하였다. 이 사안은 방직부의 양 파가 무력 충돌을 일으킨 것으로 어찌할 수 없는 일이었다. 나는 '새벽 3시에 내가 누구를 찾아간단 말인가. 부장들을 부르기도 용이하지 않고, 나 혼자서는 처리할 수 없지 않는가'라고 생각하였다. 결과는, 내가 몇 시간을 자고 아침에 깨어보니 저우 총리가 이 문제의 처리에 대해 지시한 내용이 이미 내 책상 위에 도착해 있었다. 그는 "꾸무 동지, 나는 자네를 내일 아침까지 기다릴 수 없어서 이미 그들을 만나 이 일을 처리했네. 그리고 첸즈광(錢之光)에게 이 상황을 자네에게 보고하라고 일러두었네"라고 쓰여 있었다. 당시 나는 정말 부끄러웠다. 나는 마땅히 잠을 자지 않고 이 일을 처리했어야 했던 것이다. 그럼에도 나는 다음날 일이 있고 이미 새벽 3시라는 생각만 했다. 나는 줄곧 이 일을 제대로 처리하지 못한 것에 대해 저우 총리께 송구했다. 저우 총리는 그토록 연세가 많으셔도 일을 하는데, 우리가 응당 그의 수고를 분담해야 했다. 결국 나는 잠을 잤고 그는 그날 밤 이 일을 다 처리한 후 관련 자료를 나에게 보내주었다. 이 일만 생각하면 나는 정말 마음이 불편하다. 이 문건의 복사본을 나는 아직도 갖고 있다. 그는 진심으로 최선을 다했으며, 인민을 위해 일할 때에는 조금도 쉬지 않았다. 이 일은 진심으로 나에게 깊은 감동을 주었다.

당시 우리는 만약 "저우 총리 같은 분이 안 계셨다면 이 세상은 얼마나 혼란스러웠을까?"라고 생각하였다. 그는 한편으로 마오 주석이 결정한 사안을 실행하면서, 한편으로는 일을 집행하는 도중 온갖 우여곡절을 겪으면서 최선을 다해 손해를 피하고 이익을 추구하려고 노력하였다. 최선을 다해 이 사안이 국가와 국민에 미칠 손실을 줄이고자 고심하였다. 저우 총리가 없었다면 문화대혁명의 상황은 상상조차 할 수 없을 정도였을 것이다. 우리 같은 이들은 완전히 얼굴을 내밀지도 못했을 것이다! 나와 위치우리가 종난하이에 머무는 것이 성사되지 않았다면 우리는 회의도 열지 못했을 것이며, 사람을 불러 면담을 할 수도 없었을 것이다. 저우 총리는 우리 둘을 대동하고 나타나 공개적으로 나에게는 조수가 꼭 필요하다고 말하였다. 한번은 군중이 "위치우리를 타도하자!", "꾸무를 타도하자!"라고 외치며, 저우 총리에게 "위치우리는 허룽의 무엇 무엇이고, 꾸무는 라오수스(繞漱石)의 무엇 무엇이다"라고 적은 쪽지를 건넸다. 라오수스는 '반당 연합사건'으로 인해 타도되었고, 허룽 역시 비판을 받은 상황이었다. 저우 총리는 정식으로 성명을 내어 "위치우리는 허룽과 업무관계일 뿐이며, 꾸무는 라오수스와 거의 접촉한 일이 없다. 그들은 근본적으로 관련이 없다!"라고, 우리를 대신해서 해명해 주었다. 저우 총리가 안 계셨다면 우리가 어떻게 나설 수 있었겠는가! 나섰다가는 즉시 잡혀갔을 것이다. 정말로 이런 상황이었다. 우리는 한번 천바이다에게 사기를 당하였다. 천바이다는 그의 패거리 중 누군가를 시켜 베이징의 한 운동장에서 만인대회를 조직하고 누군가를 비판투쟁의 대상으로 삼으려고 하였다. 군중들은 위치우리와 꾸무가 등장하는 것이 가장 좋다고 제안하였다. 어떤 의견은, 물론 역시 훌륭한 생각이겠지만, 우리를 이용해 그가 이 국면을 버티도록 하는 것이었고, 어떤 의견은 정말 우리를 끌고 가서 비판하고 싶어했던 것이었다. 결국 우리 둘은 그곳에 등장했지만 아무 대회도 열리지 않았고, 얼마 지나지 않아 위치우리는 석유부의 조반파에게 끌려갔다. 건공부에는 나를 보호하는 이들도 있었고, 나를 반대하는 이들도 있었는데, 그들은 하마터면 무력 충돌을 할 뻔했다. 그들이 나를 끌고 가려고 하자 나를 보호하려는 무리들이 "안 된다! 오늘은 안 돼!"라고 말하고 나를 체육관 밖으로 내보내주었다. 나는 결국 집으로 돌아가지 못했다. 집으로 갈 수가 없었다. 나에게는 자유가 없었다. 나는 저우 총리가 계신 곳으로 가서 위치우리가 그들에게 잡혀갔다고 말하였다. 저우 총리는 누군가를 불러 위치우리를 데려오라고 지시하였다. 당시 막 회의가 시작될 무렵, 리푸춘도 탄전린도 모두 현장에 있었다. 리푸춘이 "내가 가겠네. 내가 가서 군중들과 이야기해보지"라고 하였다. 이 때 회의에는 왕리와 관펑(關鋒), 치번위(戚本禹)도 있었는데, 치번위는 "리푸춘 동지가 갈 경우 여전히 곤란한 일이 있을 것입니다. 제가 가도록 하지요"라고 말하였다. 그리고 그는 위치우리를 데리고 돌아왔다. 수입한 화학 비료설비 세 세트 중 하나는 따칭(大慶) 부근에 두었는데, 이는 원료와 가까운 곳에 두기 위한 것이었다. 한번은 대회당에서 행사가 있었는데 장칭이 내 앞으로 달려와 "누구의 생각인가? 서양설비를 우리의 자력갱생의 기치인 따칭 부근에 둔 것이 도대체 누구인가?"라고 추궁하였다. 나는 그에게 제대로 대답하지 못하고 "장칭 동지, 이 일은 제가 결정한 것이 아닙니다"라고 대답하였다. 그는 "자네가 결정한 것이 아니면 누가 결정한 것인가?"라고 물었고, 나는 "저는 당신과 이 일을 말할 수 없습니다. 설명해야 하는 일이라면 정치국회의에서 제게 말할 수 있도록 해주시고, 그럴 경우에만 이야기하겠습니다"라고 대답하였다. 화궈펑이 와서 "자네들 무슨 일로 다투는가?"라고 물었고 나는 무슨 일인지 설명했다. 화궈펑이 바로 "이는 마오 주석이 결정한 일이네. 꾸무와 아무 관련이 없어"라고 말했다. 화궈펑이 이렇게 말하자 장칭은 바로 물러났다. 장칭에게는 특징이 있었는데, 만약 마오 주석이 한 것이라고 언급하면 그녀는 대충 알아듣고 소란을 피우지 못한다는 것이었다.

그럴 때 옆에 있던 장춴차오(張春橋)는 "당신들은 뭘 어떻게 할 수 없을 때마다 마오 주석을 끌고 들어와 우리를 겁주는군 그래"라고 말하였다. 이토록 거대한 사안, 즉 30만 톤의 화학비료 설비 세 세트를 수입한 것은 모두 저우 총리가 결심한 일이었다. 당시 우리는 이 설비가 필요 했으나, 우리에 있는 것은 십여 톤의 하찮은 설비뿐이었으므로 해결 방법이 없었다. 당시 따칭 유전에서는 500만 톤의 석유가 나왔는데, 그토록 많은 석유를 어떻게 처리할 수 있었겠는가? 국가는 화학비료를 필요로 한다! 이런 수요를 근거로 저우 총리는 결심을 내린 것이었다. 물론 그는 외교부를 통해 수입상황을 파악하고 세 세트를 수입한 것이었다. 석유를 제련하는 전 과정에서 많은 부산품이 산출된다면 매우 큰 역할을 하게 될 것이기 때문이었다.

나는 저우 총리 면전에서 무엇이든 고민하지 않고 다 말할 수 있었다. 한번은 회의가 매우 늦게 시작되었는데, 그가 "꾸무, 오늘은 이렇게 하지. 자네 배고픈가?"라고 물었다. 나는 "배고픕니다. 회의를 하다 벌써 날이 밝았습니다"라고 대답하였다. 그는 "그렇다면 자네도 우리집에 가서 밥을 먹고 오게나. 나도 가서 밥을 좀 먹어야겠군"이라고 말했고, 나는 "좋습니다. 댁에 가서 밥을 먹도록 하겠습니다.

그렇지만 밥만 먹는 것으로는 충분하지 않습니다"라고 대답하였다. 그는 "알겠네. 가서 술도 마시자고"라고 하였고, 나는 "네, 좋은 술을 마셔야겠습니다"라고 대답하였다. 내가 저우 총리 댁에 도착하였을 때는 이미 날이 밝아 있었고, 그가 먹을 식사가 준비되어 있었다. 그는 "국가에서 배급한 술 말고 내가 개인적으로 소장하고 있는 술이 있네. 오래된 술이야"라고 말하며, 그는 마오타이 한 병을 꺼냈고, 우리 둘이 거의 다 마셨다. "내가 지옥에 가지 않으면 누가 갈 것이며, 내가 불구

덩이로 뛰어들지 않으면 누가 뛰어들겠는가? 내가 호랑이 굴에 들어가지 않으면 누가 호랑이 굴에 가겠는가?" 저우 총리의 공적은 해와 달처럼 빛난다. 어찌 헤아려도 과하지 않은 것이다. 이것을 경험한 우리들은 영원히 잊을 수 없을 것이다. 후대의 사람들도 이것을 반드시 이해해야 할 것이다.

1959년 10월 황허 산먼협(三門峽) 대제방 공사현장을 시찰하는 모습.

1962년 따칭(大慶)에 와 1202 쫜징대(鑽井隊, 유정을 뚫는 팀)의 현장을 시찰하는 모습.

1959년 6월 허뻬이(河北), 즈현(磁縣), 린장진(臨漳鎭)
농촌에서 보리 생장상황을 파악하는 모습.

'3년 곤란시기'에 침통한 마음으로 농작물의 생장 상
황을 조사하는 모습(1960년).

1958년 2월 말 징강(荊江)의 내 제방을 눈을 맞으며 시찰하는 모습.

1973년 9월 상하이 비행장에서 큰 비를 맞으며 손님을 배웅하는 모습.

1964년 10월 16일 중국이 최초로 원자탄 시험을 하였다. 사진은 저우언라이가 그 날 매우 흥분된 심정으로 인민대회당에서 사람들을 들뜨게 할 수 있는 소식을 신포하고 있다.

1963년 5월 12일 해상에서 물 밑을 볼 수 있는 촬영기를 보고 있는 모습.

1962년 중공 중앙은 확대 중앙공작회의(소위 7천인 대회)를 개최하였다. 저
우언라이는 회의 상에서 우쭐대는 풍조(浮夸風) 등에 대해 비판하면서 "진실
된 말만하고, 실사구시적으로 일을 실천하며, 실질적으로 효과를 거둘 수 있
는 일을 할 것"을 강조하고 있다. 사진은 대회 주석단상의 모습.

1963년 시기의 저우언라이 모습.

세상 사람들이 주목하고 있는 가운데 제네바회의의 회의장으로 걸어서 들어가는 모습(1954년).

각국 친구들과 함께하고 있는 모습.

저우 총리와 우리나라
"원자탄, 수소탄"의 탄생

장아이핑(張愛萍)
(국무원 전 부총리, 국방부 전 부장)

저우 총리와 우리나라
"원자탄, 수소탄"의 탄생

장아이핑(張愛萍)

(국무원 전 부총리, 국방부 전 부장)

나는 저우언라이 동지와 46년 동안 직접 알고 지냈다. 대혁명 실패 후, 1929년 내가 상하이로 가 지하공작을 수행할 때 그가 중앙군사부 장이라는 것을 알게 되었다. 내가 홍14군에서 부상을 당한 후 지하당은 나를 상하이로 보내 치료를 받도록 하였으며, 완쾌된 후 바로 군사위원 회에 가도록 했다. 이 때 나는 그를 만났다. 그는 연락원 한 명을 보내 나와 면담했다. 나는 홍군으로 돌아가겠다는 의사를 밝혔고, 연락원은 돌아가 저우언라이 동지에게 보고해야 한다고 말했다. 이틀 후 그가 다시 와서 저우언라이 동지가 내 손이 이미 절단되었으므로 내가 계속 상하이에 머물며 지하공작을 하는 것이 좋겠다고 말했다고 알려주었다. 나는 그에게 "당신은 저우언라이 동지에게 절단된 것은 나의 왼손이고 지금은 치료도 잘 되었다고 전해주시오. 사격은 주로 오른손으로 하는 것이고, 나의 오른손으로 충분히 사격할 수 있소. 나는 여전히 홍군으로 돌아가고 싶소"라고 말하였다. 연락원은 저우언라이에게 이 내용을 보고한 후 다시 나에게 와서 "저우언라이 동지가 당신이 장시(江西)중앙 혁명근거지로 가는 것을 허락하였소"라고 말했다. 당시 나는 매우 감동했다. 그는 당시 중앙정치국 위원이었으며 중앙 공작을 주재하고 있었다. 나는 당시 일개 병사로 유격대에서 대대장을 맡고 있을 뿐인데, 그는 이런 구체적은 요구까지도 받아들이고 동의해준 것이다. 그때부터 솔직히 그는 나에게 깊은 인상을 남기게 되었다.

산뻬이에 도착한 이후 나는 와야오바오(瓦窯堡)에서 저우언라이 동지와 직접 접촉하게 되었다. 대장정 이후 나는 3군단에서 산뻬이홍군 류즈단(劉志丹)의 기병단으로 차출되어 대리단장 겸 정위(政委)를 맡게 되었다. 홍군 주력부대가 동쪽으로 황하를 건널 때 우리는 위린(楡林), 미즈(米脂), 수이더(綏德), 산벤(三邊), 옌츠(鹽池) 일대에서 적군을 유인하였으며, 임무를 완성한 이후 철수하던 도중 적군이 우리 현 정부를 습격하자 우리는 적군을 패퇴시켰다. 곧바로 또 다른 적군이 매복한 상황에 맞닥뜨리자 우리 기병단은 손실을 입게 되었다. 와야오바오로 돌아온 후 저우언라이 동지의 엄중한 비판을 받았다. 그는 "자네가 경솔했어! 경솔해서 패배한거야!"라고 말하였다. 그는 "자네는 중앙홍군에서 산뻬이홍군으로 파견 온 것이기 때문에 패배에 대해 반드시 엄중한 처분을 받게 될 걸세"라고 하였다. 나는 이로 인해 면직 처분을 받았다. 그는 당시 산뻬이의 홍군을 보살펴야 했다. 나는 그의 비판이 타당하다고 생각했다. 마오 주석은 나를 불러 이야기하며 역시 이 상황에 대해 비판했다. 나는 이 한 번의 패배에 대한 마오 주석과 저우 총리의 비판이 나에게 매우 중요한 역할을 했다고 생각 한다. 이후 현재에 이르기까지 나는 한 번도 패배한 적이 없다고 말할 수 있다. 이 일은 그만큼 내게 매우 깊은 영향을 주었던 것이다. 루꺼우챠오 사건 이후 나는 상하이로 파견되어 장저(江浙) 성위에서 성위서기를 맡게 되었다. 상하이가 함락된 이후 우리는 우한(武漢)의 사무처에 남아 임무를 수행했는데, 주로 국민당에 대해 통일전선을 시행하는 것이었다. 1937년 일본군이 남하하여 난징이 함락되었다. 이때 저우언라이 동지는 예젠잉 동지

1963년 4월 중난하이(中南海)에서 저우언라이와 전문위원회 성원인 허룽(賀龍), 녜잉전, 장아이핑과 함께 촬영한 모습.

와 함께 쉬쩌우(徐州) 오전구(五戰區)의 바이총시(白崇禧)를 찾아가 광시 (廣西)군대가 쉬쩌우 일대에서 전투에 임해줄 것을 원한다고 하였다. 당시 바이총시는 이에 회답하였으나, 약 열흘 이상이 지나도록 소식이 없었다. 도대체 전투를 하겠다는 것인지 하지 않겠다는 것인지 알 수가 없었다. 저우언라이 동지는 나를 쉬쩌우로 파견하여 리종런을 만나 그들이 어떻게 할 생각인지 물어보도록 했다. 나는 그들이 전투에 임하도록 설득할 방법을 생각하고 있었기에 바로 그곳으로 갔다. 당시 나는 통일전선 임무를 받고 있었으며, 명의상으로는 빠루쥔의 고급 참모였다. 리종런은 빠루쥔의 고급 참모가 왔다는 소리를 듣고 바로 접견하러 왔다. 나는 저우언라이 동지의 명령에 의거해 그에게 이 상황에 대해 분석해

주었다. 나는 지난(濟南)에서 쉬쩌우까지 오직 타이얼좡(太兒庄) 부근의 형세만이 우리에게 적합하며, 더욱이 일본군이 당시 얼마나 잔혹한지에 대해 주로 설명하였다.

나는 각 방면의 이익과 폐단, 적정의 상황을 분석해 그에게 알려주었고, 그는 바로 전투에 임하기로 결심하였다. 그는 당시 나에게 돌아가서 저우 부장(당시 저우언라이는 국민당정부 군사위원회 정치부 부장이었다)에게 보고하고 안심하시라는 말을 전하라고 하였다. 바로 이렇게 우리는 타이얼좡 전투를 감행해 승리하였다. 타이얼좡 전투의 승리 역시 저우언라이 동지의 건의에 기인한 것이라고 말할 수 있을 것이다.

리종런이 귀국한 후에 천(천이) 사단장은 쓰촨호텔에서 리종런 부부를 초대하여 연회를 베풀었다. 리종런은 한 명 한 명과 악수하였는데, 내 손을 잡았을 때 나를 바라보면서 아무래도 낯이 익다고 말하였다. 광시말로 어디선가 만난 적이 있는 것 같다는 뜻이었다. 나는 당시 그와 농담을 하며 "총통 어르신, 원래 지위가 높은 사람은 잘 잊어버린답니다"라고 말하였다. 나는 "쉬쩌우 타이얼장 전투 전에 뵀었지요"라고 하자, 그는 "아! 기억나네. 기억나! 자네는 빠루쥔의 고급 참모였어!"라고 말하였다. 저우 총리는 "양탄(원자탄과 수소탄)"의 연구를 위한 작업조를 구성하였는데, 이것은 매우 중요한 사안이었다. 당시와 같은 어려운 시기에 우리 중앙 내부에서는 이에 대해 두 가지의 서로 다른 견해가 존재하였다. 하나는 "원자탄은 최첨단의 물건으로 공업과 경제기술방면에서 요구하는 조건이 매우 높다. 현재 소련이 우리에게 제공하는 것도 없으니 우리는 몇 년을 더 기다려야만 한다. 경제가 발전하고 과학기술 수준이 제고될 때까지 기다린 후에 다시 하면 된다"라는 의견이었다. 다른 하나는 몇몇 원수들이 대표적으로 주장한 것인데, 정치국 토론에서 우선 천이가 주장하였다. 그는 책상을 한 번 치고는 "우리 중국인이 어찌 바지를 전당포에 맡길 것을 두려워하겠는가! 우리도 원자탄을 만듭시다!"라고 말하였다. 이렇게 나와 니에(聶) 장군, 예(葉) 장군은 모두 찬성하였고, 곧 쟁론이 벌어지기 시작하였다. 이런 상황에서 류샤오치 동지가 마오 주석에게 건의하였는데, 이 정도의 논의만으로는 확실히 결정할 방법이 없었으므로 우선 이 문제에 대해 분명히 조사한 후 다시 결정하기로 하였다. 마오 주석은 사람을 파견해 조사하도록 했다. 누가 갈 것인가를 정할 때 몇몇 원수들이 나를 지명하였다. 나는 당시 "저는 원자탄에 대해 아무것도 모릅니다. 감자만 겨우 알 뿐입니다"라고 말하였다. 천이가 나를 난처하게 만들며 "자네 잘 알지 못한다고? 모르는 것은 배워야한다는 것도 모르나!"라고 말하였다. 당시 나는 방법이 없었다. 나는 일개 초중학생처럼 도대체 원자탄이 무엇인지 하나도 모르는 상태였다. 나는 그렇다면 이에 대해 잘 알고 수준이 있는 사람을 찾아봐야겠다고 생각했다. 이리저리 생각하다 국가과학기술위원회의 부주임인 류시야오(劉西堯)가 생각났다. 그는 대학생이니 방법이 있을 것이라고 생각했다. 그래서 나는 "한 명을 더 파견하여 저와 함께 가도록 해주시겠습니까?"라고 물었다. 그들은 바로 내가 원하는 사람 누구든지 가능하다고 하였고 나는 류시야오를 지명하였다. 이후 우리는 함께 류제(劉杰)를 따라 전반적인 상황을 둘러보았고, 마지막 조사 분석한 결과로 "만약 당 중앙이 모두 우리가 제출한 요구를 만족시켜준다면 1964년에 원자탄을 쏘아 올릴 수 있을 것"이라는 결론을 내렸다. 우리는 돌아와서 바로 이런 내용의 보고서를 작성하였다. 이 보고서를 작성할 때 하나 재미난 일화가 있었다. 류제는 마지막으로 보고서를 살펴본 후 나와 류시야오에게 다음과 같이 말했 다. "1965년에 쏜다고 하는 것이 어떻겠는가?" 이 사안은 우리가 사전에 이미 논의한 것인데, 왜 1964년이 아니고 1965년에 쏘는 것으로 고쳐야 하나? 당시 류제는 제2기계공업부의 부장이었고, 그는 여지를 남겨두고 싶어 했다.

그는 "어이! 나에게 여지를 좀 주게나"라고 말했고, 나는 안 된다며 압박을 가해 1964년에 쏘겠다고 말하였다. 결과는 1964년 기한에 맞춰 쏘아 올렸다! 이 보고는 현재에도 아직 존재한다. 당시 총서기 덩샤오핑이 승인한 후 마오 주석에게 전달하여 살펴보도록 하였으며, 살펴본 이후 최후로 결정을 내렸다. 모든 요구조건을 다 보장해주고 1964년에 쏘아 올릴 것을 준비하라는 것이었다. 우리의 그 보고 중 하나의 조건은 당 중앙의 주요 지도자 중 한 명이 직접 통솔하고 주재해야 한다는 것이었다. 따라서 중앙정치국에서는 전문위원회를 조직하기로 결정하고 저우 총리가 통솔하도록 하였다. 저우 총리가 직접 원자탄의 개발작업을 주재한 것이다. 당시에는 진정으로 당, 정, 군, 민이 마음을 합하여 필요한 것이면 무엇이든 공급해주었다. 우리가 각 중앙국에 가면 국무원의 각 부문, 성시(城市), 둥뻬이, 화뻬이, 시난 등 어느 지방을 막론하고 바로 회의를 열어 상의해 주었으며, 우리에게 필요한 것을 묻고 자신들의 공업부문을 모두 우리에게 제공해주었다. 원래의 계획이 일률적으로 추진될 수 있었던 것은 당과 군이 일치해서 이 작업에 몰두했기 때문이었다. 저우 총리가 직접 관장하고 녜롱전(聶榮臻)이 주재하였으며, 우리는 전문적으로 이 일을 진행하였다. 그러했기에 1964년 원자탄을 쏘아 올릴 수 있었다. 저우 총리의 주재 하에 각종 물질 자원이 동원되어 고비 사막으로 운반되었다. 당신은 상상할 수 있겠는가? 3년의 재난시기에 우리는 고비사막에서 진화(金華)의 햄을 먹을 수 있었는데, 이것은 저장에서 조달해 온 것이었다. 원자탄을 발사할 때 우리는 이곳에서

카운트다운을 하였다. 5, 4, 3, 2, 1. 저우 총리는 그곳에서 동시에 "발사!"라는 소리를 들었다. 이때 나는 그에게 전화로 "폭발했습니다!"라고 하였고, 저우 총리는 나에게 "원자탄이 폭발한 것인가?"라고 물었다. 나 역시 폭발했으니 폭발음이 들린 것인데, 정말 원자탄이 폭발한 것인지에 대해서는 나 역시 알 수 없었다. 나는 바로 옆에 있던 과학자 왕간창(王淦昌)에게 물었다. "여보게, 이건 원자탄이 폭발한 것인가?" 바로 이 때 원폭 구름이 나타나기 시작했다. 왕간창은 한번 보더니 "응 원폭 구름이 일어나는 것을 보니 원자탄 발사에 성공한 것 같군!"하였다.

우리 지휘소에서는 원폭 구름을 볼 수 있었지만 베이징에서는 보이지 않았다. 내가 전화를 걸어 저우 총리에게 보고하자 그는 매우 기뻐하며 바로 "마오 주석과 당 중앙, 그리고 나를 대표하여 시험장에 있는 모든 과학자들과 업무 요원들에게 축하를 보내네!"라고 말하였다. 이 말을 마치자마자 그는 또 "나는 지금 곧 인민대회당으로 갈 것이네. 마오 주석이 지금 인민대회당에 계신다네"라고 하였다.

당시 마오 주석은 '동팡홍(東方紅)'의 연기자들을 접견하고 있었는데, 저우 총리는 그곳 현장에서 전 세계를 향해 우리나라가 원자탄 발사에 성공했다는 사실을 선포하였다. 그것은 전국 인민의 마음을 흥분시킨 엄청난 일이었다. 이후 수소탄 역시 발사하였는데, 모두 저우 총리가 직접 주관한 것이었다. 우리는 다만 구체적인 작업을 수행했을 뿐, 모든 상황을 우선 그에게 보고하였으며, 그는 체계적이고 분명하게 이 일을 지휘하였다. 현재 국방 과학기술공업과 관련해 유행하는 네 마디 어구는 제1차 원자탄의 조립이 완성되어 내가 저우언라이 총리에게 보고하였을 때 그가 시화청(西花廳)에서 했던 말이었다. 나와 류시야오는 그의 지시에 따라 네 마디로 정리하였다. 즉 "엄숙하게 열심히, 주도면밀하고 세밀하게, 안전하고 확실하게, 만에 하나의 실수도 없게"였다. 최후의 결과는 그가 강조했던 그 목표 "만에 하나의 실수도 없게"를 달성해낸 것이었다. 그러기에 지금까지도 여전히 그의 이 지시를 따르고 있는 것이다. 저우 총리 이 분의 업무 스타일은 일의 대소에 관계없이 끝까지 철저하게 하는 것이었다. 그 외 다른 한 가지는 바로 동지들에 대한 저우 총리의 관심과 애정이다. 문화대혁명 중 나는 매우 심하게 고통을 받았다. 저우 총리는 내가 린뱌오 등의 무리가 말하는 것과 같은 상황이 아님을 알고, 비판투쟁대회를 열어 나를 벌줄 때에 나를 보호하고자 나를 그의 연락원으로 임명하였다. 그는 이 명분을 이용하여 나를 보호했던 것이다. 1966년 말 나는 감기에 걸려 병원에 입원했다.

305병원에는 세 사람이 있었는데, 쉬꽝다(許光達), 샤오커(肖克) 그리고 나는 자주 불려나가 비판투쟁의 대상이 되었다. 쉬꽝다는 한번 불려나간 뒤 돌아오지 못하였다. 샤오커는 처음에는 매일 불려나간 뒤 돌아왔지만 그 이후에는 역시 돌아오지 못하였다. 결국 나 한 사람만 남게 되었다. 결국 나도 끌려 나가서 심한 고통을 받았다. 큰 대회에서든 작은 대회에서든 지속적으로 비판을 받았다. 비판을 받은 후에는 감옥에 수감되었다. 당시 저우 총리가 왜 총리 연락원이라는 자리를 만들어주었겠는가? 그는 이 직무를 이용해 나를 보호하고자 했던 것이다. 1975년이 되어 내가 해금되고 다시 일하러 왔을 때, 저우 총리의 병세는 이미 위중하였다. 나는 덩 여사에게 전화를 걸어 그를 뵈러 가고 싶다고 말했다. 덩 여사는 "안 되네. 중앙에서 결정한 바야. 누구도 와서 보는 게 허락되지 않는다네"라고 말하였다. 그녀는 "자네, 절대 보러 와서는 안 되네"라고 말하였다. 결국 나는 그를 뵈러 가지 못하고 말았다. 1976년 1월 8일 국방과기공업 부문 전체에서 8,000인 대회를 열고 나를 비판하고자 하였다. 나는 이미 준비를 마친 상태였으나 비판대회는 열리지 않았는데, 그러는 가운데 저우 총리가 서거했다는 사실을 나는 전혀 예상하지 못하였다. 나는 현장에서 '만장홍(滿江紅)'이라는 한 편의 시를 써서 그를 추모하였다. 이 과거의 일들은 진정으로 회상할 수 없는 것들이다.

'만장홍(滿江紅)-저우 총리를 애도하며'

슬픔이 하늘에 미치고, 강과 바다는 슬피 울며 격하게 흐르네. 온 세상이 애통해하며 그의 공적을 추모하고, 마르크스·레닌주의가 뒷걸음질 치는구나. 나라와 인민을 위해 기꺼이 봉사하고, 노고를 마다하지 않은 것은 당대에 비길 자가 없다네. 험난함이 계속될 때에 안위를 책임지고 어떻게 이겨냈던가! 천둥이 치고 천지가 분개하며 삭풍이 몰아치고 눈물이 비처럼 쏟아지는구나. 46년 전 군인의 길을 걷기 시작하였네. 소년에게 주신 두터운 가르침 잊을 수 없고, 출정길에 친히 내리신 지령 항상 기억하려 하네. 정예부대를 뽑아 핵의 독점을 타파하신 공적은 만 길이나 된다네.

저우 총리와
국방과학기술연구의 16자 방침

주꽝야(朱光亞)

(중국인민정치협상회의전국위원회 전 부주석, 저명한 과학자)

저우 총리와
국방과학기술연구의 16자 방침

주꽝야(朱光亞)

(중국인민정치협상회의전국위원회 전 부주석, 저명한 과학자)

나는 국방 과학기술 전선의 일개 노병으로서, 우리나라의 첫 번째 원자탄 시험 성공에 관한 일들이 아직도 기억에 생생하다. 저우 총리는 첨단 과학기술사업에 큰 관심을 갖고 있었으며, 또한 그의 엄격한 과학적 태도와 업무태도는 영원히 우리가 본받아야 할 모범이었다. 업무 관계로 인해 나는 운이 좋게도 저우 총리의 가르침을 받을 기회가 비교적 많았다. 첫 번째는 1962년 12월 4일 개최된 중앙전위회에서였다. 전위회는 1962년 11월에 성립되었으며, 12월 4일의 회의가 이미 제3차 전위회 회의였다. 회의는 시화청에서 거행되었는데, 저우 총리와 전위회의 지도자 동지들이 함께 둘러앉아 국가 안위에 대한 중대 사안을 논의했다. 당시 우리 제2기계공업부의 지도자 류제, 첸산창(錢三强) 등의 동지가 전위회에 원자능 공업생산 건설상황 및 원자탄 개발 2개년 계획에 대해 보고하였다. 나는 회의에 참석하여 보충 보고를 진행하였다. 당시 우리나라는 한편으로 핵 대국의 위협을 받고 있었고, 또 다른 한편으로는 국내 경제의 어려움에 직면해 있었다. 상황은 매우 심각했다. 신속하게 우리 스스로의 원자능공업을 발전시킬 수 있을 것인가의 문제는 이미 하나의 핵심적인 문제가 되었다. 보고를 다 듣고 난 후 저우 총리는 우리에게 다음과 같이 지시했다. "우리는 과학연구를 진행하며 반드시

'실사구시'를 추구해야 하고, 순차적으로 전진하며, 나태하지 말고 끝까지 견지하면서 교만함과 조급함을 경계해야 한다." 그는 우리 모두에게 매우 큰 격려와 채찍의 말을 해주었다. 그날 회의는 오전부터 오후까지 지속되었는데, 저우 총리가 우리에게 함께 점심을 먹자고 해서, 그와 지도자 동지들 그리고 우리들은 모두 동석하여 식사하였다. 우리가 먹은 것은 큰 대접을 이용해 한꺼번에 담은 고기완자와 삶은 배추 두부였고, 그 외 몇 종류의 장아찌였다. 나는 매우 강렬한 인상을 받았다. 몇 년이 지난 후 위치우리 동지는 우리에게 이 대접에 담긴 음식은 저우 총리가 만든 국무원의 전통음식이라고 말해 주었다. 영양도 풍부하고 무엇보다 매우 간편한 음식이었다. 이 전통음식은 국가경제가 좋아졌을 때에도 변함없이 지속되었다. 저우 총리의 신변에서 업무를 수행했던 동지 한 명이 우리에게 한 가지 소소한 이야기를 전해주었다. 1963년 한번은 저녁식사에 역시 같은 요리가 올라온 상태였고, 모두가 자리에 앉았는데 늦게 도착한 허룽 원수가 식당에 들어온 이후 한 눈에 식탁 위에 있는 이 음식을 보고는 재미삼아 저우 총리에게 다음과 같이 말했다고 한다. "총리님 국가경제는 호전되었는데 당신의 식탁 위는 어떻게 아직도 호전된 상황이 반영되지 않은 것인가요?" 그러자 저우 총리는 "호전된 상황은 모두가 분투해서 얻은 것이니, 장래에 국가가 부강해진다고 해도 근면 검소한 전통을 버릴 수는 없소"라고 대답하였다. 저우 총리의 생활은 검소하고 소박했으며 식탁에서도 우리에게 그 모범을 보여준 것이다. 저우 총리의 직접적인 지도하에 이 전위회의 내용은 이후 전국 인민의 행동이 되었으며, 2년이 되지 않아 우리나라는 첫 번째 원자탄 실험을 성공했다! 우리와 같은 방면에 종사하는 사람들은 하나를 보면 많은 것을 얻고 말하는 것도 합리적이지만, 전체를 보지는 못한다. 총설계사가 각종 의견을 들은 후 균형 있는 분석을 거치고 최후에 총설계사가 결정하는 것이다. 총설계사 역시 한 명이 아니고 하나의 총체적인 설계부가 존재하며, 하나의 큰 그룹이 곧 계통적인 공정의 그룹인 셈이다. 따라서 계통 공정을 운영하는 이들은 각종 요소를 고려하여 가장 훌륭한 방안을 선택해야 한다. 총설계사는 각 방면의 전문가 의견을 경청하고 또한 전체 설계부의 보고를 살핀 후 최후에 결심하고 결정한다. 한번 결정하면 누군가 의견이 있다고 해도 고려하지 않는다. 이것이 바로 저우 총리와 녜(聶) 장군이 우리에게 알려준 규정이었다. 현재 우리들의 총설계사는 모두 이렇게 훈련을 받았다. 총설계사는 품격이 있어야 한다. 첸쉐선(錢學森)이 말한 바로 그 '대장의 품격'이 있어야 하는 것이다. 1962년 11월 중앙전위회가 성립되고 1964년 10월 14일 우리나라의 첫 번째 원자탄 발사 실험이 성공하기까지 저우 총리는 직접 9차례의 회의를 주재하였으며, 과학연구 및 건설 중에 발생한 수없이 많은 중대한 문제들을 바로바로 해결해 주었다.

저우 총리가 제5차 전위회 회의를 주재했을 때, 우리의 보고를 듣고 제2기계공업부의 지난 2년 동안의 성과에 대해 긍정적인 평가를 한 후 다음과 같이 말하였다. "2개년 계획의 완성은 전위회가 큰 책임을 지고 있지만, 중요한 책임은 여전히 그대들 제2기계공업부의 간부들에게 있소. 제2기계공업부의 간부들은 위에서 아래까지 모두 고도의 정치사상성과 고도의 계획과학성, 고도의 조직규율성을 지녀야 하오." 우리는 그때부터 지금까지 이것을 저우 총리가 우리에게 요구한 "세 가지 고도 지침"이라고 부른다. 이것은 우리를 전진하도록 이끈 매우 중요한 사상이다. 저우 총리는 우리 과학기술 전선에 있는 동지들에게 "엄격하고 착실하게, 주도면밀하게, 확실하게, 만에 하나의 실수도 없는(16자 방침)"

태도를 요구했다. 특히 대형 임무를 집행하는 과정 중에 그는 우리에게 이런 자세로 임하도록 지시하였다.

그 자신이 더욱이 몸소 실천하는 모범이었다. 매번 실험 전 그는 보고를 듣고, 늘 성공과 실패에 영향을 미칠 핵심 절차에 대해 세세히 물었으며, 또한 우리에게 각종 불리한 지점 혹은 의외의 요소들에 대해 고려할 것을 요구하였다. 예를 들어 다음과 같은 것들이다. 원자탄 실험을 할 때, 원자탄을 이미 비행기에 설치하였는데 만약 기상에 변화가 있으면 어떻게 할 것인가? 우리는 기상문제와 관련하여 매우 엄격한 요구를 지니고 있었다. 만일 원자탄이 떨어지지 않는다면 또한 어떻게 할 것인가? 비행기가 원자탄을 지니고 다시 공항으로 회항했을 때 원자탄이 예상치 못하게 떨어질 가능성은 없는가? 연결 고리가 풀린다면? 바로 이러한 종류의 문제들이었다. 이런 상황 하에서 마땅히 취해야 할 신뢰할만한 안전조치는 무엇인가 등등. 때로 저우 총리는 만족할만한 대답을 얻지 못한 경우 "일단 휴회하도록 합시다. 시간을 줄 터이니 자네들은 가서 더 많은 동지들과 함께 상의하도록 하게나"라고 말하고, 우리가 비교적 안심할만한 답을 얻은 이후에야 회의를 재개하고 결정을 내렸다. 이런 일이 한두 번이 아니었다.

그는 여러 차례 매우 엄숙하게 그가 이전에 제출했던 '16자 방침'을 거듭 천명하였으며, 이 실험이 매우 중대하니 조금도 소홀함이 있어서는 안 된다고 간곡하게 훈계하였다. 우리나라는 여전히 빈곤하였으므로, 무슨 일을 하든지 반드시 세밀하게 고려해야 했다. 만약 실수가 발생한다면 인민의 부담을 가중시키게 될 것이었다. 바로 저우 총리의 엄숙하면서도 친절한 가르침과 모범이 있었기에 국방과학기술 대오의 엄숙하고 세밀한 작풍이 배양되고 단련된 것이다. 이후 매번 중대한 과학

연구실험이 있을 때면 우리는 모두 '16자 방침'을 거듭 표명하였으며, 모두 저우 총리의 지시에 따라 대규모 예방활동을 전개하고, 방안을 제시하며, 조치를 취하였다. 원자탄을 만들 때에도 잠재된 폐해 없이 시험에 성공할 수 있었으며, 위성을 쏘아 올릴 때에도 아무 문제없이 수행하였다. 이를 통해 우리는 상당한 기간 동안 동일한 유형의 첨단과학 실험을 수행할 경우 세계에서 성공률이 비교적 높은 국가가 될 수 있었다. 저우 총리는 오직 조국의 번영과 부강, 인민의 행복과 평안, 세계의 평화 유지만을 생각하였다. 그는 우리 과학기술 전선의 동지들에게 우리가 원자력을 발전시키는 데 있어 가장 중요한 것은 안전이라는 것을 간곡히 당부하였다. 그는 원자력발전소의 건설은 응당 "안전, 실용, 경제, 자력갱생" 이 열 글자의 방침을 준수해야 한다고 명확하게 제시하였다. 여기에서도 가장 우선적으로 강조한 것이 바로 안전이었다. 나는 1970년 7월의 일을 기억한다. 당시 나는 이미 국방과학위로 옮겨 근무하고 있었는데, 원자력 육상 모식 운전의 준비가 완료된 상황이었으며, 이것은 바로 핵잠수함에서 이용하는 동력의 일종인 원자로였다.

저우 총리는 전용기를 보내 관련 인력을 베이징으로 데려온 후 보고를 받았다. 당시 회의는 7월 15일과 16일 이틀 동안 진행되었으며, 이 모식의 원자로 기동 성공률을 제고할 방법에 대해 논의하였다. 저우 총리는 이 회의에서 기동 운행의 안전을 점검하는 것에 대해 특히 강조하였으며, 매 단계마다 모두 최선을 다해 연구할 것을 요구하였다. 그리고 제2기계공업부는 본부 이외의 전문가들도 모두 흡수하여 문제점을 파악하라고 지시하였다. 바로 이 핵잠수함 육상 모식 원자로 전위회의에서 저우 총리가 제출한 내용이 곧 원자력의 기점이며 원자력발전소의 기초를 다지는 것이었다. 1970년 11월 1차 전위회의에서 저우 총리는 상하이시의 원자력발전소 개발문제에 대해 보고받았다. 1974년 3월 말에서 4월 중순까지 저우 총리가 주재한 것은 마지막 전위회의였다. 당시 전위회의는 두 차례로 나누어 진행되었는데, 시간이 비교적 느슨해서 모두가 여러 차례 논의할 수 있었다. 이 전위회의의 첫 번째 의제는 상하이시 작전명 728 공정의 원자력 발전소 건설방안을 검토하는 것이었으며, 또한 현재 이미 건설된 진산 원자력발전소의 건설방안을 심사하는 것이었다. 당시 우리는 모두 이미 저우 총리가 병환 중에 있다는 사실을 알았지만, 그는 여전히 녜 장군과 함께 상하이의 방안을 심사하고 비준했다. 저우 총리는 또한 기초과학연구를 매우 중시했으며, 우리에게 늘 젊은이를 배양하여 과학인재의 역할을 발휘할 수 있도록 하는데 특히 힘써달라고 강조하였다. 1972년 미국 대통령 닉슨과 일본 수상 다나카 가쿠에이가 잇따라 중국을 방문하면서 우리나라의 외교 국면이 개방된 이후, 적지 않은 미국 국적의 중국학자들이 방문하였으며, 파키스탄 총통의 과학 고문도 내방하였다. 이들 방문객들은 우리의 과학연구 방면에 적지 않은 건의를 제시해주었는데, 특히 과학이론연구를 중시해야 한다는 점과 장기적 과제 및 기초성 이론연구 방면을 적절하게 안배하고, 학술교류를 진전시키며, 젊은이들을 힘써 배양하고 기존의 과학인재들이 충분히 역할을 해낼 수 있도록 주의할 것 등등의 내용을 강조하였다.

저우 총리는 이러한 의견들을 모두 우리들에게 재확인시키고 상관 부문에도 지시해야 하며, 이러한 문제들을 열심히 논의해야 한다고 생각하였다. 그해 10월, 중앙에서는 과학기술 대표단을 미국으로 파견하기로 결정하였다. 대표단은 저명한 과학자인 뻬이스장(貝時璋), 첸웨이창, 장원위(張文裕) 등으로 구성되었다. 출발 전 저우 총리는 인민대회당에서 대표단을 접견하였는데, 나 역시 영광스럽게도 그 자리에 참석하게 되었다. 저우 총리는 모두와 함께 매우 상세하게 몇 가지 문제를 토론하였으며, 주의할 사항들에 대해 특별히 설명하였다. 이전에 장원위와 주훙위안(祝鴻元), 셰자밍(謝嘉銘) 등 18명의 과학기술자들은 서신을 작성하여 저우 총리에게 보낸 적이 있었다. 그들은 우리나라 고에너지 물리학의 발전에 대해 의견을 제시하고, 그들이 작업 중에 겪은 어려움들을 보고하였다. 저우 총리는 9월 11일에 친필로 쓴 회신을 보내, 고에너지 물리학 연구와 입자가속기 사전제작 연구가 마땅히 과학원에서 집중해야 할 주요 항목 중 하나가 되어야 한다는 내용을 지시하였다. 이와 같은 저우 총리의 직접적인 관심 하에 중국과학원의 고에너지 물리학연구소의 건립은 신속히 결정될 수 있었다. 저우 총리가 늘 생각하는 것은 수많은 인민이었으며, 또한 우리 과학기술 종사자였다. 내게 깊은 인상을 남긴 한 사건은 문화대혁명 초기에 발생했다.

당시 저우 총리는 1964, 1965, 1966년 세 차례 이루어진 핵실험 상황을 영화로 만들어 상영해야 한다는 의견을 제출하였다. 후에 팔일영화 제작사에서 이 임무를 맡게 되었다. 댜오위타이(釣魚臺) 강당에서 이 영화를 심의할 때에 우리도 갔으며, 저우 총리도 참석했다. 저우 총리는 우리에게 "자네들 요즘 생활은 어떤가? 집안을 몰수당하거나 하지는 않았나?"라고 물으며 우리의 상황에 대해 깊은 관심을 보여주셨다. 그는 이 영화가 괜찮은지, 다른 장면을 골라서 넣으면 우리 인민들이 더 기뻐하지 않을지 등도 물었다. 그는 어떤 장면들은 너무 짧고 너무 적다고 생각해서 보안에 문제가 없다면 최대한 많은 장면을 골라 넣는 것이 어떨지를 물었다. 이 일은 우리에게 많은 가르침을 주었다.

나는 당시 저우 총리에게 앞부분의 두 차례 실험의 경우 발사와 운무

장면을 최대한 많이 고르는 것이 좋겠고, 3차 실험의 경우는 조금 적게 하는 것이 좋겠다고 말하였다. 왜냐하면 3차 실험에서는 새로운 탐사 실험을 진행하여 우리도 아직 확신이 없었기 때문이었다. 이후 이 영상물은 저우 총리가 지시한 바에 따라 최대한 많은 장면을 추가하여 공개 상영되었다.

국가의 모든 일 하나하나가
그의 마음을 부여잡았다

위안바오화(袁宝華)
(국가계획위원회 전 부주임)

국가의 모든 일 하나하나가
그의 마음을 부여잡았다

위안바오화(袁宝華)

(국가계획위원회 전 부주임)

1952년 내가 제1차 5개년 계획의 편성에 참여했을 때 처음 저우 총리를 만나게 되었다. 그해 8월, 나는 저우 총리가 영도한 중국정부 대표단을 따라 소련을 방문했다. 9월 22일 저우 총리는 귀국하였고, 나는 다음해 5월이 되어서야 돌아왔다.

1953년 3월 8일 저우 총리는 재차 대표단을 이끌고 모스크바에 도착했으며, 9일에 스탈린의 장례식에 참가하였다. 저우 총리가 돌아간 후 우리는 소련의 각 지역을 참관하며 경제회복 상황을 파악하였다. 저우 총리는 매번 올 때마다 상황을 상세하게 파악하였으며, 그가 가고나면 우리 역시 인원을 파견하여 그에게 보고하도록 했다. 그는 매우 자세히 들으며 우리와 소련의 담판에 대해 큰 관심을 가졌다. 모스크바에서 그는 매우 세밀하게 업무를 처리하여, 계획한 숫자가 일치하지 않은 것을 발견할 경우 그것을 담당한 동지에게 전화를 걸어 비판하였으며, 다음날 식사를 할 때 주도적으로 그 동지와 건배하였다. 담판을 거쳐 결국 소련이 156개의 항목을 지원하는 것으로 결정되었다. 이 항목들은 우리나라 공업건설의 골간을 이루는 것들로 현재까지도 역할을 하고 있다. 저우 총리는 이 일에 심혈을 기울였다. 저우 총리가 업무상 곤란을 겪었던 시기는 '대약진운동' 시기였다. 그는 지시가 실현될 수 있을지에 대해 큰 관심을 갖고 있었다. 그는 우리를 보내며 "자네들은 무슨 일이든 말해야 하네. 진실한 상황을 알려줘야 해"라고 말하였다. 우리가 실제 정황을 보고하자 그의 마음은 매우 무거워졌다. 다만 그는 마음속에 방법을 생각해 두었다며 기뻐하였다. 그는 우리에게 식사를 권했으며, 덩 여사도 함께 했다.

1959년 루산(盧山)회의 때 우리에게 1959년 철강재의 생산 수요현황을 보고하라는 통지를 내려보냈다. 우리는 함께 루산으로 갔다. 저우 총리는 그날 저녁 우리를 불러 인사를 한 후, 펑더화이의 상황에 대해 이야기해주고, 우리가 제대로 발언하지 않아 혹시 잘못을 범할까 염려했다. 모두들 대약진에 대해 각자의 의견을 지니고 있었기 때문이었다. 그는 진심으로 간부들을 아꼈다. 1960년 10월 10일 중앙에서 회의를 개최하여 1800만 톤의 강철 생산을 완성할 것인가의 여부에 대해 집중적으로 토론하였다. 꾸무는 매 주 두 번 우리를 양펑자따오(養蜂夾道)로 소집하여 보고하도록 하였는데, 이는 모두 저우 총리가 계획한 것이었다. 그러나 당시는 아직 열기도 가라앉지 않았고, 지시도 내려오지 않은 상황이었다. 1961년 국민경제를 조정하기 위한 '8자 방침'이 정식으로 형성되었고, 저우 총리는 이를 위해 3년 동안의 대약진 보다 더 많은 심혈을 기울였다. 조정 초기 생산지수는 내려가지 않았다. 저우 총리는 우리에게 직접 가서 조사하고 상황을 파악한 후 생산지수를 내리는 것과 함께 생산능력을 유지하도록 하라고 지시했다. 지우취안(酒泉)강철공장에는 먹을 음식조차 없었으므로 생산을 멈춰야 했다. 저우 총리는 양식 문제는 해결할 수 있을 것이라고 했다. 우리는 지우취안으로 가서 지우취안의 강철생산을 회복시키는 문제에 대해 논의했다. 왜냐하면 시뻬이에서는 이 정도 규모의 기지를 마련하는 것이 쉽지 않았기 때문이었다.

1964년 지우취안의 강철생산이 회복되기 시작하였으며, 1965년에는 최고의 생산수준에 도달하게 되었다. 1962년 중국공산당 중앙에서는 확대 중앙공작회의를 개최하였으며, 7,000인 대회를 마친 후 다시 정치국 상무위원회 확대회의(西樓會議)를 개최하여 천원 동지가 경제상황을 구체적으로 분석하고, 저우 총리가 발언을 통해 동의의사를 표명하였다. 중앙에서는 대약진운동의 시작 후 얼마 되지 않아 업무를 멈추었던 중앙경제팀을 회복시키기로 결정하고, 천원에게 팀장을 맡도록 하였다. 중앙경제팀은 화이런당에서 회의를 소집하여 천원의 보고를 들었는데, 천원은 "중공업과 기초건설의 지표가 근본적으로 손상된 것에 대해 대비해야 한다"고 제안하였다. 저우 총리는 천원의 의견에 완벽히 동의하였다. 1964년 국민경제가 기본적으로 회복되자 마오 주석은 소계위(小計委)의 건립을 제창하였고, 저우 총리가 이 의견을 지지하였다. 그는 시화청에서 회의를 열어 소계위의 업무에 대해 백방으로 트집을 잡는 일부 동지들을 비판하였다. 나는 저우 총리가 화를 내는 모습을 거의 본적이 없었는데, 그때 저우 총리는 노트와 연필을 모두 던져버렸다. 저우 총리는 재차 논의하여 소계위를 지지하였으며, 비록 어려움이 있었지만 소계위의 임무는 성과를 거두었다.

1966년 싱타이(邢台)지진이 발생하자, 저우 총리는 직접 재난지역으로 가서 구조현장을 지휘하였으며, 돌아온 이후에도 여러 차례 리스꽝(李四光)을 불러 지진 예보문제에 대해 논의하였다. 그는 진상을 물어 규칙을 모색하고자 했던 것이다. 저우 총리는 지진 예보시스템의 수립에도 중요한 역할을 하였다. '문화대혁명'이 시작된 후, 모두들 이 문혁이 얼마나 지속될 것인지에 대해 관심을 갖고 있었지만 누구도 분명히 말하지 못하였다.

1967년 나는 직무 수행이 금지된 상태였는데, 저우 총리는 나를 보호하고자 노동절에 천안문에 오르도록 안배해 주었다. 그러나 조반파(造反派)가 허락하지 않았다. 저우 총리는 리푸춘(李福春)에게 나를 불러 대화하도록 하고 다시 나를 보호하고자 시도하였다. 5월 상품판매박람회를 개최할 때 내가 나갈 수 있도록 해준 것인데, 조반파가 여전히 동의하지 않았다. 각 부의 부장들 중 나의 정직기간이 1년 반으로 가장 짧았다. 후에 저우 총리는 국무원회의 석상에서 우리에게 군사관제위원회 주임을 소개해주며, "이 위안(袁) 모는 내가 옌안에 있을 때 알게 된 사람이네. 이 사람의 역사는 비교적 간단한데, 학생 출신으로 혁명에 참가했지. 저 사람 좀 빨리 조사한 후 해방시켜 주게나. 난 일손이 필요하네"라고 말하였다. 이 군사관제위원회의 주임은 꽤 괜찮은 자로, 3개월 만에 나를 정직상태에서 해방시켜 주었다. 1968년에 나는 '해방'되었고, 1969년의 계획 제정에 참여하게 되었으며, 중국공산당 제9차 전국대표대회 이후 국무의 생산소조로 전근되어 부조장을 맡았다.

중국공산당 제9차 전국대표대회 이후 나는 계획회의에 참석하게 되었다. 저우 총리는 바로 "자네들 물자부에서는 각 지방에 5000톤의 알루미늄을 조달해서 마오 주석 뺏찌를 제작하도록 하였으나, 마오 주석께서 찬성하지 않으니 그것들을 회수해 오도록 하게나"라고 말하였다. 나는 이제야 막 정직 상태에서 풀려난 상황인데 감히 어떻게 그것을 회수할 수 있겠는가! 총리 이 분은 내 곤경을 이해하시고 대담 중에 위안 모를 지명해서 말씀하시지 않았던가! 내가 왔다고 말하자, 저우 총리는 "5000톤의 알루미늄을 회수하라고 명령했었는데 자네는 왜 현재까지 미루기만 하고 실행하지 않는가! 회수하지 않으면 자네에게 책임을 묻겠네"라고 말하였다. 나는 마음속으로 이것은 총리께서 나를 도와주시려고 하시는 일임을 확실히 알게 되었다. 따라서 나는 회의를 마친 후 다음날 아침에 통지문의 초안을 작성하였으며, 각 성시에 일률적으로 회수하도록 통지하였다. 이 5000 톤의 알루미늄은 매우 유용했다. 그것이 없었다면 항공기 공장은 모두 멈추고 말았을 것이다. 1970년, 물자부는 난창(南昌)에서 기초 건설회의를 주최하였으며 2만 명이 참가하였다. 저우 총리는 나에게 가서 회의를 해산시키라고 지시하였다. 저우 총리는 나를 파견하여 현지조사를 실시케 하였는데, 철도공정국이 지하에서 채석작업 중 이미 일척 너비의 균열이 발생하였으므로 신속하게 멈추도록 하였다. 현재까지 그곳에서는 아무 사고도 발생하지 않았다. 국가에서 발생하는 모든 일들이 그의 마음을 부여잡고 있었다.

꺼쩌우빠(葛洲壩)를 건설할 것인가 말 것인가의 문제는 계속 의견이 갈린 상태였다. 창장유역에서 근무하는 동지들은 건설하지 말자고 주장하였고, 후뻬이, 우한의 동지들은 건설하자고 주장하였다. 이 문제를 해결하기 위해 저우 총리는 수없이 많은 회의를 소집하여 양쪽의 의견을 경청하였다. 이 사안을 저우 총리가 마지막으로 마오 주석에게 보고하였을 때 마오 주석은 "꺼쩌우빠의 건설을 찬성한다"고 지시하였다. 저우 총리는 꺼쩌우빠기술위원회 건립을 건의하여 반대의견을 지니고 있던 린이산(林一山) 동지를 주임위원으로 임명하였다. 결국 꺼쩌우빠 항목은 훌륭하게 진행되었다.

1973년 덩샤오핑 동지의 활동 재개는 마오 주석이 결심한 것이지만, 실제적으로는 저우 총리가 진행한 작업이었다. 덩샤오핑 동지의 출현 이후 국무원의 새로운 간부 그룹이 조성되었으며, 저우 총리는 시다청(西大廳)에서 각 부문의 책임자를 불러 회의를 개최하고, 덩샤오핑을 제1부총리로, 장췬차오를 제2부총리로, 리셴녠 동지를 제3부총리로 삼는다고 선포하였다. 덩샤오핑 동지는 후에 비판을 받게 되는 상황에 대해 전혀 예상하지 못하였으며, 또한 속수무책이었다.

저우 총리는 업무를 할 때 정말 꼼꼼하고 매우 세밀했으며, 책임감 있고 주도면밀하여 사소한 부분까지도 최선을 다했다. 한번은 우리가 보고를 하러 갔을 때에 그는 수첩을 꺼내 숫자 하나하나를 모두 기록하였다. 우리는 서면자료로 보충하면 되니 총리께서는 굳이 기록하실 필요 없다고 했으나, 저우 총리는 "장쯔종이 나에게 서신을 보내 이미 이룩한 업적을 잘 지키고 삼가며 안정을 유지해야 한다고 말한 적이 있네. 나는 나와 마오 주석은 다르다고 대답하였네. 나는 마오 주석을 보좌하여 업무를 처리할 뿐이니, 이런 상황들을 모두 잘 기록해 두었다가 마오 주석이 물어볼 경우 대답할 수 있어야 한다네"라고 말하였다. 그가 간부들에게 관심을 갖고 보호했던 일들은 말로 다 할 수 없을 정도이다. 리스꽝이 지질부에서 논쟁을 벌였을 때, 총리는 전국지질업무회의를 개최하여 리스꽝이 참여하도록 하자고 제안하였다. 총리는 본인의 연설 전에 리스꽝에게 먼저 이야기하도록 하였는데, 이는 그에게 공개적으로 의견을 표명할 수 있는 기회를 주어 대립하는 양측이 모두 받아들일 수 있도록 한 것이었다. 캉스언(康世恩)의 복귀에 대해서도 논쟁이 있었는데, 군 대표에게 이견이 있다는 이야기가 있었다. 총리는 발해의 결빙 바람이 해저 보링용 플랫폼을 위태롭게 할 수도 있다는 핑계를 들어 캉스언을 그곳으로 가 처리하도록 지시하였다. 총리는 이처럼 모든 방법을 동원하여 간부들을 보호하였다. 대약진시기 제지공장의 알칼리가 부족하였는데, 저우 총리는 소학교의 교재가 백색이 아니고 새까만 것을 발견하고는 나를 불러 가서 비판하도록 하고 제지공장에 알칼리를 조달하도록 지시하였다. 그는 "이 종이는 아이들의 시력을 나쁘게 만들 거야. 이런 종이는 우리처럼 나이 많은 사람들에게나 보게 해야지. 우리는 이미 시력이 나쁘지 않는가. 아이들의 시력을 나쁘게 만들어서는 안 되네"라고 말하였다. 경공부(輕工部)의 동지는 "저우 총리가 이렇게까지 말씀하셨는데 우리가 어찌 해결방법을 고민하지 않겠는가"라고 말하였다.

그는 실속 없이 성과를 부풀리는
풍토에 좌우되지 않았다

꾸밍(顧明)

(국가계획위원회 전 부주석)

그는 실속 없이 성과를 부풀리는
풍토에 좌우되지 않았다

꾸밍(顧明)

(국가계획위원회 전 부주석)

1950년 저우 총리는 마오 주석과 모스크바로 가 스탈린과 회담하여 중소우호동맹상호조약을 체결하였다. 1952년 저우 총리는 두 번째로 모스크바에 가서 경제건설 현황을 소개하고, 소련정부가 우리의 경제건설 세 단위, 총 156개 항목을 원조해 줄 것을 요청하였다. 공업화의 기초 골간 항목인 기계방면에는 자동차, 트랙터, 방직기계, 그리고 경공업방면에는 아마공장, 중공업은 철강공장, 군공업으로는 항공기, 대포, 탱크, 기관총, 탄두 등이 그에 해당되었다. 이 항목들은 우리나라 공업의 기초를 다지는 것들이었다. 각 부문의 의견은 국가계획위원회로 전달되어 그에게 보고되었으며, 그는 며칠 밤 계속 심사하여 결정한 후 니콜라이 불가닌에게 전달하였다.

첫 번째 5개년 계획은 소련의 원조를 받아 이루어졌으므로 순조롭게 진행되었다. 공업화의 초보 기초를 다지며 '일오계획(1차 5개년 계획)'은 순조롭게 완성되었으며, 심지어 초과 달성을 이루었다. 계획 목표치가 원래는 좀 높게 산정된 상태였으므로, 후에 18%에서 15%로 하향조정하였는데, 최후에 18%를 달성하였다. 저우 총리는 계획사업에 대해서는 최선을 다해 추진하였다. '일오계획'이 완성되자 전국의 인민들은 매우 기뻐하였다. '이오계획(2차 5개년 계획)'은 1955년에 편성을 시작하였는데, 1956년에 개최할 예정인 중국공산당 제8차 전국대표대회를 위해 중요 문건들을 준비하는 작업이었다. 저우 총리는 문건의 기초를 주재 하였는데, 매일 저녁 계획위원회 동지들을 불러 논의하며 자료를 찾고 초고를 작성하였으며, 그가 최후에 확정하였다. 구체적인 수량은 마오 주석이 1958년 6월에 제출하여 8월 베이따이허(北戴河) 회의에서 통과되었으며, 저우 총리가 만든 '국민경제 발전을 위한 제2차 5개년 계획의 건의에 관한 보고'는 중국공산당 제8차 전국대표대회에서 만장일치로 통과되었다. 저우 총리는 계획을 작성하며 종합 균형에 특히 중점을 두었다. 우호적인 형세 하에서는 경제작용을 발휘하고, 좋지 못한 시기에는 여지를 남겨두는 것으로, 보수에도 반대하고 또한 '반모진(反冒進)'도 요구하며, 여지를 남기고 실사구시를 추구하는 것이었다. 1956년 합작화의 고조 속에 지식인회의를 개최하고 인민 내부의 모순을 정확하게 처리하였으며, '3대'개조, 즉 농업과 상공업, 수공업 개조의 완성을 경축하였다. 마오 주석은 원래 과도기 15년을 예상하였지만 결과적으로 3년이 되지 않아 완성되었다는 내용을 연설하려고 하였으나, 저우 총리는 이에 대해 줄곧 반대하며 실사구시의 태도로 말해야 한다고 하였다. 하늘을 찌를 듯한 열기만 볼 것이 아니라 존재하고 있는 수많은 문제들도 함께 살펴야 한다는 것이었다. 국무원에서는 회의를 소집하여 이 문제에 대해 각 부에 모두 설명하였다. 1957년 11월 마오 주석은 모스크바로 가서 각국 공산당 및 노동자당 대표회의에 참석했다. 소련 간부들과 회담 중 후루시초프가 마오 주석에게 "15년 후에 소련은 미국을 능가할 수 있을 것입니다"라고 말하자, 마오 주석은 이에 대해 "15년 후에 우리는 영국을 따라잡거나 능가할 것입니다"라고 대답하였다.

마오 주석의 대담 내용이 전달된 후 전국적으로 조급하고 성급하게 돌진하려는 분위기가 등장하였다. 1957년 9월 8차 삼중전회부터 1958년 초에 난닝(南寧)에서 개최된 회의를 거쳐, 그리고 3월 청두(城都)에서 개최된 8대 2차 회의에 이르기까지 마오 주석은 저우 총리가 국민경제 건설문제에 관해 제출한 '반모진'에 대해 엄중한 비판을 가하였다. 마오 주석의 말은 매우 엄중하고 날카로웠다. 그는 이런 식으로 한다면 인민 군중의 적극성이 사라질 것이며, '반모진'은 비 마르크스주의적이고 우파와 매우 가까운 것이라고 말하였다. '반모진'을 비판하고 '대약진'을 제출한 것이다. '실사구시'와 같은 말들을 사람들은 감히 언급할 수 없었으며, 어떻게 하면 빨리 할 수 있을 것인지만 생각하게 되었다. 마오 주석의 비판에 대해 저우 총리는 책임을 지고 직접 자필로 자아비판을 행하였다. 당시 총리 사무실의 학습 비서가 정리를 도우며 "나는 마오 주석과 역경을 함께 하였으며"라고 쓰자 저우 총리는 이 말을 지우라고 하며 "나는 마오 주석의 학생이네"라고 말하였다.

이후 전국에는 언달아 기쁜 소식이 전해졌다. 높은 목표수치가 출현한 것이다. 1958년 강철의 생산목표는 원래 900톤이었으나, 베이따이허 회의 당시 마오 주석의 의견에 따라 1,070톤으로 조정 되었다. 전국에서는 신속하게 전 인민의 강철 제련 고조 열풍이 붙게 되었다.

재래식 제철방법은 진시황시대의 방법으로 허난(河南)의 우즈푸(吳芝圃)가 열성분자였다. 저우 총리는 나에게 가서 살펴보도록 했다. 허난 위현(禹縣)에서는 까오양(高揚)이 그것을 살펴본 후 가능하지 않다고 했고, 부성장 역시 보고를 올려 가능하지 않다고 한 후 면직 처분을 당하였다. 결국 아무도 감히 그 문제를 말할 수 없게 되었다. 나는 야금부의 부장 한 명과 함께 가서 봤는데 역시 불가능한 방법이라는 생각이 들었다. 농민들은 근본적으로 제철방법에 대해 이해를 못하고 있었다. 우리는 그들이 제련한 해면철(海綿鐵)을 가져와 저우 총리께 보여드렸다. 이 철 한 덩어리는 그가 세상을 떠날 때까지 그의 사무실에 놓여 있었다. 각지에서 '위성(衛星)'을 띄우자 우리 역시 부담이 커졌다. 저우 총리는 비록 동의하지 않았지만, 중앙에서는 그에게 이것을 집행해야만 한다고 명령하였다. 그는 매주 한번 철강보고회를 열었으며 본인 역시 철강을 제련하는 일에 참여하였다. 그는 일만여 명의 고등학생과 대학생을 선발하여 각지로 보내 철광의 분석을 돕도록 하였는데, 하부에서는 근본적으로 이 지시를 듣지 않았으며 각지에서는 11월에 이르러서도 목표를 달성하지 못하였다. 쓰촨성위의 서기 천깡(陳剛)이 시화청에 와서 "저희는 아직 임무를 완성하지 못했습니다. 수 백 만 명이 아직 산 위에 있는데 어떻게 해야 할까요?"라고 물었고, 저우 총리는 "곧 내려오도록 하라"고 대답하였다. 그는 돌아간 이후 대오를 바로 하산하도록 하였다. 대약진시기의 대대적인 철강 제련은 대규모 노동력을 사용하였으므로 농업에도 영향을 미쳤다. 그해는 원래 크게 풍년이 든 해였는데, 수많은 지방에서 땅에 있는 양식들을 수확하지 못하였다. 대약진시기의 '선센회(神仙會)'는 전문가나 관련 업무 간부를 대동하지 못하도록 규정하였다. 저우 총리는 지금까지 전문가와 실무 관련 업무 간부를 늘 불러 수시로 상황을 이해하고 비교연구를 행하였다. 그는 두뇌 회전이 매우 빨라서 계산기 결과가 나오기 전에 그는 이미 답을 내놓았다. 대약진 이후 어려움이 바로 닥쳤다. 루산회의는 원래 대약진의 '좌' 경화 문제를 종결하고 주로 그것을 비판하기 위한 것이었으나, 결국 마오 주석은 그릇되게 펑더화이를 비판하였으며, 최후에 여전히 고도의 목표량을 설정하였다. 마오 주석은 결국 마지막에 본인이 "산에 올라와서는 반 '좌', 산을 내려와서는 반 '우', 한 평생 총명하였으나, 잠시 어리

석었다네"라고 종결하였다. 저우 총리는 루산에서도 여전히 열심히 일하였다. 수많은 지방에서 대대적인 강철 제련으로 석탄을 다 써버리는 바람에 허뻬이에는 난방에 쓸 석탄이 남아있지 않았으며, 일반 가구들까지 모두 연료를 사용해야 했다. 저우 총리는 석탄생산 전선의 동지들을 불러 회의를 개최하였는데, 회의는 1박 2일 동안 지속되며 모든 부분을 구체적으로 논의하였다. 전국은 확실히 긴장상태였다. 석탄 운수가 모든 운수를 장악하여 소금과 쌀 등은 운반할 방법이 없을 지경이었다. 우리나라는 오랫동안 남쪽의 식량을 북쪽으로 조달하고, 북쪽의 석탄을 남쪽으로 조달하는 구조였다. 루산회의에서는 펑더화이의를 비판하느라 이런 문제들은 전혀 해결하지 못하였다. 진정한 어려움은 1969년에 발생하였다. 직공이 2,000만으로 증가하면서 도시인구가 증가하였고, 4대 도시의 양식은 야오닝의 경우 가장 심각하여 3일치의 식량밖에 남지 않은 상황이었다. 양식의 조달 분배 역시 모두 저우 총리가 직접 조사하고 매 지방마다 분배하였다. 1961년 꾸무의 책임 하에 열 명의 팀을 꾸려 생산문제를 연구하였다. 매일 저녁 회의를 열어 논의한 후 저우 총리에게 보고하였다. 당시의 주요 문제는 양식의 부족이었다. 저우 총리는 광산 노동자에게 매끼 빵 하나씩을 배급하고 매일 한 사람 앞에 술 2량을 주어 모든 역량을 다해 생산 일선의 작업이 성과를 낼 수 있게 보증하도록 결정하였다. 경제적 어려움을 극복하기 위해 1961년 중앙에서는 '조정, 정돈, 공고, 제고'의 방침을 취할 것을 결정하였다. 이 '여덟 자 방침'을 실현시키기 위해 저우 총리는 한단(邯鄲)으로 가 직접 조사를 시행하였으며, 실제 정황을 파악하였다. 우리도 함께 갔다. 꾸줘신(顧卓新)은 저우 총리에게 보고하였고, 저우 총리는 계획은 반드시 종합적인 균형을 갖추어야 한다는 사실을 제기하며 실제로 '대약진'의 좌경화 오류를 수정하였다. 이때의 가장 중요한 점은 문제를 발견하고 해결하는 모든 일을 저우 총리 측에서 했다는 것이었다. 최대의 정력을 쏟아 부어 대약진이 오류를 수정한 것은 저우 총리 측의 모든 부서들이 해낸 것들이었다. 저우 총리는 수량만을 달성하고 질량을 포기하는 것에 대해 찬성하지 않았다. 방직품을 수출할 때 염색이 품질 기준에 도달하지 못하자 외국에서 서신을 보내왔는데 저우 총리는 이 일에 관심을 두고 특별히 질량에 주의를 기울였다. 신기술의 도입과 기술혁명은 1960년 이후의 일이었다. 당시 중소관계는 악화되기 시작하였으며, 소련이 전문가를 철수시키면서 핵실험 자료들도 모두 회수해 가 버렸다. 중앙에서는 전문위원회를 설립하여 저우 총리를 수장으로 하고 "원자탄과 수소탄 및 인공위성"을 연구개발하였으며, 1974년 4월 최후의 전문위원회를 소집하였다. 저우 총리도 그 자리에 참석하고 나 역시 참석하였는데, 원자력발전소가 "원자능 공업생산 문제를 해결할 수 있을 것인가? 우라늄 235는 충분한가?" 등의 문제를 논의하였다.

마지막으로 두 가지 일을 언급하려고 한다. 하나는 컬러텔레비전이 도입되었을 때 출현했던 '달팽이사건'이다. 저우 총리는 나에게 가서 조사해보도록 했다. 당시 우리가 인력을 파견하여 컬러텔레비전 생산라인을 도입할 때 미국인들은 그들에게 달팽이 공예품을 기념품으로 선물하였다. 장칭은 이 사건에 대해 대대적으로 글을 썼는데, 미국인이 우리를 모욕했다는 내용이었다. 저우 총리는 "그 자가 고발한 자료들이 끊이지 않고 계속 오니 자네가 가서 조사를 해보게나"라고 말하였다. 다른 한 가지 일은 원자력발전소 문제였다. 저우 총리는 새벽 2시 반에 나에게 전화하여 원자력발전소에 파견 보낸 이가 돌아왔는지를 묻고, 용광로 하나에 재료가 얼마나 들어가는지 등을 물었다.

그는 멀리를 내다보며 각 방면의 균형을 고려하는 사람이었다. 1971년 저우 총리는 소도시정책을 제출하였는데, 린뱌오는 산을 관통하여 굴을 뚫고 크고 작은 '삼선(三線)건설'을 추진하여 인민폐 2,000억 위안을 지출하였으며, 대포공장을 굴 안에 두는 바람에 근본적으로 생산이 불가능해졌다. 장칭은 요란하게 필름공장을 만들고자 동굴을 찾아다녔으나 전국에서 2년 동안 찾아도 찾지 못하였다. 나는 저우 총리에게 보고했고, 총리는 장칭과 논의하여 베이징 난위안(南苑)에 필름공장을 짓기로 하였다. 문혁기간 중에 무수히 많은 엄중한 일들이 발생했다. 공업이 심각하게 파괴되자 린뱌오는 군수산업을 크게 일으키고 국방건설을 대대적으로 추진하여 군비 초과현상이 심각해졌다. 가장 엄중한 문제는 물자의 부족이었다. 저우 총리는 당시 병중에 있으면서 유관 부문들에 지시하여 이 문제를 주관하였다. 1971년 알바니아의 발루쿠(Beqir Balluku)가 방중하였을 때 저우 총리는 나를 시켜 그에게 경제상황을 소개하도록 하였다. 나는 당시 규정된 총 논지에 의거해 우리나라 경제건설 성취에 대해 언급하였다. 그런데 저우 총리가 도중에 말을 끊으며 "성취뿐만 아니라 문제에 대해 말하도록 하게나"라고 하였다. 나는 그의 뜻을 알아듣고 기본 건설전선이 지나치게 오래 걸렸다고 말하였다. 저우 총리는 "훌륭하네!"라고 말하였고, 발루쿠가 돌아간 후 나에게 함께 식사하자고 말하였다. 나는 대외원조 및 국방건설이 규정을 초과하여 전시(戰時)경제가 성립되었다고 말하였다. 총리는 평생을 국가를 위해 당을 위해 주야를 불문하고 자기 자신도 잊은 채 업무에 집중하셨다. 착실하고 신중하게, 실사구시의 태도로 모든 것이 인민의 이익에서 출발하였다. 이렇게 위대한 인격은 우리가 영원히 본받아야 할 것이다.

예부터 지금까지 저우 총리의 이러한
업적에 누가 감히 비견될 수 있겠는가

자오푸추(趙朴初)
중국인민정치협상회의전국위원회 전 부주석, 중국불교협회 회장

예부터 지금까지 저우 총리의 이러한
업적에 누가 감히 비견될 수 있겠는가

자오푸추(趙朴初)
중국인민정치협상회의전국위원회 전 부주석, 중국불교협회 회장

나는 원래 상하이에서 일했으며, 주로 구제사업과 불교방면의 일에 종사하였다. 불교조직을 구성하기 위해 1952년 저우 총리는 나를 베이징으로 오도록 하였다. 1953년 나는 베이징에 도착하였고, 1954년 온 가족이 다 이사를 왔다. 이후 나는 저우 총리와 여러 차례 면담하였으며, 종교방면의 업무에 대해 논의하였다. 외빈이 방문할 경우, 그가 불교 관련 인사라면 저우 총리는 나를 불러 참가하도록 하였다. 예를 들어 미얀마의 우누 총리는 불교도인데, 그가 왔을 때 저우 총리는 나를 불러 만나도록 하였다. 때로 외빈을 접견할 때 나는 연설을 하였는데 저우 총리 역시 현장에 머무르면서 나를 격려해 주었다.

내 기억에 한번은 내가 정협에서 연설을 하는데 사용한 언어가 모두 불교어휘였다. 내가 연설할 때 저우 총리는 연단 아래에서 듣고 있었는데 이것 역시 나에게는 큰 격려가 되었다. 1955년 나는 일본을 방문하였다. 당시는 중일 국교가 아직 정상화되지 않은 상황으로 나는 민간 외교관의 자격으로 방문하였다. 이것이 내가 처음 일본에 갔던 것이다. 우리는 통역까지 총 일곱 명이었는데, 우선 홍콩으로 가서 영국비행기를 타고 일본으로 갔다. 일본정부는 당시 비자를 발급하지 않았는데, 이후에 일본에서 지위가 매우 높은 승려가 수상과 관계가 비교적 가까

웠으므로 7명 중 1명이 불교도인데 그를 오게 할 수 없느냐고 제안하였다. 하토야마 총리대신이 동의하였고 나에게 비자를 발급해주었다. 우리는 바로 저우 총리에게 보고 했고, 총리는 "아주 잘 되었네! 가도록 하게나!"라고 말하였다. 이후 일본 측 동료가 다시 정부와 교섭하여 총 7명이 모두 함께 가게 되었다. 내가 일본에 갔던 것은 원자탄 수소탄 금지 세계대회에 참석하기 위한 것이었다. 원자탄이 최초로 투하되었던 곳이 바로 일본이었기 때문에 이러한 대회를 거행했던 것이었다. 이 대회는 히로시마대회라고도 불렸으며, 1955년 8월 6일에 개최되었다.

1957년 나는 다시 일본에 갔으며 이후 연달아 몇 차례 더 방문하였다. 내가 기억하기로 한번은 일본에서 돌아와서 저우 총리를 접견하는데, 단독으로 만나는 자리였으며 장소는 그가 머물고 있던 시화청이었다. 그는 나에게 "자네들은 국제적으로 교류를 할 때 결코 다투어서는 안 되네. 얼굴을 붉혀서도 안 되고, 감화시키는 교육을 해야 하네. 자네 최근에 상영 중인 영화 한 편을 보았는가? 조선영화인데, 한 명의 부녀가 한 노인을 만났는데, 이 자는 하는 말마다 억지를 부리고 제 멋대로 굴었지. 그래도 그녀는 이 늙은이랑 절대 다투지 않고 행동으로 그를 감화시켰다네"라고 말하였다. 이 영화를 난 전혀 본 적이 없었는데, 이후에 들으니 '홍색선전원(紅色宣傳員)'이라는 제목의 영화라고 했다. 당시 우리는 확실히 외국에서 다른 이들과 얼굴을 붉히며 다투는 경우가 있었다. 그렇기에 저우 총리가 나에게 이런 교육, 가르침을 주었던 것이다. 한번은 저우 총리가 나를 불러 "자네 중국의 불교명산을 한 편의 영화로 찍어보게나"라고 말하였다. 당시 허룽도 자리에 있었는데, 나에게 아미산이 좋을 것 같다고 말하였다. 다만 저우 총리가 지시한 이 일을 나는 완성하지 못하였다. 총리께 매우 죄송스러운 일이다.

한번은 내가 주동하여 아시아 11개국 및 지역의 불교 대표회의를 베이징에서 개최하였다. 나는 저우 총리께 직접 와서 대표들을 접견하는 것이 좋겠다고 제안했고, 저우 총리는 와서 모두 만나본 후 각 대표가 묻는 질문에 대해 일일이 대답해 주었다. 외국의 불교도들이 방문했을 때 내가 저우 총리께 서신을 보내 접견해줄 것을 요청하면 그는 모두 만나주었고 단 한 번도 거절한 적이 없었다. 캄보디아의 승려 한 명이 방문하였을 때 마오 주석께 서신을 보냈더니 마오 주석 역시 그를 접견하고, 그를 만나기 전에는 나와도 한참 이야기를 나누었다.

　나는 시화청에서 몇몇 사람들이 여러 차례 저우 총리께 이 방은 수리가 필요하다고 말하는 것을 들었다. 당시 시화청은 틈이나 얼룩이 있을 정도였으며, 기둥의 칠도 모두 벗겨진 상태였다. 그는 미소를 머금으며 이 방은 시종 수리를 한 적이 없다고 말하였다. 나의 친구 한명은 저우 총리가 업무 중일 때 그를 만난 적이 있는데 토시를 끼고 있더라고 말해주었다. 그는 "나는 지금까지 한 번도 한 나라의 총리가 업무를 수행할 때 토시를 끼고 있는 것을 본 적이 없어. 그분은 이렇게 절약하시는 분이야"라고 말하였다. 저우 총리는 스스로에 대해 매우 엄격하였다. 저우 총리는 도덕적으로 모범이 되는 분이었다. 나는 세 마디로 이것을 표현하고 싶다. "그는 본인에게는 엄격하였으며, 일에 있어서는 최선을 다하였고, 타인에게는 진심을 다하였다." 나는 덩잉차오 여사의 90세 생신 때, 다음과 같이 이야기하였다. "덩 여사는 저우 총리와 매우 닮으셨다. 이 두 분은 매우 비슷하시다. 모든 부분이 그렇다. 저우 총리는 본인 스스로 매우 절약하셨고, 자신에 대해 매우 엄격하셨다." 진심으로 이야기하니 모두가 알게 되었다. 1975년의 일도 기억하는데, 마오 주석이 고대의 위대한 번역가로 구마라집이라고 불리는 이에 대해 이야기하였다. 그는 신장(新疆)의 쿠처현(庫車縣) 사람으로, 무슨 번역이든 매우 훌륭했으므로 위대한 번역가라 칭할 수 있다고 하였다. 그는 "나의 형태만을 배울 경우 실패할 것이다"라고 말했는데, 마오 주석이 바로 이 말을 인용하였으며, 이 이야기가 저우 총리에게도 전해졌다. 저우 총리는 이 말을 잘 이해하지 못해서 비서를 불러 나에게 물어보도록 하였다. 나는 서면으로 써서 알려드렸다. "불교에 이런 말이 있습니다. 당신이 만약 내 가르침을 배운다면 가장 좋은 약품을 알게 되는 것과 같을 것이다. 만일 배우지 않는다면 독약이 될 것이다." 이 때 총리의 병은 이미 위중한 상황이었다.

  상하이가 해방된 초기 나는 미국이 재중 경제합작총서에서 소유하고 있던 사업을 접수해 왔다. 나는 일찍이 상하이의 경제합작총서는 미국이 장제스의 내전을 지원하기 위해 세운 것으로, 한 국가의 정부가 도와준 것이니 면사, 면화 등의 물품이 매우 많이 있을 것이라는 점을 지적하였다. 당시 우리의 공업 기초는 방직공업으로, 이것들은 공장에서 필요한 물품이었다. 나는 이 경제총서의 물건들을 가져와 구제사업에 쓰자고 제안하였다. 화동지역의 지도자 동지는 중앙의 지시를 받도록 요청해야 한다고 하였다. 당시 나는 이미 베이징에 도착해 있었는데, 하루는 저녁에 잠이 든 사이 저우 총리가 사람을 보내 나를 오도록 했다. 저우 총리가 있던 곳에 도착하자, 그때가 내가 제일 처음 시화청에 간 것이었는데, 저우 총리는 이 일에 대해 나에게 물었다. 나는 이 일은 가능하며, 우리의 현재 재난현황은 매우 심각해서 안훼이성 북부와 장수성 북부에 홍수가 난 상태이므로 이러한 종류의 구제기금이 꼭 필요하며 반드시 그것들을 가져와야 한다고 보고하였다. 저우 총리는 바로 회답하였다. 나는 상하이로 돌아가 화동구(華東區)의 지도자 동지에게 보고하였다. 이런 방식으로 그는 나를 보내 그들과 교섭하도록 했다. 구제총서의 서장은 조이스 루이스로 미국인이었다. 그는 나를 보고는 매우 두려워하였다. 나는 그와 협상하며 "이 물건들을 나에게 주시오. 나는 화동생산구제위원회를 담당하고 있습니다"라고 말하였다. 3일 간의 협상은 결국 결렬되고 말았는데, 당시 군정위원회가 소집되었고, 나는 그들에게 이 상황을 보고하였다. 두 번째 날 군관위회 주임인 천이 동지가 군관회의 명의로 그들이 소유한 창고를 모두 봉쇄하고 접수해 오도록 하였으며, 모든 일은 나에게 일임하였다. 사실 당시의 구제사업에는 나의 자금이 가장 많이 사용되었다. 저우 총리의 그 지시는 매우 중요한 것이었다. 나는 저우 총리에 대해 "재능을 알아보고 중용해준 이에 대한 감사함"을 지니고 있다. 확실히 나에 대한 그의 비판과 격려는 모두 훌륭한 것이었으며, 일생 동안 잊을 수 없는 것들이었다. 저우 총리는 나보다 9살이 많았고, 덩 여사는 나보다 3살이 많았다. 나는 그들을 선배로 모셨고, 그를 나의 좋은 스승으로 여겼다. 문혁시기, 천바이다 및 왕리 등은 저우 총리에 대해 아무 말이나 지껄이며 대자보를 붙이기도 하였다. 나는 당시 심장병을 앓고 있었는데, 이것은 발작성이었다. 그날 나는 길에서 왕리의 대자보를 보았다. 그 대자보는 저우 총리를 공격하는 것이었고 나는 돌아 오자마자 바로 앓기 시작하였다. 당시 나는 한 편의 시를 썼는데, '동산(東山)'이라는 제목이었다. '동산'은 고대 〈시경〉에 담긴 시문으로 주공을 기념하는 내용이다. 내가 이 시의 제목을 '동산'이라고 한 것은 현재의 저우공(周公)을 기념하기 위한 것이었다.

시 중에는 다음과 같은 구절이 있다.

은밀히 많은 병을 앓고 있어, 3년 동안 동산을 보지 못하였네.

꽃은 비바람에 대비하는데, 벌은 질투하고 꾀꼬리는 참언하는구나.

나는 믿노라 새벽 진주의 하늘이 그를 아름답고 풍성하게 비출 것을.

3년 동안 저우 총리를 뵙지 못한 상태였다. 1967년 길에서 왕리의 대자보를 보다니 어찌 이런 일이 있단 말인가? 저우 총리의 "대비하고 있는 꽃"이란 국가의 상황을 가리키며, 거기에 또한 비가 내린다. 이런 상황 하에서 꽃을 위해 준비하고, 국가를 위해 대비하는 것이다. "벌은 질투하고 꾀꼬리는 참언하는구나"에서 벌도 그를 질투하고 꾀꼬리도 참언을 한다. 바로 이런 자들을 가리키는 것이다. "나는 믿노라 새벽 진주의 하늘이 그를 아름답고 풍성하게 비출 것" 나는 이 새벽 진주가 태양이라고 생각한다. 나는 하늘의 태양이 그를 돌보고 그가 역할을 해서 아름답고 풍성하게 만들리라고 믿는다. 저 "새벽 진주"에 관해 말하자면, 내가 원래 썼던 것은 그것이 아니었다. 그렇지만 이상의 시 중 "만약 태양이 빛나고 움직이지 않는다면"이라는 구절이 있기 때문에 이것을 인용하였다. 만약 아침의 태양이 또한 밝게 떠오르고 밝음을 고정시킨다면, 검은 구름에 그 밝음이 가리워지지 못할 것이다. "만약 태양이 빛나고 움직이지 않는다면, 일생동안 길이 수정쟁반을 바라보려네." 이것은 당나라 사람이 지은 시로 나는 바로 그것을 인용한 것이었다. "새벽 진주"는 밝고 고정되어 있는 것이다.

영원한 밝음인 것이다. "새벽 진주"라는 이 글자를 쓴 것은 "밝고 또

고정되어 있어", "그를 아름답고 풍성하게 비출 것"을 바란 것이다. 이것이 내가 총리를 위한 쓴 첫 번째 시로 1967년에 완성하였다. 그리고 한번은 천바이다가 황당무계한 논리를 발표한 적이 있는데, 역시 저우 총리를 공격하는 것이었다. 그래서 나는 바로 저우 총리를 칭송하였다. 이 "감우(感遇)"는 그냥 한번 지어 본 제목인데, 어떤 사건을 대면했을 때 느껴진 바가 있어 생각해낸 것이다.

> "치욕을 참아 가며 중임을 맡고, 힘들게 애를 쓰네. 고개를 돌려 언덕과 산을 바라보니 이를 빼버린 어린아이가 있네. 풀을 먹으며 우유를 강처럼 흐르게 하는구나. 나라를 위하여 조심하며 죽을 때까지 온 힘을 다하네. 원망도 없고 탓하지도 않으니 아, 지극하구나!"

"치욕을 참아 가며 중임을 맡고, 힘들게 애를 쓰네." 그토록 힘들고 어려워도 치욕을 참으며 중임을 맡는다. "고개를 돌려 언덕과 산을 바라보니 어린아이를 위해 이를 부러뜨렸네"는 두보의 시 중 "만 마리 소를 끌다 고개 돌리니, 언덕과 산처럼 무거우니"라는 시구가 있는데, 즉 만 마리의 소를 끌다 고개를 돌려 바라보니 그 뒤에 언덕과 산이 있다는, 그렇게 큰 산이 등 뒤에 있다는 뜻이다. "고개를 돌려 언덕과 산을 바라보니"는 두보의 시를 인용한 것이다. "어린아이를 위해 이를 부러뜨렸네"라는 것은 옛날에 한 명의 군주가 있었는데 그의 자식의 치아를 부러뜨려 버렸다. 유자(孺子)는 어린이로, 백성 즉 우리 인민을 위하는 것이다! 그는 자신의 이를 부러뜨렸을 뿐만 아니라, 이 부러진 이를 스스로 삼켰다. 뽑어내버린 것이 아니다. 이러한 사람이란 바로 저우 총리를 가리킨다. "풀을 먹으며 우유를 강처럼 흐르게 하는구나."라는 구절은 그가 먹은 것은 한 무더기의 풀이지만, 그가 흘려보내는 우유는 강과 같다는 뜻이다. 먹은 것은 풀이나 흘려보내는 것은 우유, 강처럼 흐르는 우유인 것이다. "나라를 위하여 조심하며 죽을 때까지 온 힘을 다하네. 원망도 없고 탓하지도 않으니"라는 것은 하늘을 원망하지 않고 사람을 탓하지 않는 것이다. "아 지극하구나"는 "훌륭하다! 매우 훌륭하다!"라는 뜻이다.

저우 총리 서거 후 나는 그를 위해 한 편의 만가(挽歌)를 지었다.

> 큰 별이 중천에 떨어져 사해가 물결치네.
> 끝내 한 줄기의 희망, 영원한 천년의 아픔이 되었네.
> 어려움 속에서도 최선을 다하고, 남은 수명을 걱정하고 근심하네.
> 이 업적과 역사를 누가 만들었나, 그의 진심은 태양이 함께 하기를 허락한 것이네.
> 사사로움도 없이 자신을 높이지도 않고 위엄을 자랑하지도 않았다네.
> 대붕은 바람을 이고 날며, 참새는 눈앞의 것만을 따라간다네.
> 나는 아둔한 말의 자태를 부끄러워하며 납으로 만든 칼도 유용하기를 바라네.
> 가르침과 은혜를 길이 생각하니 천하를 위해 슬퍼하도다.

비록 나는 일찍부터 저우 총리의 병세가 위중한 것을 알고 있었지만,

그가 하루라도 더 우리 곁에 있기를 희망하였다. 그러나 한 줄기 희망은 꺾이고 말았다. 천년의 아픔을 두고, 방법이 없었다. 만회할 수 없었다. "어려움 속에서도 최선을 다하고, 남은 수명을 걱정하고 근심하네."에서 남은 수명(齡夢)은 옛날 주공을 말하는 것으로, 고대『시경』에 나오는 것이다. 그는 본래 90여 세까지 살 수 있었는데, 다만 근심하고 고생하여 그의 수명이 90여 세라는 것도 결국 좋지 못하게 되었다. "남은 수명을 걱정하고 근심하네"는 그의 수명이 아직 남았다는 것이다.

"이 업적과 역사를 누가 만들었나"는 의미는 그는 수상과 동등한 지위로, 그의 업적에 비견될 자가 없다는 것이다. "그의 진심은 태양이 함께 하기를 허락한 것이네"는 그의 진심은 태양이 그와 함께 하기를 허락했다는 것으로, 이 안에도 역시 의미가 있다.

"사사로움도 없이 자신을 높이지도 않고 위엄을 자랑하지도 않았다네."는 저우 총리가 바로 이러했는데, 그는 사사로움도 없고, 사심도 없으며 오직 그 공업이 자연스럽게 높아졌을 뿐이었다. "위엄을 자랑하지도 않았다네"는 그는 한 번도 자만하지 않았으며, 저우 총리 스스로 자신이 재능 있다고 여기는 것을 본 적이 없다는 뜻이다. 그는 매우 겸허했으며, 상냥했고, 타인과 쉽게 가까워졌으며, 스스로를 자랑하지 않았다. 다만 그의 명망은 나날이 중요해지고 그의 명성은 더욱 높아만 갔다. "대붕은 바람을 이고 날며 참새는 눈앞의 것만을 따라간다네."는 당시 천바이다·왕리와 같은 무리를 일컫는 것이다. 저우 총리는 하늘을 나는 대붕과 같았고, 대붕은 구름 속에 있으면서 큰 바람을 타고 바람 속을 날아다녔다. 참새는 눈앞의 것만을 따라갈 뿐이었다. 천바이다·완리·장칭과 같은 자들은 그저 자기 시야에만 갇혀 있는 참새일 뿐이었다. 작은 참새는 눈을 뜨고 바라보며 "눈앞의 것만을 따라가는" 것이다. "나는 아둔한 말의 자태를 부끄러워하며"는 내가 스스로 아둔하며 매우 부족한 말인 것을 부끄러워한다는 뜻으로 재주가 미천함을 의미한다. "납으로 만든 칼도 유용하기를 바라네"는 나는 비록 강철로 만든 칼도 아니고, 철로 만든 칼도 아닌, 납으로 만든 칼일 뿐이지만, 이 납으로 만든 칼도 용도가 있기를 바란다는, 나는 이러한 모습이기를 바란다는 뜻이다. "가르침과 은혜를 길이 생각하니"는 나는 늘상 당신이 내게 가르침을 주셨던 은혜가 생각난다는 뜻으로, 집안에 앉아있을 때 늘 그의 가르침을 저버린 자신을 원망한다는 의미이다. "감히 스스로 사사롭게 우는 것이 아니라"는 의미는 스스로 그에 대한 감정 때문에 우는 것만이 아니라, 천하를 위해 비통해 하니, 즉 "천하를 위해 슬퍼하도다"라는 뜻이다. 이것이 내가 저우 총리 서거 후 쓴 만가이다.

저우 총리 서거 후 1주기가 되었을 때 나는 또 한 편의 시를 썼다. 이 시는 후에 상하이곡예사에서 공연하였는데, 상하이작가협회, 즉 중국문학예술계연합회의 7층 건물에서 천을 펼쳐 큰 글자로 쓴 후, 줄곧 거리에 걸어 두었었다. 이것이 저우 총리 서거 1주기를 추모하며 쓴 시로 제목은 "저우 총리 서거 1주기의 감상을 적다(金樓曲)"이다.

눈 깜짝할 사이에 일 년이 지났네. 일 년 전의 상심을 누가 잊을 수 있을까? 영구차가 느릿느릿 거리를 지날 때 수많은 무리가 총리를 부르는데, 눈물이 다하고 나로써 그를 대신할 방법이 없네. 사람은 하천의 물처럼 흐르고 꽃은 바다와 같아, 천안문에서 인민의 뜻을 다 보았다네. 근심하는 귀신과 기뻐하는 요괴, 고금에 수상의 업적을 누가 감히 견주겠는가? 인민을 위해 최선을 다하고 죽은 이후에야 마쳤다네.

눈이 경멸하고 서리가 속여도 향은 더욱 강렬해지고 공덕은 천지간에 오래 남았거늘, 육신은 구름처럼 멀리 날아가 버렸네. 눈을 어지럽히던 요망한 기운이 지금은 다 없어졌으니 개미가 큰 나무를 흔들려고 하는 것이 말처럼 그리 쉽겠는가. 해가 떠오르는 것을 반기고 노을이 이는 것을 바라보네.

"눈 깜짝할 사이에 일 년이 지났네"는 일 년이 지났다는 것이고, "일 년 전의 상심을 누가 잊을 수 있을까?"는 일 년 전에 있었던 슬픈 일을 누가 능히 잊을 수 있겠는가 라는 뜻이다. "영구차가 느릿느릿 거리를 지날 때 수많은 무리가 총리를 부르며"는 나 역시 무리를 따르며 그곳에 있었는데, 당시 총리의 영구차가 지나갈 때 모두가 통곡하였다. 수많은 무리가 울부짖으며 총리를 부른 것이다. "눈물이 다하고 나로 그를 대신할 방법이 없네"는 나의 눈물이 모두 흘러버렸고, 나 역시 방법이 없다는 것, 내 몸이 그를 대신할 방법이 없다는 뜻이다. "사람은 하천의 물처럼 흐르고 꽃은 바다와 같아"는 당시 사람들이 엄청 많아서 마치 하천의 물이 흐르는 것 같았고, 만든 작고 하얀 꽃들을 마치 바다처럼 흘려보냈다는 뜻이다. "천안문에서 인민의 뜻을 다 보았다네"는 천안문에서 인민의 뜻이 어떤지를 볼 수 있었다는 것이며, "근심하는 귀신과 기뻐하는 요괴"는 귀신은 그곳에서 근심하고, 요괴와 같은 자들은 기뻐했다는 것이다. "고금에 수상의 업적을 누가 감히 견주겠는가?" 예로부터 지금까지 저우 총리의 업적을 누가 감히 견줄 수 있겠는가 라는 의미이다. "인민을 위해 최선을 다하고 죽은 이후에야 마쳤다네. 눈이 경멸하고 서리가 속여도 향은 더욱 강렬해지고"는 눈이 내려 그를 속이고 모욕해도, 서리 또한 내려 그를 모욕해도 그의 향기는 더욱 짙고 강렬해졌다는 의미이다. "공덕은 천지간에 오래 남았거늘"은 그의 공로, 그의 도덕은 천지에 영원히 남는다는 뜻이다. "육신은 구름처럼 멀리 날아가 버렸네."는 저우 총리의 서거 이후 그의 유골이 흩어져 구름처럼 한없이 멀리 날아가 버렸다는 뜻이다. "개미가 큰 나무를 흔들려고 하는 것이 말처럼 그리 쉽겠는가."는 당시는 이미 1977년으로, 4인방이 축출되어 이 극악한 자들의 눈에 담겼던 사악한 기운도 모두 사라졌다는 것이다. 그 개미들이 이 큰 나무를 흔드는 것이 말처럼 그리 쉽지 않다는 뜻이다. "해가 떠오르는 것을 반기고 노을이 이는 것을 바라보네." 태양이 등장했고 밝게 빛난다는 의미로 곧 저우 총리 서거 1주기인 1977년을 의미한다. 총리가 타인을 진실하게 대했던 것은 모두가 다 아는 사실이다. 진실로 타인을 대한다는 것, 아무리 작은 사정이라도 그는 방치하지 않았다. 한 명의 작은 아이, 한 사람의 일반인이라도 그

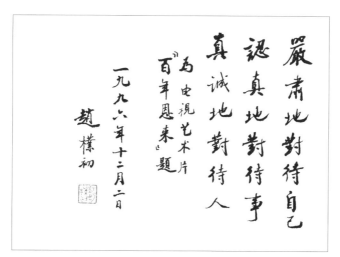

자오푸추(趙樸初) 중국불교협회 회장이 텔레비전 예술 프로그램을 위해 쓴 『백년 언라이』의 제사(題詞, 간단하게 쓰는 격려의 글).

는 모두를 보호하였다. 우리는 그가 한 사람을 아끼고 보호하여 수많은 사람의 마음을 감동시킨 사실을 알고 있다. 어떤 사람은 물을 것이다. 저우 총리는 어떻게 이런 작은 일까지도 관장할 수 있었느냐고.

　당신은 아마도 이것의 작용이 얼마나 크고 영향이 얼마나 깊은지 잘 모를 것이다. 저우 총리의 서거 이후 일본인 친구가 와서 덩 여사를 만난 후 함께 통곡하였다. 우리 중국인만 통곡한 것이 아니라 일본인도 애통해했던 것이다. 그날 기억으로, 그 사람은 가면서도 계속 울었고, 나는 덩 여사를 위로하고 싶을 정도였다. 다만 내가 덩 여사를 위로할 때 나 역시 울 거라고는 생각하지 못하였다. 덩 여사는 정말 대단한 분이다. 그녀는 침착하게 감정을 드러내지 않았다. 마음속으로는 당연히 비통했겠지만 그분은 의연했다. 당연히 저우 총리의 공적이 위대하다는 것은 모두가 아는 사실일 것이다. 그래서 나는 그의 사람됨, 그의 품덕에 대해 이야기하려 한다. 말을 하려 하니 진심으로 감동스럽다. 한 사람이 세상을 떠나면, 설사 부모라 하더라도 3년이 지나면 애통함이 옅어지기 마련이다. 하지만 그는 그렇지 않다. 인민은 줄곧 여전히 그를 그리워하고 애통해한다. 이런 경우는 거의 없을 것이다. 이런 사람은 정말 아주 소수, 정말 소수일 것이다. 나는 최근에야 그가 본인의 조상 묘를 아주 깊이 묻었다는 사실을 알게 되었다. 이것 역시 매우 좋은 일이다. 그러나 그는 일찍이 나에게 "불교에서는 화장을 제창하지 않나?"라고 물었고, 나는 "네, 그렇습니다"라고 대답하였다. 불교는 화장을 권유하며, 유골은 강과 바다로 흘려보낸다. 저우 총리는 "좋군"이라고 말하였다. 그는 자신의 유골을 뿌려달라고 유언을 남겼다.

저우 총리의 가르침은
중국민항 업무의 영혼이다

예즈샹(閻志祥)
(저우 총리전용기 조종사, 전 중국국제항공 총재)

저우 총리의 가르침은
중국민항 업무의 영혼이다

예즈샹(閻志祥)
(저우 총리전용기 조종사, 전 중국국제항공 총재)

1957년 10월 5일 저우 총리는 중국민항국의 어떤 보고에서 세 마디를 지시했다. "안전제일을 보장하고, 서비스 업무를 개선하며, 정상적인 비행에 힘써라." 이것은 중국민항이 설립 후 지금까지의 지도방침과 업무 영혼이라고 말할 수 있다. 지금까지 비록 총리가 우리를 떠난 지 이미 오래 되었지만 우리는 지금도 여전히 그의 이 가르침을 생각하고 있으며, 마치 총리가 아직도 바로 우리 민항의 최고 국장인 것 같다.

총리의 이 세 마디는 매우 현실적이고 매우 과학적이고 정확했다. 안전제일은 영원한 민항의 주제이고 주된 선율이다. 총리는 바로 오직 안전을 제일로 강조하였다. 민항은 서비스 업종이다. 서비스를 개선하는 업무는 바로 어떤 태도로 승객을 대해야 하고 대중을 대해야 하는 일을 말한다. 정상적인 비행에 힘쓰는 것은 과학적이고 현실적이어야 하는 것이다. 왜냐하면 우리는 비행 시 날씨가 안 좋은 상황을 자주 만나기 때문이다. 만약 안전표준보다 낮으면 우리는 절대로 마지못해 비행하지 않고 있다. 그래서 총리가 우리에게 훈계하는 것은 정상적인 비행에 노력을 아끼지 말라는 것이었다. 어떤 사람이 이 세 마디에 동의하지 않는다고 한 적이 있었다. 우리는 총리에게 보고했다. 총리는 "내가 말한 안전제일은 전제가 있는 것이오. 서비스와 정상적인 비행과 비교했을 때 안전이 항상 우선순위요"라고 하였다. 수십 년간의 실천이 증명하듯이 총리의 지시는 완전히 정확했다. 우리 중국민항은 언제나 승객의 생명과 안전을 우선순위에 놓아야 하고, 동시에 천방백계로 서비스 품질을 향상하며 정상적인 비행에 힘써야 했다. 총리의 이 세 마디는 오늘도 여전히 우리 민항총국의 지도사상 강령이다. 우리는 이 강령을 "세 마디, 18개 글자, 엄격하고 철저하게"라고 부르고 있다.

1964년 이전에 우리는 외국을 방문할 때 모두 외국의 항공기를 임대해서 사용했다. 총리는 당시에 "언제쯤 내가 우리 민항의 항공기를 타고 출국할 수 있을까?"라고 묻곤 했다. 그는 우리에게 "중국민항은 나아갈 준비를 해야 한다"고 명확히 지시했다. 총리의 지지와 격려와 민항의 모든 간부와 직원들의 공동 노력 하에 1965년 총리가 아프리카를 방문할 때 처음으로 민항전용기를 탔다. 총리는 매우 기뻐하였다. 당시 사용한 항공기는 '이얼(伊爾) 18'로 9000m까지만 오를 수 있어 기류가 불안정할 때는 흔들림이 매우 심했다. 총리는 계속 항공기 승무원들을 격려하고 위로했다. 하르툼 수단 상공을 지날 때 비행기는 아래위로 흔들리면서 위험한 상황이 발생했다. 총리는 사람들에게 이야기를 들려주면서 그들의 정서를 안정시켰다. 방문이 끝나고 돌아온 후 총리는 항공기 승무원에게 "이번 임무를 잘 완수했소, 우리도 잘 날 수 있지 않소!"라고 말했다. 우리 민항이 조금의 발전이라도 있으면 그는 우리에게 그렇게 많은 격려를 해주었다. 총리는 또 끊임없이 우리의 '날아가자'를 위하여 조건을 창조해 주었다. 1973년 8월 2일 그는 또 다시 "날아서 나가야 국면을 타파할 수 있다"고 지시했다. 우리에게 직원훈련, 규정제도, 공항조건 개선, 통신 유도, 공중관제, 항공기수리, 외사교섭, 서비스시설, 치안유지 등 12개 방면에서 준비하고, 또한 부총리 위치우리

(余秋里)에게 각 유관부서 인원을 모집하여 회의하고 연구하며 분공하여 기한 내에 완성하고 일일이 상급에 보고하여 심사를 받도록 책임지고 완성하라고 반복하여 분부하였다. 저우 총리의 구체적이고 명확한 지시와 강력한 지지아래 중국민항은 마침내 1974년 10월 잇따라 유럽, 서아시아와 일본의 4개 국제항공노선을 개통하였다. 우리는 끝내 날아서 나갈 수 있었다! 우리는 항공기체에 저우 총리가 친히 쓴 '중국민항' 4개 글자와 오성홍기 표시를 한 항공기가 높은 하늘로 올라 다른 나라로 날아가는 것을 볼 때 모두들 만감이 교차했고 흥분된 마음은 말로 표현할 수 없었다. 저우 총리는 우리의 수도공항이 중국민항발전의 요구에 적합하지 못할 거라 예견하고 친히 수도공항 확장을 제의하고 비준하였으며 또한 국가의 중점건설항목으로 정했다. 공항대기실 설계를 심사할 때 그는 "경제, 적합, 소박, 명랑"이라는 구체적인 요구를 제기했다. 그는 중병 중에도 친히 꾸무 동지에게 이 업무를 책임지라고 지시했다. 저우 총리의 관심과 지도 아래 수도공항의 확장공사는 설계부터 시공의 진도, 공정의 질량 모두가 좋았다.

저우 총리는 또 우리에게 '날아서 나가자'는 국제항공활동에 들어선 후에는 반드시 새로운 기풍을 수립하고 모든 일에 더욱 착실하게 책임지며, 조금도 빈틈이 없게 해야 한다고 요구했다. 1973년 9월 9일 밤 외국 민항기 한 대가 수도공항에서 이륙한지 얼마 안 되어 엔진 한 개가 고장 나서 회항을 요청했다. 그러나 윗선의 지시를 듣느라 항공기는 상공에서 33분간이나 지연되었다. 바로 이일로 저우 총리는 9월 10일 새벽 1시에서 4시 30분까지 친히 관련된 자들을 불러 회의를 소집했다. 그는 매우 엄숙하게 모든 절차와 모든 책임자, 모든 직원과 대화를 통해 물었다. 그렇게 그 자리에서 일일이 조사하고 내외적으로 13단계나 되는 지휘부에 대한 지시를 기다리느라 제때에 처리가 안 되었다는 것을 발견하였다. 그는 "그야말로 이는 관료주의다! 책임을 지지 않는 관료주의다! 이것은 비행안전의 중대한 문제일 뿐만 아니라 국제적 영향에도 관계되는 중대한 문제요! 33분 지연이 아니라 어떨 때는 33초 지연이 되도 상상할 수 없는 심각한 결과를 초래할 수가 있소!"라고 호되게 꾸짖었다. 회의는 3시간 반 동안 열렸다. 모두들 심히 부끄러워하며 저우 총리의 비평을 들었고 평생 잊지 못할 뜻 깊은 교육을 받았다. 저우 총리의 이런 책임감과 조금도 빈틈없는 정신은 모든 사람들을 강하게 감화시켰다. 이때부터 모두들 모든 국제항선, 모든 국제비행에 대하여 더욱 중시하고 엄격하게 관리할 것을 요구하게 되었다.

키신저가 비밀리에 중국을 방문할 때 파키스탄의 항공기를 탔다. 파키스탄 대통령 에하이야(葉海亞)·한(汗)은 우리에게 3명의 파일럿을 파견해달라고 요청했고, 총리는 그의 의견을 들어주었다. 총리는 우리 몇 사람을 인민대회당에 초청하여 친히 임무를 하달했다. 절대로 비밀을 유지하고, 안전을 보장할 것을 요구했다. 또한 '이얼18'전용기로 우리를 보냈다. 이튿날 시험비행하고 저녁에 총리가 우리를 초청하여 식사를 했다. 내가 저우 총리 전용기의 조종사라고 소개하자 에하이야·한은 매우 기뻐했다. 그는 저우 총리를 매우 존경했다. 그는 "우리 파키스탄 인민은 저우 총리를 매우 그리워합니다. 이후에 저우 총리께서 만약 당신이 조종하는 항공기를 타고 유럽을 방문하고 아프리카를 방문할 때 파키스탄을 경유하게 되면 당신은 반드시 저우 총리에게 말해 라왈핀디에 착륙해야 한다고 말해주세요"라고 말했다. 이 말들은 우리에게 깊은 교육이 되었다. 이튿날 총리의 안전비서가 먼저 항공기에 오르고 국무비서가 키신저를 안내해 기내에 올랐다. 우리는 처음 만나 조금 어색

했지만 키신저가 먼저 분위기를 깨고 농담을 하였다. 그가 숙소를 떠나는 것은 경호원조차도 몰랐고 모두들 그가 이번 역사적인 임무를 수행하고자 이미 중국으로 떠난 줄을 생각조차 못했다는 것이었다. 키신저도 우리 파일럿을 보고 매우 기뻐했다. 공식보도가 나고서야 모두들 무슨 일인지를 알았다. 닉슨이 중국을 방문할 때 헤겔을 파견하여 먼저 베이징에 와서 준비업무를 하게 했다. 그는 닉슨이 우리나라 국내를 방문할 때 미국항공기를 타겠다고 제의했다. 총리는 그 자리에서 완곡하게 거절했다. "내가 닉슨대통령을 모시고 중국 항공기를 타고 그의 전용기가 뒤따르라고 하시오." 우리는 원칙적인 문제에서 저우 총리는 절대 타협하지 않는다는 것을 경험했다. 후에 우리의 비행기술과 서비스는 모두 닉슨 대통령을 매우 만족하게 했다. 그는 이번 비행에서 아주 좋은 추억을 남겼고 총리에 대해서도 더욱 존경하게 되었다고 했다.

총리는 사람이나 사물을 대할 때 매우 겸손했고, 다른 나라에게도 특히 작은 나라들에게 항상 우호적으로 대했다. 1977년 3월 15일 우리는 총리를 태우고 베트남에 갔는데 아침에 안개가 많아 38분간이나 지연되었다. 비행 도중 총리는 우리를 불러 "베트남 지도자들이 공항에서 기다리니 우리 항공기가 좀 앞당겨 도착할 수 없는가?" 하고 말했다. 총리는 상대방을 매우 존중했고, 동시에 또 우리 기술자들을 매우 이해해 상의하는 태도를 취했다. 그는 또 베트남 대사에게 미안함을 표했다. 승무원이 물을 가져다 줄 때 첫잔을 총리 앞에 놓자 총리는 바로 컵을 베트남대사 앞에 놓았다. 대사가 간 후 총리는 인내심 있게 기내 승무원들에게 세부사항에 주의해야 하고, 먼저 귀빈을 돌봐야 한다고 교육시켰다. 1961년 루산(廬山)회의가 끝나고 난창으로 갈 때, 우리는 총리가 땅콩을 좋아하는걸 알고 교류처에 한 근 달라고 했다. 이 일로 그는 우리를 엄하게 꾸짖었다. 3년 고난시기에 총리는 일이 있어 먼저 공항에 도착해 아침식사를 하고 경호원에게 돈과 식량표를 놔두라고 했다. 기내에서 그는 차 한 잔만 달라고 하고서 다 마신 후 버리지 못하게 하고 물을 더 부어 마셨다. 식사하고 남은 갓과 풋콩을 경호원이 가져온 것을 보고 그는 돈을 보내왔다. 또 한 번은 매실을 총리에게 좀 가져갔는데 덩 큰언니는 그대로 승무원들에게 가져가라고 하면서 "기내의 물건은 기내에서만 먹을 수 있어요"라고 했다. 총리가 타지에 임무집행을 하러 갈 때 우리 승무원들만 총리를 따르게 하였다. 총리가 어느 곳에 잠을 청하게 되면 우리도 어느 곳에 있었다. 매번 비행 때마다 총리는 조종실에 와서 우리에게 잘 지내고 있느냐고 물었고, 매번 헤어질 때는 우리보고 잘 쉬라고 분부하면서 수행인원들에게 승무원들을 잘 돌봐주라고 부탁했다. 매번 만날 때마다 그는 승무원들의 이름을 기억했다. 그는 기내에서 승무원들에게 예전에 덩 큰언니와의 연애이야기도 하면서 우리에게 25세 이후에 배우자를 찾고 2년간 사상과 인품을 관찰하라고 했다. 그는 또 우리 승무원 팀을 홍색여군으로 건설하라고 말했었다. 1970년 총리가 광저우에 가는데 기내에 오른 후 바로 문서함을 펴고 한밤중까지 일했다. 경호원 가오전푸가 그에게 오늘이 총리의 72세 생일이라고 하면서 일찍 쉬시라고 했다. 총리는 듣지 않았다. 곁에 앉아있던 덩 큰언니는 나이가 많아 당을 위해 일할 수 있는 시간이 얼마 없으니 더욱 시간을 내서 당을 위해 일해야 한다고 했다.

안개 속 충칭(重慶)의 문예투쟁
저우언라이 동지를 회억하며

장잉(張穎)
(전국 희극가협회 서기처 전 서기, 외교부 신문사 전 부사장)

안개 속 충칭(重慶)의 문예투쟁
저우언라이 동지를 회억하며

장잉(張穎)

(전국 희극가협회 서기처 전 서기, 외교부 신문사 전 부사장)

1937년 7월, 일본 제국주의는 중국을 향해 전면적인 침략전쟁을 개시하였고, 항일전쟁의 횃불은 온 중국을 뒤덮고 있었다. 나는 당시의 수많은 학생들과 마찬가지로 가슴 가득 열정을 품고 조국의 최남단에서 혁명성지인 옌안으로 찾아가 몸을 의탁하였다. 그때의 나는 겨우 10세 남짓의 소녀였다. 1939년 여름, 지도자 동지께서 갑작스레 내게 소식을 알려왔다. 나에게 새로운 임무를 배정하였으니, 지금 당장 양자령(楊家嶺)으로 가서 집합을 하라는 것이었다. 나는 단숨에 집합장소까지 달려갔다. 그곳은 산 아래 위치한 단층집이었는데, 이미 적지 않은 수의 남녀 동지들이 그곳에 모여 열띤 토론을 벌이고 있었다.

오래지 않아 한 분의 지도자 동지께서 시원시원한 웃음소리와 함께 안으로 들어왔고, 동지들은 그를 향해 몰려들었다. 나는 그가 저우언라이 부주석인 줄은 미처 알지 못하였다. 이윽고 그는 내게 다가와 웃으며 물었다. "자네가 샤오광동(小廣東 광동에서 온 아이)이지? 자네를 장계석이 관할하는 지역으로 보내 임무를 맡기려하는데, 어떤가?" 그때 나는 마음이 정말 괴로웠고, 설움에 북받쳐 눈물이 나올 것만 같았다. "저는 국민당 지역에서 왔어요, 전방으로 가서 싸우며 항일을 하고 싶어요." 나의 이 말은 "하하"하는 저우언라이 동지의 큰 웃음을 자아냈다. 그는 "어디에든 임무가 있고, 또 어디를 가든 모두가 항일을 하는 것이라네. 아마 자네도 머지않아 곧 깨닫게 될 것이네." 이리하여 1939년 7월, 나는 총칭의 제18집단군(빠루쥔과 신사군의 각 부대를 포함) 사무소로 발령을 받게 되었다.

1940년 8월 말, 저우언라이 동지께서 소련으로 건너가 팔의 부상을 치료한 후 옌안을 거쳐 총칭으로 돌아왔다. 홍이안(紅岩)의 빠루쥔 사무소에서 근무하던 동지들은 하나같이 매우 기뻐했다. 그가 홍이안으로 돌아온 후 전체 분위기가 확연히 달라졌기 때문이다. 각자의 생활도 모두 활기를 띠기 시작했던 것 같다. 모든 동지들은 그를 매우 존경하고 아꼈다. 저우언라이 동지 본인도 모두에게 매우 친절했으며, 최고 지도자로서의 허세 같은 것은 조금도 없었다.

어느 날, 내가 긴급 전보의 초록을 마쳤을 때, 마침 통샤오핑이 부재 중이었다. 나는 한 묶음의 전보를 들고 저우언라이 동지를 찾아갔다. 그는 빠르게 집중하여 전보를 다 읽은 후, 고개를 들어 나를 바라보았다. 그리고 조금은 놀란 듯이 말하였다. "자네는 샤오광둥이 아닌가?"

나는 고개를 끄덕였다.

그가 물었다. "자네, 기밀부서에서 일하는가?"

나는 고개를 끄덕였다.

그가 다시 물었다. "자네, 옌안에서 어느 학교를 다녔지?"

나는 "루쉰 예술학원입니다"라고 답하였다.

그는 다시 내가 무엇을 공부하였는지를 물었고, 나는 희극학과라고 답하면서 이렇게 한 마디를 덧붙였다. "저는 연기하는 것을 좋아하지는 않아요. 저는 문학을 좋아하지만, 당시에는 문학학과가 없었어요."

그가 다시 물었다. "자네, 연기를 해본 적이 있는가?"

나는『농촌곡(農村曲)』과『군민진행곡(軍民進行曲)』을 연기한 적이 있으며, 모두 가극이라고 답하였다. 내가 하는 말이 광동지역의 발음을 띠고 있었던 터라, 단지 노래만 부를 수 있었기 때문이다.

그는 갑자기 무언가 생각이 났는지, 하하 크게 웃기 시작하였다. "자네가 바로『농촌곡』중의 춘구(春姑)였던 게지?"

나는 다시 고개를 끄덕였다.

"그럼 자네는 옌안에서 여전히 유명한 배우가 아닌가!" 그는 다시 웃기 시작하였다.

나는 상당히 멋쩍어 전보를 다시 들고는 몸을 돌려 그대로 달려 나왔다. 오래 지나지 않아 나는 정자옌(曾家岩)의 50호 남방국 문화위원회로 발령을 받았다. 저우언라이 동지의 지도 아래서 문화계의 통일전선 업무를 담당하였던 것이다. 내가 문화위원회에서 일을 한지 반년이 채 되지 않았던 때의 일로 기억한다. 저우언라이 동지는 어느 날 나와 이야기를 나누게 되었다. 나에게 충칭의 문화예술계에서 아는 친우가 있느냐고 물었고, 나는 한 사람도 알지 못한다고 대답했다. 다만 내가 옌안에서 나왔을 때, 은사이신 천황메이(陳荒煤) 선생께서 내게 서신을 한 통 건네주었는데, 선생께서는 이 서신을 예이췬(葉以群)에게 전해달라고 하면서, 예이췬은 그의 좋은 친우이니 필요할 경우 나를 도와줄 수 있을 것이라고 말하였다. 나는 저우언라이 동지께 이 서신은 줄곧 제가 보관하고 있었으며, 홍이안촌에 있었을 때는 외출을 할 수가 없었던 터라 지금까지 그를 만나지도, 이 편지를 전해주지도 못하였다고 말하였다. 저우언라이 동지께서는 문득 웃으시며 "자네도 참 고지식하구먼 그래. 통샤오펑에게 보고를 했어야지. 어째서 서신을 1년씩이나 묵히고 있는가." 그는 즉시 예이췬의 전화번호를 내게 알려주며 내가 직접 연락을 취해 서신을 전하러 가도록 하였다. 아울러 이렇게 말씀하셨다. "자네가 문화위원회에서 일하게 된 이상, 가능한 한 문화계의 인사들을 알아두어야 할 것이야."

예이췬은 대단히 열정적인 사람이었다. 나는 그와 통화를 하였고, 그는 내가 옌안에서 왔으며 또한 천황메이 선생님의 서신을 가져왔다는 사실을 알게 되었다. 그는 매우 기뻐하면서 즉시 나를 총칭성 내에 있는 광쩌우 따산위안주가(大三元酒家)로 초대하여 함께 차를 마실 것을 권하였다. 나는 그 약속에 응하여 분명하게 주소를 물은 후, 약속된 시간에 맞추어 따산위안주가를 찾아내었다.

이후 예이췬은 나의 업무에 상당한 도움을 주었다. 나는 이미 일정 정도의 대외업무를 보기 시작하였기 때문에 『신화일보』의 기자라는 것과 편집을 명분으로 문화예술계의 각종 활동에 참가하였으며, 문화예술계의 인사들을 취재할 수 있었다. 그때부터 나는 전국 문예가협회의 관련 토론회에 참가하게 되었고, 예이췬의 소개를 통해 라오서(老舍) 선생을 알게 되었다. 그리고 장자(張家)화원 내에 거주하던 장커자(臧克家), 메이린(梅林), 스동산(史東山), 정쥔리(鄭君里) 등 많은 친우들을 사귀게 되었으며, 이후 빠진(巴金)과 삥신(冰心)이 총칭에 도착하였을 때, 나 역시 그들을 환영하는 다과회 석상에서 저명한 이 두 작가를 알게 되었다.

내가 문화위원회에서 일한지 몇 달이 지난 후 열심히 노력한 결과, 저우언라이 동지와 쉬삥 동지는 모두 나를 매우 배려해주고 신임해 주었다. 저우언라이 동지는 항상 나를 격려하며 이렇게 말하였다. 우리가 하는 일은 모름지기 많은 친우를 널리 만나되 우호적으로 사귀려는 것이고, 교류하는 중에 영향을 미치고 또 친우를 사귀는 중에 당의 방침과 노선을 선전하는 것이다. 이는 항전, 단결, 민주, 진보의 사상이 꾸준히 인민대중에 의해 받아들여지도록 하며, 진보의 대오가 더욱 확대되도록 하기 위한 것이다. 또 그는 항상 우리를 교육하여 이렇게 말씀하셨다. "국민당 통치구역에서 우리는 명령을 내릴 수도 시행을 할 수도 없다. 또한 우리는 그곳에서 어떠한 사람도 지휘할 수가 없다. 다만 정확한 지도사상에 의거하여, 각각의 공산당원을 본보기로 삼아 역할을 수행할 수 있을 뿐이다."

내가 남방국 문화위원회에서 일했던 기간 중에 비교적 중요한 사건이 발생했다. 그것은 바로 1941년의 "완난사변"이었다. 국민당의 완고파는 공산당의 신사군을 소멸시키고자 제3차 반공물결을 일으켰다. 총칭의 정치 분위기는 이로 인해 매우 긴장되게 되었고, 국공이 연합하여 일제에 항거하던 형세는 모진 시련에 직면하게 되었다. 총칭 국민당의 특수요원이 권력을 횡행하여 공산당원 및 진보인사를 잡아들였다. 문화예술계의 수많은 유명 인사들도 특수요원의 살생부 명단에 이름을 올렸다. 일순간에 먹구름이 짙게 드리워져 도시 전체를 뒤덮었다. 우리 훙이안 빠루쥔 사무소와 정자엔 저우 총리 공관 및 『신화일보』 등의 공개기관은 모두 어느 때고 검열을 통해 활동을 금지당할 가능성이 있었다. 옌안의 당 중앙은 수차례 전보를 보내어 저우언라이 동지가 체포되지 않도록 옌안으로 돌아올 것을 재촉하였다. 그러나 저우언라이 동지는 대국적 견지에서 신중히 고려한 후 다음과 같이 결정하였다. "남방국은 철수할 수 없으며, 더욱이 자신이 총칭을 떠나지 않고 자리를 지킴으로써 시국의 위기를 타개해야만 한다. 더군다나 당시 수많은 진보인사들과 민주당파 인사, 그리고 교육계와 문화계 인사들이 총칭에서 위험에 직면해 있었는데, 만약 그가 떠난다면 분명 공황상태를 야기할 것이며, 이는 공산당원의 품덕에도 부합하지 않는다."

그는 친우들을 위험한 처지로부터 벗어나게 해야만 했다.

당시 총칭의 공개기관에 있던 인원들을 대량으로 대피시키고자 하였다. 빠루췬 사무소 등 기존 수백 명의 사무인원들 중 4분의 3 가량은 총칭을 떠나야만 했는데, 대다수의 인원은 옌안으로 철수하였고, 신분이 폭로되지 않은 일부 인원만이 비밀리에 활동할 수 있었다. 정자옌의 경우 사람이 많을 때는 대략 3~40명이었지만, 당시에는 10여 명만이 남았다. 게다가 우리는 항상 준비하고 있어야만 했다. 국공이 분열하면 우리들은 분명 죄수가 될 것이고, 상황은 매우 긴박한데다 총칭에서는 또한 각 방면의 진보인사들을 대피시켜 위험한 처지로부터 벗어나게 해야만 했다. 내가 문화예술계 인사들의 대피와 관련한 상황을 직접 겪었던 바, 저우언라이 동지와 남방국은 여기에 상당한 정신과 체력을 쏟아 부었다. 당시 수십 수백의 사람들을 대피시키고자 하였는데, 여기에는 몇 가지 방법이 있었다. 첫째는 옌안으로 가는 것이었다(사무소 인원 혹은 그 가족으로서 군용차에 탑승을 해야 하는데, 이는 위험한 일이었다). 둘째는 적의 점령지역(일본 점령지역)을 거쳐 강북의 근거지로 향하는 것이었고, 셋째는 홍콩으로 가는 것이었으며, 이 밖에 몇몇 친우들은 쿤밍을 경유하여 미얀마로 들어가 새로운 진지를 개척하는 것이었다. 저우언라이 동지는 남방국 문화위원회 회의를 소집하여, 매 인원마다 달리 처한 상황과 조건을 전적으로 연구하고, 그들을 어디로 보내는 것이 비교적 적합한 것인지를 제안하였다.

이러한 회의는 항상 야간에 시작하여 새벽까지 진행되었으며, 몇날며칠을 이와 같은 방법으로 지속하였다. 인원의 배치가 결정된 이후 대부분 저우언라이 동지 혹은 쉬빙이 그들과 이야기를 나누었다. 상황을 분명히 얘기하고, 여전히 그들의 의견을 구하였다. 당시의 그 일은 매우 급박하면서도 분주하였고, 나의 임무 역시 매우 긴박하였다. 이를테면 그들이 행방을 결정한 직후 나는 그들과 연락하여 여정을 구체적으로 실현시킨 셈이었다.

이때의 대규모 대피는 매우 성공적이었다. 이렇게 많은 유명 인사들을 총칭에서 철수시키는데 단 한 사람도 재난을 당하지 않았다.

총칭은 겨울철의 안개가 매우 짙은데, 저녁이 특히 그러했다. 그래서 일본 비행기의 폭격은 성공할 수가 없었다. 1941년 겨울, 남방국 문화위원회는 저우언라이 동지의 제안과 지도 아래 "완난사변" 이후 총칭의 어둡고 적막한 국면을 바꿔보고자 하였다. 당시 총칭에 남아있던 인사들 중에는 희극가들이 비교적 많았다. 만약 연극을 공연할 수 있다면 수많은 인민과 군중들에게 접근할 수 있고, 또 비교적 쉽게 정치적 효과를 얻을 수 있었다. 그리하여 연극공연활동을 전개하기로 결정하게 되었다. 가장 중요한 공연활동은 바로 궈모뤄의 신편 역사극이었다.

저우언라이 동지와 궈모뤄는 잘 아는 사이였다. 일찍이 항전 초기에 장제스는 저우언라이를 군사위원회 정치부 부부장으로 임명하였는데, 이는 표면적인 직함이었을 뿐 실권은 없었다. 그러나 저우언라이 동지는 적어도 이 직함을 이용하여 의미 있는 일을 할 수 있으리라 생각하셨다. 정치부 내의 제3청은 문화선전을 전담하였는데, 이는 중요한 진지였다. 당시에는 전국 군민을 향해 항일을 선전하고 민중의 애국열정과 신념을 환기시키는 것이 매우 중요한 일이었기 때문이었다. 이 직무는 각 방면의 인사들로부터 존중 받는 동시에 호소력이 있었고, 또한 재능을 갖춘 인사를 필요로 하였으며, 그래야만 비로소 감당을 할 수가 있었다. 저우언라이 동지는 즉시 궈모뤄를 생각해 내었다. 저우언라이 동지는 궈모뤄를 찾아가 3청의 일을 상의하였을 때, 궈모뤄가 거절

하며 다음과 같이 말하리라 어찌 짐작이나 할 수 있었겠는가. "국민당
의 관원으로 일할 생각은 없습니다. 설령 한다고 약속을 받는다 할지라
도 실질적인 일은 할 수가 없습니다." 저우언라이 동지는 재삼 설득하
여도 소용이 없자, 부득이 이 오랜 전우를 향해 흉금을 터놓고 의미심
장한 말 몇 마디를 하였다. "당신이 3청 청장을 맡지 않는다면, 내가 이
부부장을 맡은 것도 아무런 의미가 없소. 우리 둘의 지위를 맞바꾸어
내가 청장을 할 테니, 그럼 어떻겠소?" 몇 번의 곡절을 겪은 끝에 궈모
뤄는 마침내 군사위원회 정치부 3청 청장직을 수락하였다. 저우언라이
동지는 이를 계기로 그의 능력과 포부에 궈모뤄의 인망까지 더한 후 당
시에 이미 우한에 한데 모인 문화 영걸들을 가능한 한 3청 내로 청하였
고, 이들과 함께 민족의 존망과 침략에 대한 저항을 위하여 온 힘을 기
울였다. 이번에 충칭에서 궈(郭) 선생은 가장 먼저 그가 20년대에 집필
한 희극 작품인 『탕이즈화(棠棣之花)』를 수정하였다. 당시 충칭에 머물
던 문화예술계 친우들은 모두 연극공연이 직접적으로 관중과 사상 및
감정을 교류하면서 인민과 군중들에게 더욱 커다란 영향력을 행사할
수 있을 것이라고 여겼다. 그리고 역사극은 표면상 그다지 정치와 밀접
한 관계에 있지 않아서, 국민당의 압박 역시 그렇게 무거운 편은 아니었
다. 궈 선생이 상당히 열정적으로 『탕이즈화』를 수정하던 과중 중에 저
우언라이 동지는 수차례 궈 선생의 집을 방문하여 그를 격려하는 한편,
할 수 있는 한 모든 구체적인 지원을 다하였다. 또한 수많은 진보 친우
들에게 궈 선생의 연극은 성공만이 있을 뿐 실패는 없다고 단언하였다.
『탕이즈화』는 관인옌캉젠당(觀音岩抗建堂) 극장에서 공연되었고, 뜻밖에
도 전례 없는 대성황을 이루었다.

『타이즈화』가 두 번째로 공연되던 때, 궈 선생은 이미 『굴원』의 극본을

집필하기 시작하였다. 궈 선생이『굴원』을 집필할 때는 떠가는 구름처럼 흐르는 물처럼 단숨에 문장이 완성되었다. 저우언라이 동지는 매우 빠른 시간 안에 극본을 받아보게 되었고, 이를 매우 칭찬하였다.

저우언라이 동지는 또한 몇 차례나 극장을 찾아『굴원』의 시연을 참관하였고, 그중에서도 특히 장편 독백인『레이뎬송(雷電頌)』을 마음에 들어 하였다. 그는 한 동지에게 웃으며 이렇게 말했다. "굴원은 결코 이런 시가를 쓴 적이 없었고, 또 쓸 수도 없었을 거야. 이는 궈 선생이 굴원의 입을 빌려 본인 심중의 원한을 언급한 것이고, 장개석이 관할하는 지역의 광대한 인민들의 울분을 표현한 것이기도 하지. 이는 국민당이 인민을 압박하는 데 대한 성토이니, 얼마나 훌륭한가!" 오래지 않아 저우언라이 동지는 다시 나에게 굴원을 연기한 진산(金山)을 사무소로 불러오게 하여 극본을 연구하게 하였고, 진산에게는 모두를 위해『레이뎬송』을 낭송하게 하였다. 진산의 낭송은 매우 격동적이었다.

열과 성을 다한 낭송은 엄청난 호소력을 지니고 있었고, 사람들은 저마다 숨을 죽었다. 진산이 낭송을 마치자 자리에 함께한 사람들은 모두 열렬한 박수로 그에게 보답하였다. 저우언라이 동지도 앞으로 나아가 축하를 건네면서 그가 진실로 궈 선생의 격분한 심정을 잘 표현해 주었다고 말하였다.

『굴원』의 공연은 다시 한 번 엄청난 성공을 거두었다. 이후 궈 선생은 다시『호부(虎符)』와『공작단(孔雀膽)』등의 극작을 세상에 남겼다. 그 밖에 양한성(陽翰笙)의『천국춘추(天國春秋)』, 샤옌(夏衍)의『파시스트세균(法西斯細菌)』, 차오위(曹禺)의『베이징인』, 우주꽝(吳祖光)의『풍설야귀인(風雪夜歸人)』등도 매우 성공적인 공연을 이루어냈다. 저우언라이 동지와 남방국 문화예술 조직의 지도 아래 총칭의 진보적인 문예활동은 왕성하게 전개되었다. 매섭게 추웠던 그 시절 겨울로 기억한다. 어느 날 점심을 먹고 있을 때, 저우언라이 동지는 내게 말하였다. 문화예술계와 희극계의 친우들을 정자옌의 50호로 초청하여 함께 만찬을 즐기고 싶다는 것이었다. 그는 대략 몇 명이나 초청하는 것이 좋을지 내게 물었다. 나는 대략 수십 명 정도일 것이라고 신중히 대답하였다. 그런데 이 소식은 예상과 달리 금세 널리 퍼져나갔다. 초청에 응하고 싶다는 인사들이 백 명을 넘어섰다. 저우언라이 동지는 참여하고자 하는 인사들을 막지 말라는 의견을 표하였다. 그러고는 특별히 본인이 직접 주방에서 그의 고향 음식인 "스즈터우(獅子頭)"를 요리하겠다고 제안하였다.

당일에는 수많은 친우들이 찾아와 정자옌의 50호를 발 디딜 틈 없이 가득 메웠다. 저우언라이 동지는 모두에게 술과 음식을 권하였다. 모인 사람들은 저우언라이 동지는 "스즈터우"를 직접 요리하였다는 이야기를 듣고는 쉴 새 없이 젓가락을 움직여 접시를 깨끗이 비웠다.

이날의 만찬은 몹시 흥겨웠으며 저마다 고무되었다. 몇 년 동안 나는 줄곧 이 일을 떠올렸다. 나는 이 일이야 말로 몇 년 동안 우리가 일해 온 데 대한 성과였다고 생각한다. 이는 국민당 통치구역의 진보적 문화예술 대오에 대한 첫 번째 검열이었을 것이다.

내가 번거로움을 마다하지 않고 이와 같은 일들을 서술하는 까닭은 오직 이러한 구체적 사실들만이 비로소 남방국 문화예술 조직이 국민당 통치구역의 문화예술 사업을 선도하였음을 설명해 낼 수 있으며, 이는 의심의 여지가 없기 때문이다.

이 진보적 문화예술 대오는 저우언라이 동지의 고생스러우면서도 꾸준한 노력을 거쳐 조금씩 응집되기 시작한 것이며, 이는 당의 정확한 지도방향을 따라 앞으로 나아갔던 것이었다.

저우 총리와 싱타이(邢台) 지진

쉬신(徐信)
(중국인민해방국 전 부총참모장)

저우 총리와 싱타이(邢台) 지진

쉬신(徐信)

(중국인민해방국 전 부총참모장)

1966년 3월 8일 허베이 싱타이지역에서 6.8급의 강렬한 지진이 발생했다. 이것은 신 중국 성립 후 처음으로 인구밀집지역에서 발생한 강진이어서 손실이 매우 막대했다.

나는 당시 63군 부 군장 겸 참모장이었다. 그날 아침 5시쯤 침대가 마구 흔들려 나는 놀라 깨어났고 지진이라는 것을 알았다. 지진 후 1시간이 안 되어 우리군은 구호지휘부를 조직하고 또한 무선통신기로 상급기관과 연락을 취했다. 당시 지진의 중심이 어디인지는 확실하지 않았다. 나는 군부의 일부 전우들과 함께 지프차와 트럭을 타고 스자좡에서 출발하여 가면서 정찰했다. 후에야 지지의 중심이 싱타이지역의 롱야오현(隆堯縣)이라는 것을 알았다. 상황을 파악한 후 부대는 지진 피해지역에 대한 구조를 시작했다. 이튿날 군장은 나에게 전화해 총리가 스자좡에 와서 재해지역 현장을 보겠다고 한다고 말했다. 나는 "총리께서는 가급적이면 현장에 오시지 않는 게 좋겠소. 여진이 빈번하고 집들은 모두 무너졌으며, 총리께서 오시면 안전상 보장이 없소"라고 했다.

그러나 총리는 그렇게 생각하지 않았다. 그는 스자좡에 온 후 지방 당위원회와 부대의 보고를 듣고 나니 벌써 저녁 8시였다. 총리는 밤길로 지진의 중심지인 롱야오 가겠다고 하였다. 모두들 총리에게 스자좡에서 하룻밤 쉬고 내일 출발하기를 권했다. 총리는 "나는 비행기를 타고 왔소. 차를 타고 가면 되오. 뛰어갈 필요도 없는데 힘들지 않소"라고 했다. 옌다카이(閻達開) 동지가 "여진이 끊이지 않아 안전하지 않습니다."라고 했다. 총리는 "그렇게 많은 대중들이 모두 안전하지 않은 것을 두려워하지 않는데 우리가 안전하지 않은 것을 두려워 할 수 있소? 지진은 대단할 게 없소. 오늘밤 꼭 가야 하오"라고 말했다. 장솽잉(張雙英) 동지가 "총리께서 너무 힘드실까봐 걱정됩니다"라고 말했다. 총리는 "나는 아직 괜찮소. 당신이 어떻게 내가 힘든 줄 아시오? 우리 이렇게 하도록 합시다"라고 말하고는 저녁 8시 반에 기차에 올랐다.

  그날 저녁 나와 몇 명의 간부들이 함께 펑촌(馮村) 기차역에 가서 총리를 마중했다. 우리는 지프차 6대로 갔다. 보슬비가 내리는데 총리는 차에서 내린 후 바로 룽야오현에 설치한 구조지휘부로 갔다. 당시 이미 전기가 끊겨 어떤 분이 램프를 들고 와 총리를 안내했다. 구조지휘부의 건물은 지진 후 이미 위험하여 우리는 총리에게 들어가지 말라고 권했다. 이미 텐트를 쳤으니 텐트 안에서 보고할 수 있다고 했다. 총리는 "당신들은 어디서 일합니까?"라고 물었다. 나는 "저희는 바로 이 건물 안에서 일 합니다"라고 말했다. 그러자 총리는 "당신들이 두렵지 않은데 내가 두렵겠소?"라고 말했다. 총리는 씩씩하게 지휘부에 들어가서 낡은 소파에 앉은 후 바로 물었다. "재해면적이 어느 정도나 됩니까? 재해인구는 얼마입니까? 사상자는 얼마나 되죠? 무너진 건물은 몇 채인가요? 지금 어떤 조치를 취하고 있습니까? 구조활동은 어떻게 진행되고 있나요?" 나와 차이창위안(蔡長元), 류스(劉侍), 펑스잉(馮世英), 장뱌오(張彪) 등 동지들이 모두 일일이 대답하였다. 보고 중 또 여진이 와서 건물이 흔들리고 문과 창문에서 소리 났다. 건물은 이미 견고하지 않아 한번 흔들리자 벽에 횟가루가 마구 떨어져 온통 먼지투성이고 총리와 우리의 몸에도 모두 흙이 날렸다. 모두들 일어나 총리에게 빨리 나가서 피하라고 했다. 총리는 거기에 앉아서 움직이지 않고 침착하게 "괜찮소. 모두들 진정하시오. 이 건물은 새로 지은 것인데, 만약 무너지면 대중들의 작은 건물들은 모두 납작해지지 않겠소? 계속 얘기합시다"라고 말하였다. 총리가 침착한 것을 보고 모두들 긴장했던 것이 금방 없어졌다. 이날 밤 총리와 우리는 함께 재해상황을 분석하고 지진구조업무에 대하여 전면적인 조치를 취하였다. 총리는 "지진재해는 이미 기정사실이니 우리의 다음 업무는 주로 어떻게 대중들을 이끌고 재해를 극복할 것인가 하는 문제입니다. 향후 업무방침을 이렇게 하는 것이 어떻겠소?" 그러면서 총리는 "자력갱생, 분발향상, 고향재건, 생산발전"을 제시하였다. 모두들 찬성을 표했고 이 구호는 지진구조의 행동강령이 되었다. 총리는 민첩하고 과감하게 지휘했다. 그 자리에서 구체적인 지시를 몇 개 하였다. 첫째, 일주일 내에 질서를 회복하고 대중들을 도와 사망자를 매장하고 부상자를 안치하며 대중들을 도와 장막을 설치하고 기본적인 생활을 할 수 있게 기반시설을 회복시켜 신속히 정상적인 구조업무에 들어설 수 있도록 한다. 둘째, 재해마을의 지도를 강화하라고 요구했다. 재해가 심각한 마을의 기층간부가 사망이나 부상자가 많은 데는 주변의 재해가 가벼운 곳에서 간부들을 뽑아 충당하고 직무를 대리하고 업무를 도우며 교대로 교육을 받게 했다.

 지방간부의 적극성을 발휘하여 지오위루, 왕제 등을 배워 업무를 잘하도록 제창했다. 셋째, 그는 군대와 지방이 통일된 구조지휘부를 조직하여 구조에 참가한 당정군, 각 부문의 인원과 의료위생업무는 모두 구조지휘부에서 통일적으로 지휘하라고 지시했다. 구조지휘부는 스자좡에 주둔하는 군기관에 설치하고 36군 군장이 통솔하며 지방 당정기관에서 관련 간부들을 파견하여 참가하게 했다.

전방 지휘부는 룽야오에 설치하고 나는 전방지휘부 지휘관이 되었다. 총리는 우리에게 "경각심을 높여 지진이 다시 올 때 더욱 큰 손실을 방지하라"고 했다. 그는 "현지를 조사해보니 여기는 1200년 전에 이미 큰 지진이 있었고, 우리의 선조들은 우리에게 기록만 남기고 경험을 남기지 않았소. 이번 지진은 매우 큰 대가를 치렀고 이런 대가를 헛되이 할 수 없소이다. 그러므로 우리는 기록만 남겨서는 안 될 것이오. 정말 그래서는 안 되오! 반드시 경험을 얻어내야 하고, 또한 과학작업팀에 전달하여 지진이 발생하는 규칙을 연구해 내도록 해야 하오"라고 했다.

회의는 밤 11시가 되서야 끝났다. 총리는 이튿날 현장에 가보겠다고 하였다. 나와 여러 사람들은 갈 필요가 없다고 권했다. 나는 "룽야오 이곳이 이미 현장입니다"라고 하면서 갈 필요가 없다고 했다. 총리는 "나는 가야 하오. 마을 모두를 봐야 하오"라고 말했다. 지휘부를 떠날 때 총리는 우리에게 "오늘 밤부터 내일 오후 전까지 재해상황, 사상인원, 건물피해와 대중들이 무엇이 필요한지 통계를 내라"고 요구했다. 그는 "내일 오후에 나는 또 올 것이오. 그때 나에게 보고해야 하오"라고 말했다. 이튿날 오후 총리는 헬기를 타고 재해가 제일 심각한 지진 중심인 바이자자이(白家寨)에 왔다. 바이자자이 마을 어귀에서 총리는 2000여 명의 대중들 앞에서 나무상자 위에 올라가 말을 하였다.

모두들 단결하여 천재를 이기자고 격려했다. 이야기가 끝날 때 총리는 앞장서서 구호를 외쳤다. "분발향상, 자력갱생, 고향재건, 생산발전!" 총리가 한마디 외치면 대중들은 따라서 외쳤다. 2000여 명의 대중들은 눈물을 머금고 총리를 바라보았다. 그 장면은 평생 잊을 수가 없었다. 총리는 바이자자이에서 재해를 입은 7가정을 방문하였다. 그는 오후 2

시쯤 왔는데 점심식사도 못하고 바이자자이 시찰을 마친 후 텐트 안에서 잠깐 쉬었다. 어떤 사람이 검정색 큰 그릇을 가져와 물통에서 물을 한 그릇 담아 총리에게 주었다. 총리는 받아서 한숨에 다 마셨다.

4월 1일 저우 총리는 세 번째 싱타이 지진 재해지역에 시찰방문을 왔다. 하루 동안 잠시도 멈추지 않고 5개 마을을 돌았다. 첫 번째 마을은 허자이(何寨)였다. 그때는 바람이 매우 강하고 매우 추웠다. 3월 달에 또 눈이 와서 바람이 뼈를 파고들었다. 의전을 담당하는 직원이 총리의 건강을 보호하기 위하여 총리가 바람을 등지고 연설을 하게 했다. 총리는 현장에 도착 후 미간을 찌푸리며 "왜 이렇게 하셨소?"라고 물었다. 어떤 사람이 "총리께서 바람에 맞서서 연설을 하시면 매우 힘드실 것 같아서 그리 했습니다"라고 말했다. 나도 곁에서 "대중들이 바람을 맞으면서 들으면 정확히 들을 수 있어요"라고 했다. 총리는 "안 되오. 어서 돌리시오. 대중들이 이렇게 많은데 그들에게 바람을 맞으라고 하면 어떻게 하오? 나 한 사람만 바람을 맞으면서 얘기하는 건 괜찮소"라고 말했다. 결국 총리의 요구대로 대중들의 위치를 돌리고 총리는 트럭에 올라가서 바람을 맞으면서 연설하였다. 이날 총리는 다른 곳에서 7번 연설하여서 목이 다 쉬었다. 목이 쉬었지만 계속 연설을 하였다. 연설 외에 총리는 또 마을에 가서 건물이 도대체 어느 정도 무너졌는지, 대중들의 이후의 생활은 어떻게 할 수 있는지, 향후 생산은 어떻게 할지를 확인했다. 총리는 연속 5개 마을을 시찰하고 나서 날이 저물자 헬기를 타고 우리 사단의 주둔지에 와서 시찰하고 당정군 각 방면의 보고를 들었다. 보고를 두세 시간 동안 진행하고 나니 총리의 책상 위에 놓인 물은 이미 식어 있었다. 공무원이 또 총리에게 따뜻한 물 한 그릇을 부어주었다. 총리는 "물이 한 그릇 있는데 왜 또 부었소? 낭비예요"라고 말했다. 옌퉁마오(閻同茂) 사단장이 총리에게 여기서 저녁을 드시라고 청했다. 총리는 "좋소, 하지만 따로 하지 마시고 병사들이 뭘 먹든 나도 그들과 마찬가지로 먹겠소. 만두 두 개, 반찬 하나면 되오. 간단할수록 좋소"라고 했다. 옌 사단장이 취사병에게 닭 한 마리를 잡아 총리에게 드시게 하라고 지시했다. 총리는 이를 알고 당장 그를 꾸짖었다. 총리의 군사비서 저우자딩(周家鼎)은 옌 사단장에게 "총리께서는 생활이 검소하시고 식사도 간단하게 하십니다. 국수에 전병, 대파면 되오. 만약 시금치, 두부를 더하면 총리께서 기뻐할 것입니다"라고 말했다. 이날 밤 10시가 돼서야 총리는 겨우 저녁을 마쳤는데 먹은 것은 시금치, 두부와 국수였다. 식사 때 부대 직원들이 총리에게 국수를 담아주려 하자 총리는 그릇을 받아 "주시오. 나 스스로 하겠소"라고 했다. 총리의 이러한 몸소 실천은 우리 모두를 더욱 감동시켰다.

저우 총리는 시찰 중에 우리 부대에 지시했다. "당신들은 그 사이 지진 구조업무를 잘했소. 이 기간이 끝나도 부대는 베이징으로 돌아오지 마시오. 다른 사단은 돌아갈 수 있어도 싱타이의 이 사단은 선전대를 조직하여 싱타이지역의 모든 현, 모든 마을, 모든 집에 가서 마을마다 집집마다 가서 선전을 하시오. 무엇을 선전 하느냐 하면 바로 어떻게 이번 지진을 대해야 하는지를 선전하시오. 중국인은 중국인의 기개가 있어야 하오. 재해를 입어도 두려워하지 말고, 우리는 허리를 펴고 우리들의 고향을 재건해야만 하는 것이오!"

시찰 중 총리는 또 조국의 미래 지진업무를 위하여 전략적 조치를 하였다. 총리는 "이번 지진은 대가가 매우 큽니다. 반드시 규칙을 찾고 경험을 종합해야 합니다"라고 말했다. "우리나라 역사상 많은 지진기록이 있지만 지진현상에 대한 관찰과 그에 대한 연구경험이 없소. 이번 지진에 우리가 지불한 대가는 매우 무겁고 손실이 매우 크오, 여전히 기록만 하고 경험이 없는 단계에 머물러서는 안 되오.

비록 지진현상의 규칙문제는 국제적으로도 해결하지 못한 문제이기는 하지만, 우리는 응당 독창정신을 발휘하여 과학적인 어려운 점을 돌파할 수 있도록 노력해야 할 것이오. 이번 지진은 우리에게 지진을 관찰할 수 있는 조건을 많이 주었소. 이 조건을 잘 이용해야 하오." 총리의 지시는 지진업무를 위하여 노력할 방향을 명시한 것이었다. 그의 관심아래 많은 과학자들이 지진현장에 뛰어들어 실천 중 단련을 하고 경험을 쌓으며 지진대오에서 끊임없이 강하게 성장했다. 오늘 전국 각지에 분포된 지진관측망은 바로 그때 저우 총리가 제정한 전략방침이 맺은 큰 열매였다. 싱타이지진 28년 후 어떤 기자가 싱타이지진에 관련된 책을 편집하려고 나에게 격려의 글을 써달라고 했다. 나는 "싱타이대지진은 산처럼 무겁지만 인민에 대한 총리의 관심은 하늘보다 높고 군민의 정은 깊었기에 단결하여 난관을 이겼다"라고 몇 마디 썼다. 이는 내가 그 해에 직접 느낀 것이었다. 앞의 두 마디는 재해 상황을 쓴 것이고 뒤에 두 마디는 지진구조와 재건은 저우 총리의 영명한 결정과 진정어린 관심의 결과라고 쓴 것이었다. 오늘 싱타이지진은 이미 30여 년이 지났지만 매번 그때 당시의 여러 밤낮을 생각하면 나는 저우 총리의 친근하게 웃는 모습과 목소리를 잊을 수가 없다.

존경하는 저우 총리님! 싱타이지역의 천백만 백성들은 당신을 기억하고 있고, 푸양(滏陽)의 강물은 당신을 기억하고 있으며, 화뻬이(華北)의 대지는 당신을 기억하고 있습니다. 지진은 인류의 재앙입니다. "당신 같은 좋은 총리가 있었던 것은 중화의 아들딸에게는 큰 복이었습니다!

안위를 함께하고 풍우 속에 한 배를 타다

언라이와 장종(張忠)이 적에서 친구가 된 전기적 인생

장쉐메이(張雪梅)

(장종의 딸, 치우칭화 [邱淸華] 사위)

안위를 함께하고 풍우 속에 한 배를 타다

언라이와 장종(張忠)이 적에서 친구가 된 전기적 인생

장쉐메이(張雪梅)

(장종의 딸, 치우칭화 [邱淸華] 사위)

저우언라이의 일생 동안 그의 친구들이 천하에 두루 있었지만, 그와 나의 부친(장인)의 관계가 가장 전기적 색채가 짙다고 말할 수 있다.

장종은 자가 화이난(淮南)이고 저장성 뤼칭(樂淸) 사람으로 1904년 2월에 태어났다. 1930년 초에 장종은 국민당 "종통(中統)"의 전신인 중앙조직부 당무조사과 총 간사를 맡았으니 특무기구의 두 번째 인물이었다.

1931년 4월 하순, 중공중앙이 반도인 꾸션장(顧順章)을 퇴출시켰는데, 그는 중공중앙기관의 주소와 저우언라이 등 중공 지도자의 활동방식과 늘 몸을 숨기는 지역까지 제공하였다. 당시 장종은 명을 받들어 즉시 상하이로 체포를 하러 갔고 공산당 중앙을 일망타진 할 준비를 하였다. 다행히 국민당 종통 조사과 주임 쉬언정(敍恩曾)의 기밀비서 첸좡페이(錢壯飛)는 중공의 비밀당원이었고, 그가 이 비밀정보를 획득한 후 한 발 앞서 중공 중앙에 통지하였다. 저우언라이는 이 긴급 정황을 알게 된 후 즉시 천원과 대책을 논의하였다. 녜롱전, 천겅(陳賡), 리커농(李克農), 리창(李强)등의 협조 하에 신속하고 과단하며 깔끔하고 명료하게 모든 것을 잘 처리하였고, 장종은 헛수고만 하고 아무도 잡질 못했다. 조직상으로는 소멸되지 않았으나 여론상 체면을 구겼다고 할 수 있었다. 이 때 장종은 다른 계획을 내었으니, 1932년 2월 그는 국민당 중앙 조사과 주 상하이 조사원 황카이(黃凱)와 모의하여 소위 "우하오(伍豪) 등 243명이 공산당에서 이탈한 사실을 알림"이라는 글을 조작하여 상하이 『시보(時報)』, 『신문보(新聞報)』, 『신보(申報)』, 『시사신보(時事新報)』 등의 신문에 계속 실었다. 이는 유언비어를 통해 "도미노 현상"을 일으켜 의지가 견고하지 않은 공산당원의 변절을 유도하기 위함이었다.

사실 저우언라이는 당시 상하이에 있지 않고 2개월여 전에 이미 적의 추포를 피해 기민하게 장시 소비에트구로 피신해 있었다. 중공 상하이 지하당은 즉각 음모를 알아채고 적시에 반격하여 『신보』에 신속히 유언비어를 해명하는 조치를 취했고, 장종의 음모는 효과를 거두지 못했다. 중공 중앙은 2월 하순 중화소비에트 임시중앙정부 주석 마오쩌둥의 명의로 공고를 발포하여 이 사건이 "순전히 국민당의 유언비어"임을 폭로하고 저우언라이가 공개 해명하였다. 다만 이 사건은 이후 "문혁" 중에 장칭 일당이 저우 총리를 무고하는 "대형 포탄"이 되었다.

1935년 11월 장종은 국민당 중앙 집행위원이 되었다. 시안사변 후 장종은 장제스의 중용을 받아 펑톈(奉天)파가 시안에 와서 중공 대표 저우언라이와 담판을 진행할 때 이를 시작으로 저우언라이와의 직접 교왕을 시작하였다. 저우언라이는 일찍이 "나는 화이난 선생을 알게 된 것이 매우 늦어서, 시안사변 후에야 비로소 왕래하였다. 그러나 서로 알게 된 날로부터 임종 4일 전까지 나와 화이난 선생의 왕래가 어찌 2~300차례에 불과할 것인가? 어느 때는 하루에 2~3차례도 만났고, 어느 때는 한 곳에서 같이 기거하기도 했다. 그 말한 바는 외침을 막기 위해 단결하자는 것에 속하였다"고 말하였다. 시안에서 시작하여 항저우, 루산, 난징 등에서 장종과 저우언라이는 5차례 담판을 하였다. 그는 저우언라이와 함께 "모간산(莫干山)에 한 번 오르고 루산에 두 번 이르렀고", 장제스와 만났고, 항일구국의 대계를 위해 분주히 노력하였다. 그와 저우언라이는 비록 정견이 같지는 않았으나 국난에 임해서는 이전의 혐의를 던져버리고 구동존이(救同存異)를 추구하였다.

저우언라이와 장종의 성격은 매우 비슷하여 두 사람은 모두 언사에 능하고 외교에 풍부한 재능을 지녔다. 모두 대국을 보는 안목을 지니고 세세한 부분에 관심을 쏟는 담판의 고수들이었다. 그들은 치밀한 마음 씀씀이와 각종 협력을 통해 담판을 촉성하는데 능하였다. 사람의 성격과 품행, 지혜와 매력은 격렬한 충돌의 시기에 가로막히는 바 없이 가장 잘 드러났으며 상대방 역시 그 마음속을 잘 들여다 볼 수 있었다. 장종은 바로 저우언라이와의 격렬한 충돌과 논쟁의 와중에 마침내 상대를 평가하고 상대를 인정하며 상대의 몸에 발현된 것이 자기가 감탄하는 것과 동일한 것임을 알게 되었다. 성실함과 겸손함, 처세에서의 신의, 진충보국(盡忠報國), 재지의 뛰어남 등이었다. 이로 인해 두 사람은 한 번 보고도 오래 사귄 친구와 같아졌고 만남이 늦은 것을 탄식하며 깊은 우정을 매일 매일 쌓아갔다.

장종은 저우언라이의 신상에서 그의 인간적인 매력을 느꼈다. 그래서 그는 후에 "이전 일본의 침략이 위급했을 때 공산당 역시 애국심이 있었다. 어째서 연합하여 외적에 대항할 수 없었던 것일까?"라고 하였다. 또한 "나는 국공이 합작하여야 흥성하고 합작하지 않으면 망하는 일임을 깊이 깨달았다. 소공(掃共) 10여 년에 민력과 재력이 소진되어 촌락은 폐허가 되고 인민은 생을 잇지 못한다. 외채는 높이 쌓여있고 국제적 지위는 날로 떨어졌다. 만약 이를 이루지 못하면 일본에게 잠식됨을 면하지 못할까 두렵다. 내가 명령을 받은 이래 밤낮으로 걱정이었는데 공산당이 제출한 양당의 합작 항일의 주장을 받아들여야 함을 알겠다.

1939년 6월 장종(張冲)과 저우언라이, 덩잉차오가 총칭(重慶) 비행장에서 합동 촬영한 모습(퉁샤오펑(童小鵬)이 촬영함).

총재의 견책을 당할 수도 있지만, 다만 민족이 위험하고 국가가 장래 국가가 아니게 될 것만을 마음에 두고 있다. 만약 이미 닥친 이런 조류를 막을 수 있는 하나의 기회가 있다면 나는 마땅히 스스로 그렇게 하겠다. 개인의 이해득실은 고려하지 않는다"고 말하였다.

담판은 타협의 예술이다. 장종과 저우언라이는 모두 국가 민족의 이익을 중시하고 지혜와 힘을 다해 담판의 조건을 조합하였다. 어떤 때는 상대방의 곤란한 점을 고려하여 선의의 건의를 하고 문제의 해결을 추진하였다. 1937년 3월 1일, 장종은 저우언라이에게 중공이 장징궈(將敬國)의 관계를 이용하여 장제스와 공작을 할 것을 건의하였다. 저우언라이는 좋은 생각이라고 여기고 바로 중앙에 전보를 보내 코민테른과 신속히 상의할 것을 건의하였다. 이후 장징궈의 귀국에 협력하였다. 담판

281

에서 초보적 성과를 얻은 후 쌍방은 공동선언의 발표 방식에서 이견을 드러냈다. 장종은 중앙시찰단을 파견하여 옌안 등 홍군 관할지역에서 조사를 진행하여 이해한 후 이를 통해 경색된 국면을 완화할 것을 제의하였다. 저우언라이는 찬성하였지만, 이 시찰단을 고찰단으로 개칭해서 평등성을 보여야 한다고 여겼다. 협상을 거쳐 그들은 세심하게 조직하였고 1937년 5월 하순 국민당 고찰단이 옌안 등 지역을 방문하도록 하였다. 이는 국공내전 10년 후 국민당이 최초로 중공과 홍군 관할지역에서 실시한 고찰이었다. 쌍방은 이해 증진과 합작 분위기 조성을 통해 대화를 통한 촉진작용을 불러일으키고 국공 관계사에 아름다운 일화를 남겼다. 시안사변 후 국공담판의 성공을 통해 양 당은 새로운 연합을 하였고 2차 합작으로 인해 어깨를 나란히 하고 장렬한 항일전쟁에 들어섰으니, 이는 저우언라이와 장종이 이룩한 걸출한 공로였다.

1937년 8월 초, 항전이 전면적으로 발발한 긴급한 형국을 살펴 국제원조를 요청하게 되었고, 장종은 장제스의 명을 받아 소련과 군사원조에 관한 담판을 진행할 임무를 맡았다. 중공과의 담판 후 후속 사무는 캉저(康澤)가 담당하였다. 캉저는 부흥사의 유명한 십삼태보(十三太保) 중 하나로 중공에 적의를 지니고 있었으며, 담판 중 항상 트집을 잡아서 장종과 선명한 대비를 이루었다. 그러자 저우언라이는 "젊은 선생이 참가한 뒤 국내가 단결한 것이 겨우 반년에 가까운데, 바뀌어 들어온 사람이 합의를 뒤집으니 최초 합의 후 분규가 계속되고 있는 형국이다" 라고 하면서 분개하였다.

장종은 모스크바 담판 이전 일찍이 예젠잉과 상의하여 중공에서 사람을 파견해 동행해 줄 것을 희망하였다. 이 일이 이뤄지지 않자 다시 예젠잉이 대신 연락하여 시안에서 그가 저우언라이와 만나게 해 줄 것

을 부탁하고 저우언라이가 그를 중
공 주 코민테른 대표단 단장 왕밍(王
明)과 만날 수 있게 소개시켜 줄 것
을 부탁하였다.

장종이 시안에 도착한 후 저우언
라이의 도움을 얻었다. 저우언라이
는 장종에게 명함을 주며 보어꾸(博
古)와 함께 가게 했고, 명함에 "장종
선생은 국공 합작을 위해 분주하게
일했고 그 공로가 탁월합니다. 부디
동지로서 접대해주십시오."라고 소
개글을 적어 주었다. 장종은 이 명함
에 의거하여 후에 모스크바에서 왕
밍과 만났고 스탈린과의 직접 회담

1941년 11월 9일 총칭의 『신화일보(新華
日報)』는 장총을 추도한 저우언라이의 만
련(挽聯)을 발표했다.

을 실현시켰다. 당시 국공관계는 잠깐의 밀월기를 거쳐 국민당의 배신
으로 이어졌고 갈등과 충돌이 갈수록 격화되었다. 저우언라이는 총칭
에서 국공의 화뻬이지역 군사 관련 업무를 담당하였고 몇 차례 장제스
와 교섭하였으나 성과가 없었다. 그는 옌안으로 돌아와 중앙과 해결방
법을 연구할 준비를 하였다. 1939년 6월 18일 아침, 저우언라이가 비행
기를 준비하여 시안으로 가려 하였다. 그의 주변에는 덩잉차오, 예젠잉,
통샤오펑(童小鵬) 등이 있었고 총칭 산후(珊瑚)공항에 도착했을 때 저지
를 받았다. 검사원이 저우언라이가 출경증명서를 제출해야 출행을 허
가한다는 것이었다. 다툼이 일어난 와중에 공교롭게도 장종이 손님을
배웅하기 위해 공항에 도착하여서 사정을 알고 난 후 저우언라이 등에

게 잠시 기다리게 하였다. 해결책을 강구하여 장종은 즉시 차를 몰아 장제스 관저로 가서 사정을 설명한 후 출행을 허가하는 친필 명령서를 결국 받아내었다. 다시 공항을 돌아오자 저우언라이와 덩잉차오, 예젠잉 등은 매우 기뻐하였고 연달아 감사 인사를 하였다. 통샤오핑은 사진기를 휴대하고 있었는데 몇 장의 단체사진을 찍었다. 그 날의 비행기는 오후에 날아올랐다. 장종은 저우언라이가 비행기에 탑승할 때까지 배웅한 후 헤어졌다.

저우언라이가 옌안에 돌아온 지 얼마 되지 않아 낙마하여 팔이 부러졌다. 옌안에서의 치료는 큰 효과를 보지 못하였고 중공 중앙은 그를 소련에 보내 치료하도록 결정하였다. 옌안을 나가는 교통이 곤란하여서 예젠잉과 천자캉(陳家康)은 충칭에서 장종을 찾았고, 국민당에서 비행기를 보내 저우언라이를 옌안에서 난쩌우로 옮긴 후 다시 소련 비행기로 모스크바에 보내 줄 것을 부탁하였다. 장종은 이를 안배해 주어 이 사건이 해결되도록 도왔다. 이보다 앞서 저우언라이는 2월 상순에 어려운 문제 하나와 마주쳤지만 장종의 협조로 이를 해결하였다. 당시 신4군의 정·부군장 섭정과 샹잉(項英)이 임무 상 갈등과 이견을 노출하였고 예팅(葉挺)이 사직을 요구하여 충칭으로 돌아갔다. 이를 해결하기 위해 중공 중앙은 저우언라이가 완난(晥南)에 가서 조정하도록 결정하였다. 그러나 신분이 국민정부군사위원회 정치부 부부장인 저우언라이가 장제스에게 휴가를 청해 충칭을 떠나는 것은 비준을 받기 어려웠다. 저우언라이는 장종에게 도움을 요청하였다. 장종은 그에게 아이디어를 주어 저우언라이가 저장 샤오싱의 고향집에 제사를 지내러 간다는 이유를 대면 효도를 중시하는 장제스가 휴가 비준을 해줄 것이며 이후 완난을 거쳐서 가면 될 것이라고 하였다. 이 방법은 과연 효과를 거두어 저우언라이는 1939년 봄 항일의 횃불이 가득한 동남으로 행차를 할 수 있었다. 그는 장종을 조문하는 글에서 "민국 28년 봄, 나는 강남으로 갔고 그해 여름 북쪽 옌안으로 돌아갔으니 모두 선생에게 힘입어 이뤄진 일이었다."고 하였다.

1941년 8월 11일, 장종은 불행히도 총칭에서 세상을 떠났으니 겨우 38세였다. 저우언라이는 소식을 듣고 극히 비통해 하였다. 그는 친히 만련을 올렸다. "안위를 누구와 함께 할까? 풍우 속에 한 배 탐을 생각하네!" 짧은 10개 글자와 한 개의 물음표, 한 개의 느낌표가 깊은 뜻과 깊은 정을 포함하고 있다. 저우언라이는 당시 중앙에 전보를 보내 3만 원의 부의금을 장종 추도회에 보내 중공의 태도를 표명할 것을 건의하였다. 이후 마오쩌둥, 주더 등 중공 지도자 모두가 만련을 올려 애도 하였다. 마오쩌둥, 린바이취(林伯渠), 우위장(吳玉章), 동비우, 천샤오위(陳紹禹), 진방셴(秦邦憲), 덩잉차오 7명의 연명으로 올린 만련은 다음과 같다. "큰 계획이 지지를 받음에 안으로 공산당과 연계하고 밖으로는 소련과 연계하였다. 바삐 돌아다녀 수고를 사양하지 않음에 7년의 고생을 하루처럼 여겼다. 그 사람만 홀로 초췌하여 병이 시작되고 병이 이어지니 내색하지 않다가 다시 일어나지 못하였다. 울음소리가 천추에 남도다." 주더, 펑더화이의 만련은 다음과 같다. "국사무쌍의 그 사람은 다시 없네. 죽은 이 살아나면 만 리 밖에서 부르리!"

그해 11월 9일, 장종 추도회가 총칭에서 성대히 거행되었다.

장제스는 엄숙하게 제례를 집전하였고 회장 내 그가 친히 쓴 만련이 걸렸다. "의리와 용기를 행하였으며, 절개와 방정함을 지녔다. 그 사람이 오래 살진 못하였으나 간장(干將)은 물에 잠겨도 빛난다." 저우언라이와 동비우, 덩잉차오 등은 중공 저우 총리 판사처의 인원을 거느리고 나아가 조의를 표하였다. 저우언라이는 눈물을 머금고 추도사를 말하고 깊은 애도를 표했다. 당일의 『신화일보』 초판에는 친히 작성한 『장 화이난(張淮南)선생 추도』 글이 사설을 대신하여 발표되었다. 이 글은 2,200여 자의 추도문으로 장종의 "적을 막기 위기 위해 단결하려던 노력"에 대한 역사적 공훈이 충실하게 기술되었고 그를 "국가와 민족의 동량에 부끄럽지 않다"고 칭찬하였다. 그 글 중 "화이난 선생이 비록 죽었어도 그 용기와 근면 그리고 항상심과 방정함이 있는 정신은 후인을 밝게 비출 것이다"고 하였다. 또 "푸른 피와 붉은 마음 및 국가에 보답하는 충성심은 모두 우리 중화민족의 우수한 자녀이며 화이난 선생은 바로 그 중 걸출한 인물이다"라고 하였다. 저우언라이는 이 글에서 그와 장종이 서로를 알아가게 되는 과정에 대해 상세히 기술하였으며, 여기에는 진실한 감정이 깃들어 있다. 저우언라이는 추도회의 추도사 낭독에서 감정이 복받쳐 몇 차례나 울음을 삼켰다. 그는 "선생이 비록 최후의 큰 계획을 결정하지는 않았으나 일을 맡고 보인 용기와 일을 행한 노력은 다른 사람이 감당할 수 없는 것이었다"고 말하였다. 또한 감탄하여 "선생이 이미 떠나 우리들의 연계가 중단된 것과 같다. 매번 풍파를 만날 때마다 선생 없음이 더욱 생각나고 선생에 대한 생각을 할 때마다 누구와 안위를 함께 할까하는 생각이 들 것이다"라고 하였다. "화이난 선생이 비록 죽었어도 그 용기와 근면 그리고 항상심과 방정함이 있는 정신은 후인을 밝게 비출 것이다. 반드시 많은 후계자들이 나와 그 지위를 잇고 그 직무를 수행할 것이다. 이는 우리가 가장 기도하는 바이며 중국 인민이 가장 열망하는 바이다."

아버지는 저우언라이의 이러한 높은 평가를 받았고 중공 영도자의 후덕한 사랑을 얻었으니, 이는 국민당 인원 중에서 가히 짝을 찾을 수 없는 대단한 일이었다. 이는 후배, 친속인 우리에게 깊은 감동과 교훈을 준다. 또한 후대 사람은 당파를 초월한 우의를 보고 깊이 터득하는 바가 있게 되었다. 우리는 매 번 송독하며 모두 뜨거운 눈물이 가득 참을 참지 못하며 뱃속에서 따뜻한 흐름을 느낄 수 있었다. "무수한 겁난을 겪어도 형제가 있으니, 만나서 한 번 웃으면 은혜와 원한이 소멸된다." 저우언라이와 장종의 이야기는 이 시구가 말하는 바처럼 가장 고전적인 모범이었던 것이다.

부친이 불행히 세상을 떠난 후 멀리 고향 뤄칭에 있던 쉐메이(雪梅)와 형 장옌(張炎)은 급한 전보를 받고 충칭에 와서 장례를 치렀다. 유감스럽게도 쉐메이는 여정에 오르자마자 병으로 쓰러져 도중에 가지 못했다. 장옌은 충칭에 도착한 후 추도회에서 저우언라이를 만났다. 저우언라이는 갓 20세의 장옌에게 깊은 관심을 보이며 그를 위로하며 장종의 자식은 곧 나의 자식이니 이후 곤란한 점이 있으면 자기를 찾으라고 말했다. 50년대 초, 장옌은 직장을 잃고 베이징에 가서 저우 총리를 찾아 도움을 청했다. 저우 총리는 집에서 장옌을 만나고 그를 화뻬이 인민혁명대학에서 공부할 수 있게 해주었다. "문혁" 중에 장옌이 세상을 뜨고 그의 부인이 1972년 12월에 다시 저우 총리에게 도움을 청하는 서신을 보내자, 저우 총리는 장옌의 사망에 대해 가속들에게 위문하도록 지시하였다. 서신 중 요구에 대해 동의하면서 장옌의 딸이 산시성에 정착하여 직업활동을 할 수 있게 안배해주었다. 우리는 이러한 배려에 대해 깊이 감사하였다. 저우언라이는 "문혁" 시기 매일 많은 국가 대사를 처리하였는데 장종의 후인의 이런 일은 소사에 불과하였으나, 그는 여전히 신경을 써주고 친히 도움을 주었다. 당시 저우 총리 자신도 암을 앓고 있어 건강이 위험하였다. 그가 이런 상황에서도 우리에게 관심을 보였다는 점을 생각해 보면 정말 감격스러워 눈물이 흐른다.

개혁개방 이후 정치형세의 변화에 따라 장종의 이름이 다시 신문 등 매체 위에 등장하였다. 1991년 아버지의 유해가 충칭에서 발견되어 고향으로 돌아왔고 그의 유언에 따라 고향에 매장하려고 준비되었다. 중공 중앙 통전부는 1992년 11월 25일 뤄칭시 인민정부 명의로 장종의 묘를 수축하고 자금을 지원하기로 발표하였다. 1995년 5월, 아버지는 마침내 혼백이 고향에 돌아와 고향 관터우촌(琯頭村) 옆 사자산(獅子山)에 안장되었다. 묘지는 청산을 등지고 워강(甌江)을 마주하고 있으며 묘비 위에는 저우언라이의 글씨로 "장화이난 선생(張淮南先生)"이라고 크게 새겨졌다. 저우언라이와 아버지 장종의 간담상조(肝膽相照)한 우의는 두 진영에서 적이 친구로 변한 아름다운 일화였던 것이다.

주: 장쉐메이와 치우칭화는 항전 초기 혁명에 참가하였던 우리 유격대의 지도자였다. 치우칭화

저우언라이와의 몇 차례
회담에 대한 기억

양전닝(楊振寧)
(저명한 물리학자. 노벨상 수상자)

저우언라이와의 몇 차례
회담에 대한 기억

양전닝(楊振寧)

(저명한 물리학자. 노벨상 수상자)

1950년대 초, 나는 국외에서 중문, 영문 신문을 통해 저우언라이 총리의 사람됨에 대해 약간의 이해를 하고 있었다. 직접 저우 총리의 관심을 받은 것은 1957년 여름이었다. 당시 나는 스위스 제네바에서 가서 몇 달간 일해야 했었다. 이 몇 개월 전에 나는 부친 양우즈(楊武之) 교수에게 서신을 보냈는데 그는 푸단(復旦)대학 교수였다. 서신 중에 나는 처와 아들과 함께 제네바에 가며 아버지에게 제네바에 와서 만날 수 있겠냐고 여쭈었다. 이후 그는 나에게 말하기를, 그가 서신을 국무원에 보여주고 비준을 청하였는데, 듣기로 저우 총리가 친히 '가능'이라고 비준해주었다는 것이었다. 이렇게 그는 비행기를 타고 제네바에 와서 우리들과 한 달여를 같이 보냈다.

1960년, 1962년 내 모친이 다시 두 차례 제네바에 와서 나와 만났다. 1964년 말에서 1965년 초, 부모와 나는 당시 상하이의 동생 양쩐한(楊振翰), 누이 양전위(楊振玉)와 함께 홍콩에서 만나 보름을 함께 지냈다. 이러한 만남을 통해 나는 국내의 상황에 대해 더 많은 이해를 하였고 국내 각 방면의 인사가 저우 총리에 대하여 극히 존경하는 마음을 지니고 있다는 사실을 알고서 그에 대한 깊은 인상을 받았다.

나와 저우 총리의 직접 만남은 1971년으로 마침 중미 간에 "핑퐁 외교"가 전개되어 양국관계가 정상화 되던 시기였다. 그해 봄과 여름 사이 나는 상하이의 부친에게 전보를 보내 중국으로 가서 친지를 방문하겠다고 알렸다. 부친은 베이징에 서신을 보내 저우 총리의 비준을 얻었다. 나는 중국의 주 프랑스 대사관에서 비자를 받았다. 그 비자는 나의 미국여권 위에 발급된 것이 아니라 별도의 종이로 발급되었다. 당시 중미는 외교관계가 수립되지 않아서 중국이 미국의 여권을 인정하지 않았기 때문이었다.

나는 파리에서 비행기로 상하이에 1971년 8월에 도착하였고, 내 동생과 누이가 나와 함께 베이징으로 향했다. 베이징에서 장인 두위밍(杜聿明) 선생과 그의 부인을 만났다. 어느 날, 나는 통지 하나를 받았다. 저우 총리가 나와 식사하자고 초대한 것이었다. 그날 두 선생과 두 부인, 내 동생과 누이는 인민대회당으로 가서 저우 총리와 오랫동안 대화하였으니 대략 6시간 정도의 시간이었다.

그 이후 나는 4차례나 귀국하였고 저우 총리는 매번 나를 식사에 초대하여 대화를 나누었다. 저우 총리와 나의 첫 번째 만남이 시간 상으로 가장 길었다. 나의 인상으로, 그는 해외교포에 관심이 매우 많았다. 그는 미국의 상황에 대해 잘 이해하고 있었고 나에게 많은 질문을 하였다. 미국 학생운동의 상황에 관해 물었고 학교 내의 기풍과 교사의 대우, 미국의 인종문제, 엄중히 존재하는 미국사회 내 빈부 불균형에 대해 물었다. 중국교포의 사회 내 지위와 영향 및 차별을 당하지 않는지를 묻고 내 학술연구 상황에 대해 물었다. 그는 해외 화교 학술계 인물에 대해 많이 알고 있었으며, 내가 그들을 알고 있는 지와 그들의 당시 상황에 대해 물었다. 1971년 내가 귀국하여 친지와 친구를 만나기 전에, 많은 화교, 비화교 친구들이 나와 이야기하며 억류의 위험이 있으니 내가 중국에 가는 것을 반대하였다. 왜냐하면 학술계의 많은 사람들이 모두 알고 있는 것으로, 소련의 유명한 물리학자로 저온실험물리학자인 크피차가 러시아대혁명 이후 영국 케임브리지대학에서 일하고 있었다. 1920년대 말에서 30년대 초, 그는 늘 휴가를 얻어 소련을 방문하였는데, 모두 좋았다. 다만 30년대 초에 그가 오자, 스탈린은 명령을 내려 그를 붙잡아 두었고 이후 그의 친속을 영국 케임브리지에서 소련으로 오게 하였다. 이로 인해 친구들은 내가 당시 중국에 가는 것에 대해 우려를 표했다. 나는 그들에게 그럴 리 없다고 말하였다. 내가 그런 믿음을 가진 이유는 내 부친, 모친, 동생, 누이의 소개를 통해 나는 중국에 대해 이해한 바가 있었고, 나는 외교방면의 일은 저우 총리가 주관한다는 것을 알고 있었기 때문이었다. 나는 저우 총리가 절대 내가 원하지 않는 상황 하에서 나를 억류할 인물이 아니라는 것을 알고 있었다. 과연 나뿐만 아니라 모든 해외에서 중국에 온 사람들에 대하여 중국의 정책은 매우 명확하였다.

특히 말하고 싶은 바는 1973년 여름 내 처와 함께 네 번째 베이징 방문이었다. 저우 총리는 특별히 우리를 인민대회당으로 초대해 식사하였고 연회에는 장인 장모와 장젠차오가 참석하였다. 저우 총리는 나를 덩샤오핑에게 소개하였다. 이때 덩샤오핑은 막 하방에서 중앙으로 돌아온 상황이었다. 저우 총리는 특별히 나와 덩샤오핑이 만나는 것을 바란 것이었다. 나는 이후 저우 총리가 당시 미리 안배를 하여 덩샤오핑이 각 방면의 업무를 주관하길 바란 것이 아니었을까 추측해보았다. 이것이 내가 처음 덩샤오핑을 만난 때였다.

1976년 초, 나는 신문에서 저우 총리가 세상을 뜬 기사를 보았다. 그때 뉴욕의 화교단체는 저우 총리 추도회를 조직하였고 1~2천 명의 사람들이 모였다. 저우 총리 추도문은 내가 작성하였다. 추도사는 이후 내가 출판한 책에 수록되었다.

1971년 최초의 중국 방문과 미국으로 돌아온 이후, 많은 사람들이 나에게 저우 총리가 바쁜 와중에 어째서 식사 초대를 하고 그렇게 긴 시간을 썼는지에 대해 물었다. 나는 저우 총리가 그 기회를 틈타 전 중국 인민에게 중국의 정부가 과학기술, 교육계 인사에게 매우 관심을 갖고 있다는 점을 말하고 싶었을 것이라고 대답하였다.

1차 중국 방문 이후 나는 중국과 미국 사이에서 내가 교량역할을 해야 한다는 책임감을 느꼈고, 나의 모든 역량을 다해 중국의 과학발전을 도와야겠다고 결심하였다. 1972년 2차 방문 이후 나는 이러한 건의를 구체적으로 해야겠다고 생각했다. 나는 베이징과 시안에서 만난 일련의 노 과학자들을 기억하고 있다. 그들은 "문혁" 시기 하방 당하여서 아무 의미 없는 직업에 종사하였다. 이는 그들의 시간과 정력의 낭비였다. 그래서 나는 저우 총리에게 기초과학을 무시할 수 없음에 대해 말하였다. 당연히 중국의 응용 방면의 사정이 더욱 중요하고 필요에 따라 움직이는 사정이 중국이 가장 필요로 하는 것이지만, 멀리 보고 말해서 이렇게 큰 국가에 만약 기초과학을 발전시키지 않는다면 장래에 거대한 위험이 닥칠 것이라고 하였다. 이해한 바에 따라 저우 총리는 이러한 이야기를 마오 주석에게 하였고, 그 두 사람은 내 말에 일리가 있다고 여겼다. 저우 총리는 나에게 저우페이위안(周培源) 선생에 대해 이야기해 줬고 그는 이런 사정을 잘 알고 있었다. 저우페이위안은 당시 베이징대학 부교장이었다. 저우페이위안 선생은 글을 써서 『인민일보』에 기고하였다. 나는 그 글을 읽었고 내용은 이런 경과를 이야기하고 있었다. 이후 그 글은 장첸차오에게 공격받았다. 이를 볼 때 저우 총리는 당시 과학기술 방면만이 아닌 여러 방면에서 매우 큰 희망과 결심을 갖고 노력했었다고 생각된다. 그러나 '사인방'의 간섭으로 인해 그의 처지가 매우 곤란해졌다. 1976년 정월, 나는 뉴욕에서 저우 총리 추도회에 참석하였다. 당시 중미 간은 미수교 상태였고, 나는 회장 내에 대만의 지시를 받은 많은 사람들이 팻말을 들고 고함을 치던 모습을 기억하고 있다. 이로 인해 경찰이 질서유지 하는 중이어서 당시는 긴장된 상황이었다. 저우 총리는 해외 화교사회에서 명망이 특별히 높고 영향력이 컸다. 추도회는 순조롭게 진행되었다. 나는 저우 총리의 사람됨에 대해 다소 식견이 있었고 그의 영향력에 대해서도 인식이 있었다. 그래서 나는 저우 총리의 유언을 듣고 그의 유해가 중국 대지에 뿌려졌을 때 매우 감동하여 눈물을 한참 흘렸다. 나는 그가 진정 위대한 인물이라고 생각한다.

그 추도회에서 내가 한 말 중 마지막 단락은 총결 성격의 말이며 내용은 다음과 같다.

"저우 총리는 1976년 1월 8일 신중국의 수도에서 세상을 떴습니다. 그는 그의 일생을 바쳤고 사심 없이 인민을 위해 복무하였습니다. 우리는 한 위인의 일생이라는 역사가 바로 신 중국을 잉태한 역사이며, 바로 신 중국 탄생의 역사이며, 바로 신 중국 성장의 역사라고 말할 수 있습니다. 그는 중국 인민의 영웅입니다." 저우 총리의 유족에 따라 그의 유해는 중국의 산천에 뿌려졌다. 그의 신체는 위대한 국가의 모든 지역에 영원히 흩어졌고, 그의 정신은 위대한 민족의 정신 속에 오래 함께 할 것이며, 그는 이 민족의 영원한 모범이 될 것이다.

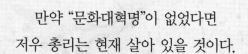

만약 "문화대혁명"이 없었다면
저우 총리는 현재 살아 있을 것이다.

잉까오탕(榮高棠)
(중국공산당중앙고문위원회 비서장, 전 국가체육운동위원회 주임)

만약 "문화대혁명"이 없었다면
저우 총리는 현재 살아 있을 것이다.

잉까오탕(榮高棠)

(중국공산당중앙고문위원회 비서장, 전 국가체육운동위원회 주임)

1937년 나는 옌안에서 충칭으로 가서 남방국 청위(靑委) 위원을 담당하였다. 완난(晥南)사변 후 『중국청년』 편집부 3명이 체포되어 나에 대해 진술하였다. 저우 부주석은 내가 노출되었음을 알고 사람을 보내 나를 구조하였으나 찾지 못하였다. 다음날 다시 사람을 파견하여 차를 몰고 나를 데리고 나갔고, 나는 아무 것도 들고 나오지 못한 채 산으로 올라갔다. 나는 촨캉(川康)으로 보내졌다. 반년이 되지 않아 나는 다시 홍옌(紅岩)으로 향했다. 이는 1941년 6월 22일의 일이었다. 1945년 말 나는 군에 징발되어 모처로 보내졌다. 나는 당시 20여 세로 정력이 모두 저우 부주석에 미치지 못했다. 그는 종일 일을 하며 해방구에 의탁한 이들을 조직하여 충칭에서 옌안으로 보내고 있었는데, 내가 보고하러 가는 일은 모두 새벽의 일이었고 배웅하는 사람이 이미 아침에 도착하면 그는 세수를 하고 시내로 들어갔다. 그는 매우 열성적이고 정력이 충만하여 철인과 같았다. 만약 "문화대혁명"이 없었다면 그는 현재 살아 있을 것이다. 홍옌에는 뤄(樂)씨 가족이 있었고 내 아들은 3살로 이름은 샤오뤄텐(小樂天)이었는데, 이는 저우 부주석과 덩 아주머니가 지어준 것이었다. 나는 2장의 사진을 보관하고 있는데 하나는 저우 부주석이 내 아들 샤오뤄텐을 안고 있으며 그 주변에 예팅 장군의 딸 양메이

(揚眉, 후에 예팅 장군과 한 비행기를 타고 옌안으로 가던 중 비행기 사고로 희생되었다)가 서 있었다. 다른 한 장은 덩 아주머니가 사오뤄텐을 안고 있으며 저우 부주석이 사진에 시를 쓴 것이었다. "사오뤄텐(賽樂天)이 쌍락천도(雙樂天圖)라 제목을 짓다"라고 쓴 것이다.

　　그는 스스로를 사오뤄텐이라고 하였다. 그들은 작업 외 휴식시간에 늘 아이를 안고 함께 놀았다. 덩 아주머니는 이 아이가 사랑스럽고 좋으니 뤄텐이라고 부르자고 하자 그가 사오뤄텐이라고 하였다고 말했다. 내가 바로 다뤄텐(大樂天)이었고 그래서 저우 부주석이 스스로를 사오뤄텐이라고 했던 것이다. 시는 이러했다.

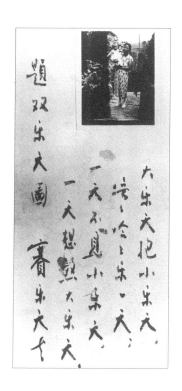

따뤄텐이 사오뤄텐을 안고 있으니
히히하하 하루가 즐겁다.
하루종일 사오뤄텐을 보지 못하면
하루종일 따뤄텐이 애를 태우네.

"문혁" 중 나는 연금되어 먼저 베이징 위수구(衛戍區)로 갔고 1975년에는 장시 간부학교에 노동 담당으로 보내졌다. 1972년 샤오뤄텐이 병에 걸려 죽을 지경이 되자 나를 보고자 하였다. 그러나 나는 연금 중이어서 볼 수가 없었다. 덩 아주머니가 이를 알고 저우 총리에게 사오뤄텐이 위독한데 아버지를 보고 싶어한다고 말하였다. 저우 총리가 장차이첸(張才千) 부총장에게 허가서를 보내 나는 연금에서 벗어나 병원에 가서 아들 얼굴을 보았지만 몇 마디 말도 못하였다. 내가 말했다. "네가 잘 자라면 아버지가 다시 너를 보러 올 것이다." 나는 한동안 앉아 있었고, 그는 나를 본 후 숨을 거두었다. 1979년 나는 간부학교에서 돌아와 덩 아주머니를 보러갔다. 덩 아주머니는 우리 뤄 씨 가족에서 사이뤄텐이 떠나 우리만 남았다고 말하였다. 만약 "문화대혁명이"이 없었다면 저우 총리는 현재 살아 있을 것이다. 나는 체육위원회에 근무 시, 저우 총리와 많이 접촉하였다.

한번은 우리가 저우 총리를 배석하고 외국 원수를 공항에서 배웅 하였다. 예빈사(禮賓司)의 사장(司長) 위신칭(余心淸)이 비행기가 떠나는 것을 보고 차로 돌아가려고 하였다. 저우 총리가 그를 세우고 말하기를, 가지 말게나. 비행기가 이륙하여 공항 상공을 몇 차례 돌고난 후에야 돌아가게. 비행기보다 우리가 먼저 가면 외교적 예의를 다한 것이 안 된다는 것이었다.

이후부터는 규정을 만들어 저우 총리가 가지 않으면 모두 갈 수 없게 되었다. 1955년 인도 배구단이 중국에 와서 경기를 했다. 경기는 인도 배구단이 크게 지는 것을 막을 수 없었다. 첫 판은 당연히 중국 국가대표가 크게 이겼다. 두 번째 판도 공안부대가 이겼다. 손님들이 불쾌해 하는 것 같다고 저우 총리에게 말했다. 그러자 그는 "까오탕(高棠)은 청년 기질을 못 벗어났군 그래. 공놀이는 이기지 않아도 되는 것이야." 외국 축구단과 국가대표가 경기를 했을 때 방문팀의 태도가 좋지 않아 군중들이 불만을 갖게 되었다.

방문팀을 에워싸고 공격적으로 나오자 저우 총리가 야간에 전화 3통을 하였다. "까오탕, 너희들은 지금 무얼 하고 있는 건가?" 우리로 하여금 즉시 가서 해결하게 하였다. 그는 체육에 대단한 지지를 보냈고 아울러 체육업무를 좋아하였다. 1959년 세계탁구대회에서 국가대표가 1등을 하자 저우 총리가 직접 접견하였다.

제26회 세계탁구대회 기간 중에는 그가 외국을 방문하였다가 원난으로 돌아오자 매일 경기 소식에 관한 방송을 들었을 정도였다.

사원과 밭에서 친절하게 담화하고 있는 모습.

농민 집 안에서의 모습.

전국과학규획회의 대표자들과 함께하는 모습:가운데 줄 좌로부터 송런충(宋任窮), 녜잉전(榮臻), 리푸춘(李富春), 궈모뤄(郭沫若).

베이징 광지사(廣濟寺)를 참관하는 모습.

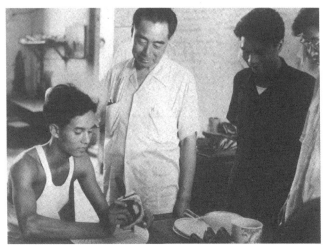

광둥성 신훼이현(新會縣) 퀘이창(葵藝廠)을 시찰할 때, 부채를 손에 든 청년 공이 부채질을 하는 모습.

싱타이(邢台) 지진 후 닝푸(寧普) 동왕촌(東汪村) 공사에서 마을 간부들을 바라보고 있는 모습.

신장(新疆) 허텐(和田) 방직공장을 시찰하고 있는 모습.

우수한 운동선수들과 함께한 모습.

물건을 파는 점원과 대담하는 모습(우측은 덩샤오핑)

1960년 저우언라이가 꿰이저우(貴州) '동치안링(同
黔靈)소학교' 교사와 담화하는 모습.

종난하이에서 허원(和文)예술계인사들과 함께한 모습. 뒷줄 좌로부터 양한
성(陽翰笙), 저우언라이, 바이양(白楊), 덩잉차오, 수시우원(舒繡文), 앞줄 좌
로부터 아잉(阿英), 장레이팡(張瑞芳), 송웨스(孫維世), 진산(金山).

전선활극단 연출원들을 회견하는 모습.

저우언라이, 덩샤오핑
20세기 진정한 지기

덩푸팡(鄧朴方)
(전국정협 전 부주석, 덩샤오핑의 장남)

저우언라이, 덩샤오핑
20세기 진정한 지기

덩푸팡(鄧朴方)
(전국정협 전 부주석, 덩샤오핑의 장남)

저우 총리와 나의 부친 덩샤오핑의 반세기에 걸친 우정과 혁명임무에 함께 참여하여 공동으로 분투하던 일에 대해 이야기하려 하면, 이야기 하기가 확실히 쉽지는 않다. 저우 총리에 대해 부친은 일찍이 이렇게 말한 적이 있다. "우리는 일찍부터 서로를 알았고, 프랑스에서 일과 학업을 병행할 때 함께 살았다. 나에게 있어 그는 시종 형님과 같았다. 전국의 인민이 모두 그를 존중한다." 부친과 저우 총리는 함께 프랑스에 가서 일과 학업을 병행하였는데, 부친은 1920년 10월에 도착하였고, 저우 총리는 11월에 도착하였다. 부친은 프랑스에 도착한 후 공부를 시작하고 후에 공장에 나아가 일을 하였다. 저우 총리는 프랑스에 도착한 이후 늘 사회활동에 종사하였다. 1921년 파리공산주의소조가 성립되었고 1922년 6월에 유럽중국소년공산당이 성립되었다. 저우 총리는 집행위원회에서 선전을 담당하였고 부친은 그 조직에 참여하였다. 1922년 부친은 겨우 18세였고 그들이 거처하는 프랑스에서 막내였다. 1923년 유럽소년공산당은 파리에서 임시대표대회를 열고 중국사회주의청년단에 가입할 것을 결정하였으며, 이름을 유럽 중국공산주의청년단으로 바꾸고 저우 총리를 서기로 선출하였다. 이 임시대표대회에 부친이 참가하였다. 당시 여러 사람의 기억에 의하면 부친은 그때 이미 지부 공작에 참가하고 있었다. 그 때 지부 공작은 당연히 저우 총리가 주로 담당하였고 부친은 보조적 업무를 하였는데, 예를 들면『소년』『적광』을 인쇄 판매하는 것이 구체적 업무였다. 부친의 말에 의하면, 그는 대략 반년 동안 저우 총리와 함께 살아서 아침저녁으로 같이 지냈고, 먹는 것조차도 힘들어서 물과 빵을 먹었으며, 또 모두가 함께 빽빽하게 모여 살았다고 하였다. 다만 이들 청년들이 지닌 혁명의 힘과 열정은 매우 높았다. 그 시기 프랑스의 사상은 비교적 활기차서 각종 사상조류가 모두 있었고, 저우 총리와 부친은 이때 모두 공산주의를 선택하고 다른 사상과 투쟁을 벌였다. 이 시기의 역사는 오래되어 당사자들의 회고가 많지 않아서 겨우 우리는 일부만을 알 수 있었다. 다행히 부친께서 이 시기의 역정에 대해 기억하고 있는 바가 있었는데, 예를 들면 그들은 공통적인 습관이 있었는데, 부친은 축구 관람을 즐겼고 저우 총리 역시 그러하였다고 한다. 부친은 크루아상 빵을 좋아하였고 그 역시 즐겨 먹었다고 했다. 사실 프랑스에서는 일반적인 식품이었으나 그들에게 있어서는 가장 좋은 음식이었고, 그래서 수십 년이 흐른 뒤에도 그는 여전히 그 때의 생활을 기억하고 있었던 것이다. 당시 그들은 리푸춘(李富春), 차이창(蔡暢)과도 함께 지냈다. 차이창 부인의 기억에 의하면, 저우 총리는 하루 종일 업무를 보았고, 부친과 리다장(李大章), 촨종(傳鍾) 등은 낮에는 일을 하고 저녁부터 업무를 시작해서 "반은 일하고 반은 본업에 종사했다"고 했다. 이러한 시기는 대략 1년이었다. 1924년 9월 저우 총리는 중국으로 귀국하였다. 내 누이는 일찍이 부친에게 프랑스에 있을 때 가장 친밀했던 인물이 누구인지 물은 적이 있었다. 부친은 곧바로 "총리다. 우리는 함께 지낸 시간이 길었다"고 말하였다. 1927년 말에서 1928년 초, 부친과 저우 총리는 대략 1년 반 정도 아침저녁을 함께 하였다. 저우 총리는 중앙의 구체적 사무를 담당하였기에 중앙에서는 큰 사안이 있을 때마다 모두 그에게서 지시를 받았다. 부친이 처리한 것은 일상적인 업무였다. 정치국회의에 부친이 참석할 수 있었고 발언권도 있었지만 회의에서는 저우 총리의 발언이 많았고 부친은 간간히 발언하였다. 그들은 함께 살았고 함께 싸웠다. 그들은 1년 반이라는 시간을 함께 살았고 저우 총리와 덩(鄧) 어머니가 위층에 거주하였고, 부친은 그 때 이미 결혼하여서 장스위안(張錫媛) 어머니와 아래층에서 살았다. 해방 이후 차이창 부인이 그 때 늘 아래층에서 흥겨운 소리가 들렸다고 하였다. 후에 내 누이가 부친에게 "그 시기 아버님네들이 즐겁게 웃는 소리가 늘 들렸다 하데요"라고 묻자 부친은 "그 때 우리는 젊지 않았느냐, 당연히 즐거웠다"라고 대답하였다. 부친과 장스위안 어머니는 1928년 4월에 결혼하였다. 혼인식에 저우 총리와 덩 어머니 그리고 몇 명이 참석하였다. 당시는 백색테러의 시절이었고, 국민당의 중

저우언라이와 덩샤오핑이 베이징에서 초대회에 출석하고 있다(1963년).

공 중앙 파괴를 위해 노력하고 있었기에 매우 어려운 시기였다. 부친과 저우 총리의 접촉이 많아진 것은 해방 이후였다. 1952년 부친은 베이징에 가서 부총리를 맡았고 저우 총리의 지도하에 업무를 수행하여 1952년부터 "문화대혁명"까지 부친은 줄곧 부총리로서 저우 총리의 업무에 협조하였다. 어떤 때는 저우 총리가 출국하자 부친이 총리 대행으로 그의 업무를 보았던 적도 있었다. 이 시기는 대략 10여 년이었다. 부친은 줄곧 저우 총리를 매우 존중하였고 그는 부친을 다시 보게 되었다고 생각된다. 특히 이후 부친이 총서기가 되어 중앙의 일상 업무를 주관하였을 때 저우언라이는 국무원의 일상 업무를 담당하였다. 이 때 중앙의 업무와 국무원의 업무에 대해 두 사람은 서로 믿고 서로 이해하여 문제의 처리에 상호간 묵계가 이뤄져 있었다. 부친의 일 처리 방식은 비교적 과감하여 작은 일은 신경 쓰지 않고 큰 일만 담당하였다. 저우언라이는 외교를 담당하였는데 외교에는 작은 일이라는 게 없어 처리방식이 매우 치밀하기에, 두 사람의 협력은 매우 좋았다. 부친이 저우 총리에 대해 이야기를 할 때면, 그는 매우 존경하는 마음가짐을 늘 보였다. 어린 시절 아버지는 우리에게 덩 어머니를 고모라고 부르도록 하였다. 그것은 그녀의 성 역시 덩 씨였기에 그런 것이었으나 이후에는 그렇게 부르지 않았다. 어느 때는 저우 총리가 우리 집에 왔었고, 더 많은 시간을 부친이 그곳에 갔었다.

나는 지금도 축구 관람을 좋아하는데 그것은 다 그 노인들의 영향을 받은 것으로 그는 그 시절 늘 축구를 보았고 나를 데리고 갔었으며, 어느 때는 다른 아이들을 데리고 갔었다. 그 시절 저우 총리 역시 축구를 보러 가곤 하였다. 어느 때 그가 우리에게 물었다. "너희 집에서는 누가 돈을 관리하느냐?" 우리는 내 누이 덩난(鄧楠)이 관리한다고 대답하였다. 그가 덩난에게 말했다. "아! 너 역시 총리구나! 너의 관직도 나처럼 크구나!" 그가 우리 집 마오마오(毛毛)에게 말했다. "너는 너희 집의 외교부장이구나!" 또 내 동생 페이페이(飛飛)에게 이름을 물었다. 동생이 "페이페이"라고 하자 그가 말했다. "아! 그렇다면 너는 나와 이름이 같구나!" 우리는 그제야 저우 총리가 일찍이 필명으로 "페이페이"를 사용한 적이 있었다는 사실을 알았다. 우리 아이들의 눈으로 보았을 때, 저우 총리는 상냥하고 친근한 어른이었다.

저우 총리는 부친의 이모저모에 대해 관심이 많았다. 어느 때 저우 총리가 우리 집에 와서 직접 건물 안으로 들어와 문에 경비가 없음을 보고 말했다. "이러면 되겠는가! 문에 경비가 없다니!" 이후 문 앞에 보초를 마련해 주었다.

내 어머니는 나에게 말했다. "나는 이전에 게를 먹을 수가 없었는데, 이후 상하이에 갔을 때 저우 총리가 게 안 먹는 나를 보면서 '어째서 게를 먹지 않습니까?'하고 물어서 어머니가 '저는 살을 바를 줄 모릅니다'라고 하자 저우 총리가 그렇다면 '내가 당신에게 가르쳐 주지요' 하면서 자세히 가르쳐 줬는데 어떻게 뒷 껍데기를 열고, 어떻게 위장을 끄집어 내고, 어떻게 살을 바르며, 어떻게 마치 서랍처럼 한 층 한 층 벗겨내는지를 시범으로 보여줬다는 겁니다. 그래서 어머니는 저우 총리의 가르침으로 게 먹는 법을 배웠다고 했지요."

우리가 본 바로는 저우 총리와 부친 사이의 감정과 우의는 모두 자연스러운 것이었지 피상적인 것은 아니었다. 그래서 우리는 저우 총리를 보면 존경하는 마음과 친근한 감정이 아주 깊었다.

1966년 "문화대혁명"이 시작되자 부친은 타도되었고 많은 옛 간부들이 비판의 대상이 되었다. 저우 총리는 마오 주석을 보필하면서 그들을 보호해주었다. 당시 상황은 매우 험난하였다.

1969년 린뱌오가 "1호 통령"을 작성하여 옛 간부들을 베이징으로 불러서 외지로 보냈는데, 그때 부친은 장시(江西)로 하방(下放)되었다. 그후 장시에서는 그를 간저우(贛州)로 보냈는데, 저우 총리가 알고 난 후 두 차례 장시성 "혁위회" 담당자에게 전화를 하여 덩샤오핑이 이미 65세이고 건강이 좋지 않으니 난창(南昌) 부근에 배치하고 2층 단독주택을 마련하여 위층에는 부친과 모친이 거주하고 아래층에는 업무 인원이 거주하게 하며 산책할 수 있는 정원을 줄 것을 말해주었다.

"9.13 사건" 발생 후 부친은 전언을 듣고 즉시 중앙에 서신을 보냈다.

1972년 1월 천이(陳毅) 백부가 사망하였으나 누구도 마오 주석이 그 추도회에 참석하리라고 상상하지 못했다. "문화대혁명" 중 린뱌오는 이들 노인네들을 타도하려 하였는데, 그중에는 부친, 류바이청(劉伯承)과 여러 옛 동지들이 포함되었다. 저우 총리는 즉시 천이의 자녀에게 암시하여 이 소식을 전달하게 하였다. 그 후 저우 총리는 신장대표단을 만났을 때 장칭(姜靑), 야오원위안(姚文元)의 면전에서 "린뱌오는 옛 간부를 타도하려고 한다. 마치 덩샤오핑을 타도하듯이"라고 말했다. 마오 주석이 부친의 직위를 회복시키는 결정을 했을 때, 저우 총리로서는 마오 주석의 결정에 의거해 일을 처리하였고, 이러한 사정에 대해 그는 많은 말을 할 수 없었다. 다만 해야 하고 할 수 있는 일은 모두 하였다. 당시 저우 총리의 처지는 매우 곤란하였다. 1972년 6월 그는 한 문건을 결재하여 부친의 임금과 대우를 회복하게 하는 동시에 나를 베이징으로 보내서 치료하는 것을 허가하였다. 8월 부친은 서신을 마오 주석에게 보냈다. 서신을 보고나서 마오 주석이 말했다. "덩샤오핑이 비록 많은 착오를 범했고 착오가 매우 중하기는 하나 첫째 그가 반역도가 아니며,

둘째 소비에트구 시기 그가 '마오파(毛派)'의 선두였으며, 셋째 류바이청과 협조하여 전쟁에서 공로가 컸고, 넷째 해방 이후 좋은 일을 하나도 하지 않은 것은 아니다. 저우 총리는 이 지시를 받고 난 후 즉시 정치국에 전달하고 아울러 문서로 만들어 전파하였다. 10월 부친이 활동을 개시하여 사오산(韶山), 징강산(井岡山)을 차례로 참관하고 홍두(紅都) 기계창과 장시 기타 지역을 참관하며 연말까지 지냈다. 저우 총리는 지덩퀘이(紀登奎)와 왕동싱(汪東興)에게 서신을 보내 먼저 탄전린(譚震林)의 사정을 이야기하여 그가 베이징으로 돌아올 수 있게 하고, 이후 다시 덩샤오핑의 사정을 이야기하며 마오 주석이 여러 차례 언급했음을 알리고 그들에게 방법을 강구해줄 것을 청했다.

12월말 지동퀘이, 왕동싱은 정식으로 건의하여 부친의 부총리 업무를 회복해 줄 것을 청하였다. 1973년 2월 부친은 베이징으로 돌아오라는 통지를 들었다. 73년 초, 저우 총리의 병이 재발하여 치료에 전념해야 했으나 그는 73년 2월말부터 3월초까지 계속 회의를 열어 부친의 재기 문제를 토론하였고, 며칠 간 회의를 연속으로 열어서 여러 번 논의하였다. 3월 9일에 이르러 대략 토론이 완결되었고, 그는 정치국에 그의 병을 설명하고 휴가를 청해 치료하고자 하였다. 같은 날 그는 마오 주석에게 보고서를 작성하였고, 이를 마오 주석이 비준하여 3월 10일 덩샤오핑 재기의 중앙 문건이 공식으로 발송되었다. 이는 저우 총리가 부친의 재기를 위해 병중에서도 애쓴 정황이었다. 3월 28일 부친과 리셴녠은 함께 저우 총리를 만났다. 경비가 나에게 말한 바로는, 당시 인민대회당에서 저우 총리가 가장 위쪽의 등받이 의자(소파는 아님)에 앉아 있었는데 부친이 들어서자 저우 총리가 즉시 일어나 부친이 있는 곳까지 와서 "샤오핑 동지"라고 소리쳤다. 두 사람이 악수한 후 다시 방안으로 들어가 이야기를 나눴는데, 당시 그와 리셴녠이 함께 부친과 대화하였다. 다음날 부친과 함께 마오 주석이 소집한 회의에 참석하였다. 부친은 3월 29일에 마오 주석을 만났다. 그날 저녁 저우 총리는 정치국 회의를 개회하고 부친의 업무 안배문제를 토론하였다. 이 시기 저우 총리는 병중이었고 또한 치료 중이었다. 부친은 이 시기 막 나오자마자 모친과 함께 옛 친구들의 집을 찾았는데, 당시 많은 옛 동지들을 만났다. 어머니 말에 의하면, 4월 9일 그녀와 부친은 저우 총리를 찾았는데, 저우 총리는 위취안산(玉泉山)에서 요양 중이었다. 그 날 그들은 위취안산에 가서 차에서 내리자 덩 어머니가 문가에서 기다리고 있었다. 부친이 소리쳐 부르자 우리 어머니는 격동하여 울음을 참을 수가 없었고 그녀와 덩 어머니는 얼싸안고 대성통곡하였다고 한다. 그들이 방안으로 들어가자 저우 총리가 안에 있었다. 우리 어머니가 '해방' 후 처음으로 저우 총리를 본 때였다. 이 때 저우 총리는 특별히 한 마디 하였다. "당신들은 보건의사를 찾아야겠소. 우(吳)씨를 찾으시오!" 그는 다시 우리 어머니에게 말했다. "줘린(卓琳), 당신은 이 일을 잊지 마시오!" 나는 그가 부친의 재기에 깊은 기대를 가지고 있었으며 의료와 안전을 모두 살폈다고 생각한다.

4월 12일 부친이 최초로 등장한 것은 시아누크 친왕과의 환영회 자리였다. 관련 자료에 의하면, 저우 총리는 당시 치료가 막 끝난 후 이 연회에 참석한 것이었다. 덩샤오핑이 자신을 드러내고 등장한 것은 많은 사람에게 깊은 인상을 주었다. 저우 총리는 부친이 전면에 나서도록 하고 모두에게 소개하였으며 시아누크 친왕에게도 소개하였다.

저우 총리는 줄곧 부친이 자신을 대신할 것을 희망하였고, 특히 그의 병이 심각한 시기에도 그는 부친에 대해 이해하고 있었다. 그로서는 간

저우언라이의 적극적인 추진 하에 마오쩌둥을 통해 1973년 3월 덩샤오핑을 부총리 직무로 회복시킬 것을 제의하였고, 12월에 중앙정치국으로 진입케 하였다. 이 사진은 저우언라이가 중병을 앓고 있는 기간에 중공중앙이 덩샤오핑의 중공중앙과 중앙군사위원회 영도자 업무에 참여하는 것에 관해 기초(起草)한 통지문이다.

절한 염원이었다고 생각하며 그가 몇 년간 계속 노력한 덕택이었다고 생각한다. 다만 이 과정은 매우 어려웠으며 그의 병이 계속 엄중해진 것과 외부의 압력이 계속 커진 것과도 관련이 있었다.

그러나 1973년 부친문제가 점차 해결되는 과정 중에 저우 총리 역시 비판을 받았다. 마오 주석이 그를 비판하였다. "큰 일은 토론하지 않고 작은 일로만 시간을 보낸다." 10대 개회 전인 8월 5일 마오 주석이 다시 유법(儒法)투쟁을 제기하였다. 8월 6일 장칭이 유법투쟁을 10대의 보고 안에 작성해 넣자고 소란을 피웠다. 그러자 저우 총리는 이를 소화하자

고 말했다. 당의 10대에서 부친은 주석단의 일원으로서 10대에서 중앙위원에 당선되었다. 부친의 재기가 한 걸음 더 나아갔다.

상황은 갈수록 나아지는 듯 보였으나 마오 주석이 저우 총리에게 다시 비난을 시작하였다. 11월 중하순에서 12월 초까지 줄곧 정치국 확대회의를 열고 저우 총리를 비판하였다. 장칭은 이 "11차 노선투쟁"을 저우 총리가 늦춰선 안 된다고 말하였다. 그러나 회의가 시작되고 주석은 이 회의가 잘 개최되었다고 말하며 장칭이 말한 "11차 노선투쟁"이 잘 못 말하여진 것이라고 비판하였다. 그 후 마오 주석은 그가 주재하

는 정치국 회의에서 부친의 정치국 위원 자격과 군사위원회 위원 자격을 회복시키고 군사위원회의 업무에 참가하게 하였다. 그가 특별히 말했다. "샤오핑 동지는 나 개인이 돌아오게 한 것이 아니라 정치국이 돌아오게 한 것이다. 샤오핑 동지가 돌아왔으니 정치국에 비서장 자리를 하나 더 만들어야 한다." 부친이 중앙비서장이었던 시절은 1927년 말이었다. 주석은 특별히 부친이 "솜 속에 바늘을 감추고 있으며, 부드러운 가운데 강함이 도사려 있다(綿里藏針, 柔中寓剛)"고 말했다. 이처럼 부친이 영도자의 직위를 회복하고 주요 영도 업무에 참가하게 된 것은 바로 이 시기에 정식으로 이뤄졌다. 1974년 저우 총리는 대량의 혈변을 보았고 신체가 두드러지게 약해졌다. 그 해 1월 그는 군위회의를 다시 주재하며 부친을 군위 업무에 참가시키고 군위 5인 소조를 만들었다. 1월 말 "사인방"이 총리를 향해 새로운 공격을 시작하고 "비림비공(批林批孔: 린뱌오(林彪)와 그가 즐겨 인용한 공자(孔子)를 아울러서 비판한 운동)"의 운동원 대회를 개최하였다. 츠췬(遲群), 셰징이(謝靜宜)는 저우 총리에게 창끝을 겨누고 현대의 대유학자를 비판하고 습격을 진행하였다. 2월 마오 주석이 말했다. "츠췬, 셰징이의 말에는 결점이 있으니 그 말을 발포하는 것은 온당치 않다." 저우 총리는 이 정신에 근거하여 전달을 진행하고 결의를 작성하였다. 장칭이 소동을 피웠다. 1974년 "사인방"의 저우 총리와 부친에 대한 제1차 공격이었다.

　3월 저우 총리의 병세가 더 악화되어서 휴식을 취해야 했지만 그 시기 그는 쉴 수가 없었다. 4월 마오 주석이 부친을 연대회의에 참석시키도록 제의하였다. "사인방"은 동의하지 않고 장칭은 정치국에서 소란을 피웠다. 모든 정치국 위원이 동의하였지만 그녀는 동의하지 않았다. 그러자 정치국에서는 그녀에게 "이는 마오 주석의 뜻"이라고 말을 전달했지만 그녀는 응답하지 않았다. 그러자 마오 주석이 직접 그녀에게 서신을 보내 "이는 나의 뜻이다. 당신은 반대하지 않는 것이 좋다"라고 하였다. 이리하여 풍파가 가라앉기 시작하였다.

　국제연합회의에 참석하기 위해 부친의 출국이 정해진 후 저우 총리는 부친의 행정을 안배하였는데, 그는 자신의 병을 돌보지 않고 비행기의 항공로에서부터 동쪽 항공로와 서쪽 항공로를 선택할 것인지 민간항공사가 어떻게 시험비행을 해야 하는지까지 주의를 기울여 주었다. 그는 만약 민간항공사가 비행한 적이 없다면 프랑스 항공사에 도움을 요청하는 것이 좋겠다고 제안하였다. 이 외에 그는 부친의 환송의식에 대해서도 세심하게 계획하고 마오 주석에게 지시를 청해 융숭하게 거행하여 우리가 기대를 갖고 그를 보낸다는 사실을 보여줘야 하지 않겠는가를 물었다. 그는 붉은 양탄자를 깔아 최고의 영예로 국제연합회의에 참석하는 부친을 환송하려고 하였다. 전체 황송과정 중 저우 총리는 정신을 차리기 위해 시종 손뼉을 쳤다. 부친이 외국에 있었던 시기 저우 총리는 줄곧 병을 치료하지 않았다. 4월 19일, 부친이 국제연합에서 대승리를 거두고 돌아오자 총리가 공항에서 영접하였다. 4월 20일 저우 총리는 의료조의 구성원들을 불러 그의 병상에 대해 말하게 하고 이어서 검사와 치료를 행했다. 5월 30일에 이르러 총리는 입원하였다. 6월 1일 1차 대수술을 시행하였다.

　총리는 이렇게 부친의 업무를 지지하였고 부친의 임무 완성을 보증하였다. 그의 이런 안배는 이런 희생을 낳았으나 이는 부친을 위한 것만이 아니라 미래를 위한 것이고 우리 국가를 위한 것이기도 하였다. 그 시기 내가 자료를 본 바에 의하면 19일 저녁 부친을 들어오도록 하였고 20일 새벽 2시에 의료팀을 만났다는 사실을 알고는, 나는 내심 충격을 크게 받았다. 저우 총리 입원 후 중앙정치국에서는 왕홍원이 회의를 개최하였고 6월 중순 "사인방"이 공격을 다시 시작하여 "현대 대유학자" 비판을 조직하고 창끝을 저우 총리에게 향했다. 7월 중순 마오 주석이 다시 이 사안을 제지하였다. 정치국회의에서 마오 주석은 그녀(장칭)가 자신을 대표하지 않으며 그녀는 다만 그녀 자신을 대표한다고 말했다. 그리고 다시 "총괄해서 말하면, 그녀는 나를 대표하지 않는다"라고 말했다. 8월 의사의 검사를 거쳐 저우 총리에게서 암의 전이가 다시 발생한 것을 확인하였고 8월 10일 2차 수술이 시행되었다.

4회 인대의 안배에 관해서 마오 주석은 10월 4일 저우 총리에게 전화를 하였다. 그의 신변 업무 인원은 특히 저우 총리에게 4회 인대에서 덩샤오핑이 제1부총리가 되었는데, 이는 마오 주석이 결심한 것이라고 알려주었다. 저우 총리의 병이 심해진 시기 마오 주석은 부친이 그의 업무를 대신할 것을 희망하였다.

10월 11일 마오 주석은 다시 안정과 단결이 중요하다고 말하였다. 마오 주석의 이 안배는 부친이 후계를 담당하게 하는 것이며, 또한 모두가 안정하고 단결케 하는 것이라는 정치 안배의 일종이었다. 10월 17일 장칭이 공격을 개시하였다. 정치국 회의에서 "펑칭륀(風慶輪)" 사건을 빌미로 부친을 힐문하고 태도 표명을 강제하였다. 부친은 한 걸음도 양보하지 않고 사정을 조사하겠다고 답하였다. 장칭은 정치국에서 욕하기 시작하였다. 이로써 부친과 "사인방" 일당의 갈등은 더욱 예화 되게 되었다. 10월 18일 당시 마오 주석은 창사에 있었다. 그 날 왕홍원이 마오 주석에게 달려가 상황을 고하였지만, 마오 주석은 "너는 그들과 함께 행동하지 말라"라는 비평만을 받았다. 10월 19일 저우 총리가 왕하이룽(王海容), 탕원성(唐聞生)을 만나 "펑칭륀" 사건에 대해 이야기하고 이 상황이 무슨 문제가 되는 것이며, 샤오핑 동지가 이미 오랫동안 인내하였다고 말했다. 당연히 해야 할 일이었다고도 했다.

10월 20일 왕과 탕이 외빈을 따라 마오 주석을 만나고 마오 주석에게 이런 정황을 알리자 주석은 당시 "사인방"을 비판하고 이후 덩샤오핑을 당 중앙 부주석, 군위 부주석, 총참모장, 제1부총리에 임명하도록 결정하였다. 마오 주석은 "총리는 여전히 총리이다"라고 말하였다. 원래 4회 인대의 인사 안배는 왕홍원 담당이었는데 이 마오 주석의 발언은 4회 인대의 안배가 저우 총리와 왕홍원 두 사람의 담당이라는 것이었다.

이후 저우 총리, 부친과 여러 동지들은 4회 인대를 둘러싸고 긴박한 작업을 하였다. 부친은 항상 저우 총리에게 갔고 예젠잉, 리셴녠 등 동지 역시 항상 저우 총리에게 가서 4회 인대 각 부문 업무의 안배를 상의하였다. 12월 저우 총리의 병이 날이 갈수록 안 좋아졌고, 의사는 저우 총리가 곧 수술 받기를 희망하였다. 4회 인대의 안배가 기본적으로 윤곽이 잡히자 저우 총리가 창사에 가서 마오 주석에게 보고할 것이 요망되었다. 예젠잉 원수가 의료조를 파견하여 저우 총리의 이번 여행의 안전을 확실히 하고자 하였다. 의사는 그가 갈 수 없다고 하였다. 그러나 저우 총리는 중임을 맡고 있으니 친히 갈 수 밖에 없다고 하였다.

12월 23일 저우 총리와 왕홍원이 창사로 날아가서 마오 주석과 이틀 간 이야기 하였다. 그 때 마오 주석의 심정이 다소 좋아져서 특별히 저우 총리와 왕홍원에게 부친에 대한 이야기를 하였다. "얻기 힘든 인재이며, 정치사상이 강하다." 4회 인대의 준비작업은 타당하게 안배되었다. 그 후 마오 주석은 저우 총리와 단독으로 하루 종일 회담하였다. 이 시기 총리의 종양이 전면적으로 전이되어서 총리가 모를 리가 없었지만 그는 목숨을 걸고 업무에 응했던 것이었다.

1975년 1월 중순 4회 인대가 개막하였다. 저우 총리는 회의에서 〈정치공작보고〉를 담당하고 4개 현대화를 다시 주장하였다. 이후 부친은 "군대 정돈", "철도 정돈", "강철 정돈", "국방업무 정돈"을 주장하고 파벌의식을 반대하며 "3개 지시를 요강으로 함"을 제출하고 정돈을 쾌도난마식으로 진행하였다. 집안사람들에게 듣기로 부친은 1년여 시간 동안 아침부터 밤까지 쉬는 법 없이 시종 멈추지 않고 일했으며, 이 무사무외의 정신으로 이런 위험한 국면을 구제하기 위해 종일 업무에 전념했다고 했다. 저우 총리는 시종 부친을 지지하였다. 중대한 사정은 부친이 모두 저우 총리와 상의하였다. 내가 기록을 보니 부친은 거의 매주 병원에 가서 그와 단독으로 대화하였고 일에 관해 이야기하였는데, 어떤 때는 반시간이었고 어떤 때는 수십 분이었다. 그러나 이 1년이 평안한 것은 아니었다. 3월 장춘차오가 "반경험주의"를 제기하였다. 4월 장칭이 정치국에서 "반경험주의"를 배포하였다.

부친은 마오 주석을 만나 이 문제를 반영하는데 동의하지 않는다는 의견을 제시하였다. 장칭은 부친과 대립하기 시작하였다. 마오 주석은 부친의 생각에 동의하였고 야오원위안에게 글을 보내 "반경험주의는 타당하지 않고 반수정주의를 마땅히 제기해야 할 것 같다. 반경험주의가 필요하면 반교조주의도 필요하니 반경험주의와 교조주의를 포괄시켜라"고 하였다. 이렇게 해서 "사인방"의 공세가 좌절되었다. 마오 주석은 정치국에게 "사인방"을 비평하라고 하였다. 당시 왕훙원이 정치국회의를 하였는데 5월말에서 6월초 부친이 두 차례 "사인방"을 비평하는 회의를 조직하였다. 5월 3일 저우 총리가 마오 주석에게 가서 회의를 열고 주석과 이 문제를 토의하였다. 5월 4일 저우 총리는 다시 마오 주석에게 친히 보고서를 보내 이 문제에 대한 그의 견해와 전체 상황을 이야기하고 주석의 비준을 얻어 최후에는 저우 총리가 철야회의를 개최하였다. 마오 주석 이야기의 필기 기록을 가지고 회의를 열어 연구한 이후 정식의 문건으로 발표하였다. 이때 총리의 병은 더욱 깊어졌다.

9월 7일 저우 총리가 마지막으로 외빈을 접견하면서 말하였다. 마르크스의 청첩장을 나는 이미 받았습니다. 이후의 업무는 샤오핑 동지가 담당할 것이며 샤오핑 동지가 내가 주재하는 국무원의 업무를 대신할 것입니다. 나는 그가 임무를 잘 수행할 것이고 당의 노선방침을 계속 관철해 나갈 것임을 믿고 있습니다. 샤오핑 동지가 중국공산당의 대내 대외 방침을 완전히 관철할 것임을 믿습니다. 이 때 부친은 그 자리에 있었다. 저우 총리는 이 외빈 접견 때 다리의 종양이 커서 신을 신을 수가 없었다. 9월 20일 저우 총리의 병이 더욱 악화되었고 4차 대수술을 시행하였다. 그를 수술실로 옮기기 전 그는 "샤오핑 동지!" 하고 소리치며 부친을 가까이 오게 하였다. 그의 몸은 매우 허약하였으나 큰 목소리를 내어 "샤오핑 동지, 당신은 이 1년여의 작업으로 당신이 나보다 강하다는 것을 증명하였소." 이는 그가 그 자리에 있던 모든 사람들에게 다 들으라고 한 것이었다. 총리는 곧 세상을 떠나기 앞서 마지막 힘으로 부친의 작업을 지지하려고 그리한 것이었고, 어떤 이는 이를 최후의 분투라고 하였다. 이는 생명 최후의 목소리였다.

이 때 저우 총리는 목숨은 구했으나 병세는 엄중하여 생명이 경각에 달려있었다. 부친은 저우 총리를 보러 와서 5분을 기다렸다. 이후 모원신이 마오 주석에게 관련 상황을 알려주자 마오 주석이 부친의 업무에 불만을 갖기 시작하고 무산계급 문화대혁명을 부정한다고 여기고 모원신이 부친을 찾아 이야기하도록 하였다. 부친이 말하였다. "나는 어제 주석에게 '이 작업이 어떻습니까?'하고 물어보았다. 주석이 괜찮다고 대답하였다." 모원신이 동의하지 않았다. 대화 이후 부친은 곧 저우 총리에게 가서 잠시 동안 같이 있었다. 이후 정치국에서는 부친에 대한 비평회의를 개최하였다. 어머니가 그에게 물었다. 비평회의 이후 당신은 어찌 할 것입니까? 부친이 대답하였다. 그곳에 가서 개회를 선포한 후 모두에게 비평을 청할 것이오. 그는 차를 한 잔 탔다. 그리고 시간이 되자 산회를 선포하고 그는 엉덩이를 떼고 바로 나갔다. 그는 역시 타협하지 않았다. 정돈 업무는 1년 미만 좀 못되어 정지되었다. 중앙은 회의를 열어 대가를 학습하자고 문건을 발출하며 "우경화 반역 풍조에 대한 반격"을 개시하였다. 이 시기 저우 총리의 생명이 위중하였다.

12월 저우 총리의 심장이 갑자기 멈췄다. 부친, 왕훙원, 장춴차오, 왕둥싱 등 모두가 왔다. 이번에도 역시 생명을 구하였다. 모두가 저우 총리를 보러 왔고 장춴차오가 왔을 때 저우 총리가 말했다. "천챠오 동지, 당신과 훙원이 샤오핑 동지의 업무를 많이 도와주시오." 이는 그가 죽다 살아난 후 다시 힘을 쏟아 벌인 분투였다. 그는 형세가 좋지 않음을 알았지만 이런 형세 하에서 그가 생애 최후의 힘을 다하여 하나의 기점을 만들 것을 희망하였던 것이다. 실제 모두가 장춴차오 등을 설득하는 것은 근본적으로 불가능하다는 것을 알고 있었다. 실제 그가 최후로 사용할 수 있는 유일한 방식은 자신의 태도를 표명하여 그들에게 영향줄 수 있기를 희망하는 것이었다. 총리의 마음 씀씀이는 이렇게 간곡했다! 이러한 사정은 정말 사람들이 매우 견디기 어려운 것이며 이러한 사정은 역시 매우 잔혹한 것이었다.

1976년 1월 8일 저우 총리가 서거하였다. 부친은 엄청난 비통함을 참고 저우 총리에게 추도사를 올렸다. 본래 저우 총리가 남긴 유언은 추도회를 열지 않는 것이었으나 부친은 인민들이 허락하지 않았다고 말하였다. 부친의 추도사를 통해 만약 저우 총리가 하늘에서 지켜보았다면 위안을 얻었을 것이고, 만약 저우 총리가 선택한다면 부친을 반드시 선택했을 것이라고 생각한다. 부친은 그를 위해 무슨 일이든 하고자 하였다. 저우 총리와 부친 두 사람의 성격은 같지 않았다. 저우 총리는 매우 총명하고 사람을 잘 모으며 서로 다른 의견을 잘 융합하였고 크고 작은 일에 모든 책무를 다하였다. 부친은 그에 비해 강렬하고 그에 비해 강경하며 일 처리에 있어 큰 것부터 착안하였지만, 다만 타도되기가 쉬웠다. 저우 총리는 부친의 특징을 잘 알고 부친이 자신의 일을 대신할 수 있으며 그의 업무를 담당할 수 있음을 알았다. 부친은 그에 대해 잘 이해하고 있었으며 형과 같은 마음을 가지고 있었다.

이후 부친은 "문화대혁명" 시기 저우 총리가 본심이 아닌 말을 하였지만 전국의 인민이 그를 용서하였으며 그는 전국 인민의 존중을 받았다고 여러 차례 말하였다. 심지어 "문혁" 시기 중 그는 저우 총리에게 당신이 이 때 어쩔 수 없이 그렇게 행동했지만, 그렇게 행동하지 않았다면 옛 간부들을 보호할 수 없었을 것이라고 말했다. 부친이 말했다. 내 성격은 그와 같지 않으니 나는 몸을 숙여 안전을 구할 수가 없었다. 이 이야기가 어느 때 이야기인지 모르겠으나 그가 모친에게 말한 것이다. 이 이야기를 하면서 저우 총리 역시 그를 깊이 이해하고 있었다. 두 사람의 마음은 서로 잘 알고 있었지만 각자 자신만의 방식이 있었고 당과 국가와 인민을 위해 그들은 자신의 일생을 바쳤던 것이다.

저우 총리 서거 후 부친은 업무의 조건을 상실하였으나 상황은 끝나지 않았다. 청명절 시기인 4월 5일 군중이 우경화된 번안풍조에 대한 반격에 불만을 품고 저우 총리 추도회에서 강력한 "4.5"운동을 일으켰다. 이 시기 부친은 다시 타도되었다. 부친의 이번 실각은 저우 총리 기넘활동과 관련되어졌다. 이러한 상황에서 중국인이 부친의 일련의 방식과 저우 총리의 방식에 찬성하고 있다는 사실이 드러났다. "문화대혁명" 후 11기 3중전회 때 부친이 복권되어 개혁개방 정국을 개시하여 중국 특색의 사회주의 이론을 주장하였다. 이는 1972년에서 1975년 특히 1974년에서 1975년의 투쟁이며 부친과 저우 총리의 공동 투쟁은 이 시기 역사에서 분리될 수 없는 것이며, 부친과 저우 총리 그리고 여러 옛 동지들의 노력과 분리될 수 없는 것이다.

부친과 저우 총리의 관계에 대해 말할 때 중국현대사에서 얼마만큼의 사람들이 그렇게 친밀할 수 있었을까? 그렇게 오랜 시간 동안 교분을 가질 수 있었을까? 그들의 성격, 방식은 모두 같지는 않았다. 다만 마음속 생각과 감정이 일치하였고 반세기 동안 생사를 함께 하고 풍우 속에 한 배를 탔었다. 모두들 인생에서 지기를 만나기가 어렵다고 하는데 부친과 총리는 진정한 지기였다.

영도자들에 대해 말할 필요도 없이 우리들 일생에 대해 말해보면 얼마나 지기를 가지고 있는가? 지기가 있기는 한 것인가? 그래서 이런 측면에서 말해보면 이러한 그들의 지기는 그들의 행복이었다고 나는 감히 말한다. 저우 총리 서거에 대해 부친의 비통함은 다른 사람이 대신할 수 없는 것이었다. 부친은 매우 침착한 사람이었고 그는 자신의 생사나 기타 어떤 것에 대해서도 매우 열려있었다. 그러나 저우 총리의 서거는 그에게 매우 큰 타격을 주었다. 그는 저우 총리가 조만간 세상을 뜰 것을 알고 있었지만 그가 막상 떠나자 매우 견디기 어려워했다. 부친이 원고를 읽으며 "저우언라이 동지의 심장이 뛰는 것을 멈췄다"고 읽는 순간 "엉엉"하며 모두가 울었다. 저우 총리의 영구가 천안문 앞을 지나 팔보산으로 갈 때 길 위에 있던 모두가 울던 것을 기억한다. 추도회 때 모친은 우리집 아이를 데리고 모두 추도회에 참가했다.

그 때 나는 병원에 있어서 가지 못했다. 장례식 날 많은 환자들이 찬 바람을 무릅쓰고 밖으로 달려 나갔고 301병원 입구 앞 대로에서 장례 행렬을 보았다. 나는 그 때 술 한 병과 안주 한 접시를 마련하여 환우인, 왕로광과 술을 비우고 지면에 술을 부었다. 나는 한편으로 울면서 한편으로 말하며 진정으로 괴로워했었다. 통곡하며 눈물을 흘렸다. 나는 하나의 역사가 과거로 흘러갔으니 우리가 새로운 국면을 맞이할 것이라고 말했다. "문화대혁명" 때 총리는 그렇게 바빴지만 나의 치료에 관심을 가졌고 친히 나를 베이징으로 보내 치료하도록 비준해 주었다. 이 역시 총리의 배려 덕이긴 했지만, 이러한 은혜를 받은 이가 어찌 나 하나였겠는가! 부친과 저우 총리의 우의는 진정 위대하였고 세상에서 찾기 어려운 것이었다. 위대한 우의는 세상 사람들이 찾기 어려운 것이다. 프랑스의 그 어려운 시절뿐 아니라 상하이의 그 위험한 시기에서부터 전쟁시기를 지나 해방 이후까지, 그 많은 노선투쟁과 특히 "문화대혁명"이라는 두려운 사건들은 모두 상상하기조차 어려운 일들이었다. 그들의 이러한 관계를 만약 소설로 쓴다면 얼마나 많은 사람을 감동시킬지 상상조차 가지 않는다.

후 기

덩자이쥔(鄧在軍)

후 기

덩자이쥔(鄧在軍)

"목소리와 모습이 선하다. 영원한 이별을 잊기 어렵다! 목소리와 모습이 선하다. 영원한 이별을 잊기 어렵다! 목소리와 모습이 선하다. 영원한 이별을 잊기 어렵다!" 연속해서 외친 이 삼창의 깊은 호소는 놀랍게도 이미 기억을 잃은 근 100세 노인의 입에서 나온 말이다. 저우언라이, 덩잉차오의 옛 전우이자 자오우사(覺悟社)의 마지막 사원인 관이원(管易文)의 입에서 기적이 발생한 것이다. 자오우사는 5·4운동시기 저우언라이, 덩잉차오 등 20여 명의 학생이 세운 청년진보단체였다. 당년에 그들은 50개의 번호를 만들어서 제비를 뽑는 방식으로 자신들의 번호를 정했는데, 저우언라이가 뽑은 것은 '5호'였다. 이 때문에 음을 빌려 '우하오(伍豪)'라고 이름을 지었던 것이다. 그때 이후 그는 이 필명을 이용하여 수차례 문장을 발표했다. 1932년 2월 국민당 특무가 '우하오'라는 이 필명을 이용하여 상하이의 『시대』, 『신문보』, 『시사신문』과 『신보』에 '우하오탈당공고'를 게재했다. 이는 저우언라이를 비방하고 공산당을 와해시킬 목적으로 시도한 일이었다. '문혁' 중에는 장청(江靑) 등이 이 일을 들춰내 저우언라이를 음해하려고 했다. 이것이 바로 역사적으로 유명한 '우하오사건'이다. 이는 우하오라는 필명의 영향력이 매우 컸다는 것을 의미한다. 덩잉차오는 '1호'를 뽑아서 '이하오(逸豪)'라고 했다. 관이원은 '스빠하오(18)호'라서 '스빠(石覇)'라고 했다. 이 일이 발생한 때가 1995년 10월 3일이었다. 내가 저우 총리 탄생 100주년을 기념하기 위해 12회 째 텔레비전 다큐멘터리 『백년은래(百年恩來)』를 찍기 시작한 당일이

자 첫 번째 카메라였다. 텐진 저우언라이·덩잉차오 기념관의 리아이화(李愛華) 부관장에게 감사를 드린다. 그녀는 나를 위해 첫 번째로 정보를 제공했고, 직접 나를 베이징에 사시는 관 어르신의 집에 데리고 가는 등 전 과정에서 나를 도와 촬영을 진행했다. 이번 인터뷰를 마치고 50여 일 후에 중환 중인 관 어르신이 세상을 떠났다. 세상의 모든 사물과 기억을 상실한 관이원 어르신은 왜 유독 저우언라이에 대한 생각만은 잊지 않고 가지고 있었을까? 이는 의학계가 깊이 토론해야 할 문제이다. 그러나 나는 2년이 넘는 시간 동안『백년은래』의 촬영을 하면서 300여 명의 각계인사를 인터뷰한 후 머리 속에 하나의 매우 분명한 답안이 떠올랐다. 이는 저우 총리가 모든 사랑을 인민에게 주었고, 그렇기 때문에 중국 인민들의 마음속에 그에 대한 사랑이 깊이 사무쳐 있었다는 것에서 기인한 것이었다. 저우 총리는 인민의 행복과 안위를 항상 머리와 가슴속에 담고 있었으며, 그것이 인민들에게 전해져 인민이 자연스럽게 그를 영원히 마음속에 새기게 되었던 것이다. 초등 여교사 한 분이『백년은래』를 시청한 후 나에게 말했다. "비석은 무너질 수 있고, 나무는 썩을 수 있어도 인민의 마음속에 있는 큰 비석은 영원히 존재할 것입니다." 존경하는 저우 총리는 바로 중국 인민의 마음속에 있는 썩지 않는 비석인 것이다.『백년은래』의 촬영은 내 영혼의 정화과정이었다. 이 기간 동안 나는 가장 진귀한 심리변화의 과정과 인생의 좋은 기회를 얻을 수 있었다. 나는 일찍부터 백부, 백모인 저우 총리와 그의 부인 덩잉차오에 대하여 어느 정도는 접촉해 왔고 이해하고 있었다고 여겼었다. 그러나 이번 취재 후에야 비로소 전정으로 언라이 백부님이 위대한 인격을 가진 분이라는 것을 느끼게 되었고, 그가 우리민족의 해방과 진흥을 위해 행한 모든 것에 대하여 나는 과거 이해했던 것이 사실은 아주 미미한 것이었다는 것을 깨달았다. 『백년은래』를 찍은 후인 2008년에 나는 또 저우언라이 탄생 110주년을 기념하는 인민대회당에서 거행한 대형 문예연회의 총감독을 맡았다. 계속해서 수많은 총리에 대한 깊은 감정을 가진 각계 인사를 취재했다. 게다가 문서로 증명할 수 있는 내용도 수백만 자나 되었다. 그중 취재를 허락한 수많은 인사들은 이미 세상을 떠났다. 그들이 생존해 있을 때의 가슴으로부터 우러나오는 깊은 기억과 당시 수집한 수많은 잘 알려져 있지 않은 진귀한 사료들은 애석하게도 이미 사라져 없어졌다. 저우 총리의 탄생 115주년을 기념하기 위해 『당신은 이런 사람이었습니다.-저우언라이 구술실록』이 출판하게 되었다. 인민출판사의 깊은 관심과 정성을 다한 계획에 감사하고, 중앙문헌연구실의 랴오신원(廖心文) 동지의 도움에 감사한다. 상술한 바와 같이 그것은 하나의 신선하고 생동감 있는 고사로 구성된 한 권의 우수한 책이다. 책 제목인 『당신은 이런 사람이었습니다』는 "백년은래"의 주제가 제목에서 기원한다. 이것은 송샤오밍(宋小明) 작사, 산빠오(三寶) 작곡, 류환(劉歡)이 노래한 가곡이다. 이미 널리 유전되어 쇠하지 않는 유명한 가곡이 되었다. 가사에서는 한 자도 저우언라이를 언급하지는 않았지만 『당신은 이런 사람이었습니다』의 음악이 들리기만 하면 우리는 즉시 저우언라이를 떠올리게 되었다.

모든 마음을 당신의 마음속에 담아
당신의 가슴으로 씁니다.
당신은 이런 사람이었습니다.
모든 사랑을 당신의 손에 잡고
당신의 눈으로 알려줍니다.

당신은 이런 사람이었습니다.

모든 상처를 당신의 몸에 숨기고
당신의 미소로 대답해줍니다.
당신은 이런 사람이었습니다.

모든 생명을 세계에 돌리고
사람들 마음속에 호소합니다.
당신은 이런 사람이었습니다.

생각할 필요도 없고
물을 필요도 없이
당신은 이런 사람이었습니다.

생각할 필요도 없고 물을 필요도 없이 정은 매우 무겁고 사랑은 매우 깊습니다. 이 때문에 『당신은 이런 사람이었습니다』를 본 책의 제목을 삼았는데 이는 매우 적절한 제목이라고 생각한다. 친애하는 독자 여러분 당신들이 '실록'을 읽은 후에는 나와 같은 심령이 울리는 듯한 느낌을 느낄 수 있을 것이라고 믿는다. 그리고 우리는 일찍이 이런 인민의 좋은 총리를 가졌었으며, 중화민족은 이런 매우 귀중한 정신적 재산을 가졌었다. 저우언라이 정신은 비교할 수 없는 자랑이며 기쁨이었던 것이다.

2013년 8월